異《い》邦《り》人《びと》

原田マハ

PHP
文芸文庫

○本表紙デザイン＋ロゴ＝川上成夫

異邦人《いりびと》

目次

京の人は、猶《なほ》、いとこそ、みやびかに、今めかしけれ。

『源氏物語』「宿木」

異邦人《いりびと》

Ⅰ　うつろい

京都に、夜、到着したのはこれが初めてだった。春の宵《よい》の匂いがした。湿った花の香りにも似た、心もとない青さ。そういう匂いだ。

改札を抜け、人気《ひとけ》がなくだだっ広《ぴろ》い駅のロータリーへと出てきた篁一輝《たかむらかずき》は、通い慣れているはずの京都の街であるにもかかわらず、一瞬、まったく見知らぬ街へ足を踏み入れてしまったような錯覚に囚われた。

通い慣れているとはいっても、京都在住の知り合いの画家の個展を見にきたり、やはり京都在住の蒐集家《しゅうしゅうか》に会いにきたりするだけ、つまりは仕事の延長線でちらりと立ち寄るだけだ。長くても一泊、いつもなら日帰りだ。しかし二ヶ月に一回程度は来ているのだから、自分は京都をよく知っている気がしていた。

夜の京都に馴染《なじ》みがないわけではない。祇園《ぎおん》や上七軒《かみしちけん》でお茶屋遊びをしたこともある。外国人ゲストを引き連れて、舞妓《まいこ》の初々《ういうい》しい舞をすぐ目の前で鑑賞したときなどは、自分は完全な京都通になったと思ったものだ。

東京でも、金のかかる遊びをした。資産家を銀座のクラブで接待したり、蒐集家の要望に応じて、白金《しろかね》のワインバーでグレートヴィンテージのブルゴーニュワインを惜しげもなく開けたりもした。しかし、外国人の富豪を年若い舞妓の踊りで接待することは、東京での遊びとは何かが違った。何か決定的なものを、部外者である彼らに見せつけているような、不思議な優越感があった。そういう有頂天を、一輝はいままでに何度かこの街で体験したのだった。

東京駅を発車した最終の「のぞみ」車内で、すっかり眠りこけてしまった。このところ連日、眠れぬ夜が続いていたのだ。知らず知らず、疲労が溜《た》まっていたのだろう。

彼に限ったことではない。東日本に生活する者であれば、誰しも、この数週間、疲れ果てているはずだった。

計画停電、東京を挙げての節電が続き、テレビにもネットにも、あり得ない映像が溢《あふ》れていた。駅貼りのポスターには「がんばろう」の文字が躍る。悲惨な場面ばかりを見せつけられている目には、躍動するその言葉が、かえって痛々しく刺さるのだった。

四月上旬、もうまもなく日付が替わろうとしていた。駅構内から出てきた一輝は、身震いをして、トレンチコートの襟《えり》を立てた。

底冷えする冬のなごりが夜の空気にはあった。湿った花の香りとともに、ぴしゃりと平手打ちするかのような夜気《やき》があった。

客待ちのタクシーの長い列が、夜の底に沈殿していた。一輝はその一台に乗り込むと「ハイアットリージェンシーまで」と行き先を告げた。

この季節、昼間であれば花見目当ての観光客が行列を成し、タクシーに乗るのは一苦労である。こんなふうに深夜に到着するのも悪くないなと一輝は思った。異国へ迷い込んだような、かすかな興奮と緊張とを胸のうちに覚える。

何年かまえ、パリ出張した日のことを思い出す。やはり、四月の初めであった。

季節を覚えているのは、ちょうど関東地方で桜が満開の時期に渡仏しなければならなかったのが、くやしかったからだ。父と親交の深い、とある日本画の大家が、鎌倉《かまくら》にある自邸の桜をモチーフに、下絵を描き始めるので見にいらっしゃいと誘ってくれていた。

本音をいえば、渡仏よりもそっちのほうに興味があった。桜の絵で名を成した大家に画霊《がれい》が降りてくる瞬間に立ち会うなど、めったにないことだろうから。しかし、許されなかった。父の厳命で一輝はパリに向かったのだった。父の名代《みようだい》で、ある資産家夫人の外遊に同行したのだ。

パリに到着したのは、夜が始まる時間帯だった。

薄暗いシャルル・ド・ゴール国際空港で――ヨーロッパは空港でも駅でも日本のようにまぶしいほどの照明はない――ホテルから差し向けられた黒塗りのメルセデスに乗って、パリの中心部へと向かった。

車内は、革《かわ》のシートの匂いと、バニラのような甘い芳香剤の匂いがした。あるいは、隣に座っている熟《う》れ切った女の匂いかもしれなかった。

彼女が自分に特別な思い入れを持っていることは察していた。父も察していたと思う。だからこそ、息子を差し向けたのだろう。

パリで出席する展覧会《ヴェルニサージュ》の祝宴の話をあれこれしながらも、夫人の関心がもっと別のことにあるのを、一輝は悟っていた。ふたりは身体《からだ》の一部のどこも接触してはいなかったが、それでも夫人の肌の湿り気が伝わってくるような感じがあった。

結局、一輝と夫人とのあいだには何ごとも起こらなかった。

起こりそうな空気を醸《かも》し出しておきながら、起こさずに終えた。そうあるべきだと心得ていた。

一流の画商は、簡単に得意先の夫人と関係を持ったりはしない。いつそうなってもいい、という空気を身にまといながら、そうはならずにおく。それがコツなのだと、いったい自分はいつのまに覚えたのだろうか。

いずれにせよ、と一輝はため息をついた。あのパリ出張の際に夫人とのあいだに何ごとも起こさなかったおかげで、夫人の長女は一輝のものになった。一輝の妻に。

その妻が、いま、夫の到着を待っている。

淡く発光する箱のようなホテルの車回しにタクシーが着いた。キャリーケースをベルボーイに預け、レセプションに向かおうとする背中に、「一輝さん」と弾んだ声が飛んできた。

ロビーのソファに、妻の菜穂《なほ》が座っていた。菜穂は夫の姿を見ると、立ち上がって小走りに駆け寄った。

「どうしたの。部屋で待ってるようにメールしたのに」

一輝が言うと、菜穂は困ったような笑顔を作った。

「退屈で……お腹《なか》も空いたし。ねえ、ちょっと何か食べない？　ここのバー、なかなか素敵なのよ。覗《のぞ》いただけだけど」

「なんだ、食事しなかったのか」

「食欲がなくて。ここのところ、ずっとそうなの。こっちに来て以来」

一輝の腕に自分の腕を絡ませて、甘える素振りを見せた。

ふたりはバーに向かったが、ちょうど閉店したところだった。「もうそんな時間なの」と菜穂は驚いている。昼過ぎに起きて、一日じゅう部屋でごろごろしていたから、時間の感覚がまったくなくなっていたらしい。

「だいたい、こんな夜中に来るなんて、一輝さん、非常識よ」

エレベーターに乗り込むと、バーが閉まっていたのがよほど気に食わなかったのか、菜穂がなじった。声色《こわいろ》には怒気《どき》が含まれていた。「すまない」と一輝はすなおに詫《わ》びた。

「仕事がどうしても片付かなくて……それでも、君が待っていると思ったから、なんとか切り上げて、最終の『のぞみ』に飛び乗ったんだけどね」

ふうん、と菜穂がつまらなそうに鼻を鳴らした。

「どうせ、またママにつかまってたんでしょ」

菜穂の母、有吉克子《ありよしかつこ》が銀座に買い物に来たついでだと言って、一輝が専務を務める「たかむら画廊」に立ち寄るのはいつものことだった。かつては顧客のひとりとして通っていたが、いまでは婿《むこ》の様子を見にという理由が成り立つ。克子の銀座通いは、一輝と菜穂の結婚後、頻度を増した。

菜穂はべつだん母と夫の仲を疑っているわけではなかったが、いささか仲が良すぎる、あまり母にかまわないでくれ、と一輝に小言くらいは言った。

一輝は微妙な立ち位置にいた。有吉夫人は父の経営するたかむら画廊の上顧客である。彼女の気持ちをとにかくこちらに向けておかなければならない。それは、彼女の義理の息子となったいまでも、一輝に課せられた重要な使命だった。しかしふたりの関係を妻に怪しまれてもいけない。

ぎりぎりのところで均衡を保つ、それをこのさきも、おそらくは死ぬまで、貫かなければならないのだ。

エレベーターが五階に到着するまでのあいだ、これからの人生をこの母娘に支配される苦労を思って、ほんの一瞬、気が遠くなった。

「ルームサービスを取ろうか。僕も、新幹線の中で寝てきたから、お腹が空いたよ」

部屋に入ると、気を取り直して言ってみた。

菜穂はベッドに身を投げると、「いらない」とそっけない。一輝は、黙ってネクタイを外した。それから、妻の身体《からだ》に覆《おお》い被さると、唇を重ねようとした。

「いや」と菜穂は身体をよじった。本能的に反応した感じだった。

妻をそのままにして、一輝はバスルームへ行った。外資系のホテルには珍しく、檜《ひのき》の浴槽があった。白っぽい小部屋の中に、ぽっかりと浮かんで見える。そこに熱い湯を張った。

湯を張っているあいだ、ミニバーから缶ビールを取り出して開けた。菜穂は窓側に向かってベッドに身を投げたまま、動かない。怒っているのか、泣いているのかもわからない。笑っているのかもしれなかった。

いかにも几帳面な四角い木の浴槽に、身体を沈める。熱い湯が四肢に沁《し》みわたるようだった。かすかな檜の香りがした。

バスローブを着て部屋へ戻ると、菜穂はさっきと同じ姿勢のままだった。窓側に回り込んで顔を覗いてみる。気を失ったように眠っていた。

一輝は妻の寝顔を肴《さかな》に、水割りを一杯、作って飲んだ。

一日じゅうせわしなく動き回って、最終の新幹線に飛び乗ってきた自分よりも、一日じゅうごろごろしていたという妻のほうがよほど疲れて見えるのが、奇妙だった。

菜穂は、はっとするような美人ではなかったが、勝ち気なお嬢さんっぽい顔立ちをしている。きゅっと上がった眉毛や、意志の強そうな唇に、その感じが強く出ていた。もっとも、菜穂がどういう生い立ちで、どういう感性を持った女かよくわかっているから、そう感じられるのかもしれないが。

テレビをつけようとして、やめた。いいニュースが流れているはずもないし、ようやく再開されたバラエティー番組を見るのは、もっと胸《むな》やけがする。何より見苦しいのは、あのコマーシャルだった。間断なく流れ続けるあの空しいコマーシャルを目にすることは、堪えがたかった。

軽い酔いを覚えて、一輝は、ベッドの上、菜穂の隣に腰を下ろした。妻が服を着たまま寝入ってしまったのが気になったが、なんであれ、自分の好きなようにするのが彼女の流儀なのだ。

一輝は菜穂の身体を軽く揺さぶって、掛け布団の中に入れようとした。いま、妻に風邪を引かせるわけにはいかない。彼女は、七ヶ月後に母親になるのだ。

菜穂は半分眠った状態で、セーターやスカートを面倒くさそうに脱ぎ捨て、シャツ一枚になると、ベッドにもぐり込んだ。一輝の胸に、身体を軽く押し付けてきた。一輝は妻の額にくちづけをして、温かな身体を抱きしめると、眠りに落ちた。

さきに菜穂が単身で京都へ来てから、十日が経つ。その間に、京都市の中心部の桜は見頃を迎えた。

平安神宮の枝垂《しだ》れ桜を見たい、と菜穂が言った。

「むかし、小説か何かで読んだの。あそこの桜を超えるものは京都にはない、とかなんとか……」

「『細雪《ささめゆき》』だね」

すぐに一輝が言った。

「そうだったかな」

菜穂は釈然としない顔をした。フォークの先でサラダをつついているが、口に運ばない。あまり食欲がないというのは、ほんとうのようだった。ふたりは、ホテルのダイニングで朝食をとっているところだった。

谷崎潤一郎《たにざきじゅんいちろう》は、父が愛する作家だ。学生の頃、父の書棚から拾い出して、一輝も何冊か読んだ。

『細雪』は、昭和初期の大阪の没落商家、四人姉妹の話である。遠い昔の異国のお伽噺《とぎばなし》のようで、かえっておもしろみを感じたものだ。毎春、姉妹の家族で平安神宮の桜を見にゆくという場面が、関西の春の絢爛《けんらん》さを象徴しているようで、鮮やかに心に残っている。

「平安神宮は、まだ見頃じゃないようだな」

京都新聞の朝刊を開いて、一輝が言った。この季節、京都の桜の名所の開花情報が毎朝載っている。それを教えてくれたのは、御池《おいけ》にある料理屋の女将《おかみ》だった。

「枝垂れ桜は、ソメイヨシノより満開になるのが遅いからね。あと一週間ほど、待ったほうがいいな」

「一週間？　あと一週間も、私、ここにいるの？」

菜穂が、急に昂《たかぶ》った声を出した。一輝は、紙面に落としていた視線を上げて、菜穂を見た。からんと音を立てて、フォークを皿の上に投げると、

「やだ、もう。こんなとこに、これ以上、いたくない」

不機嫌な声で、横を向いた。新聞を閉じて、一輝は言った。

「君が言ったんじゃないか。京都がいいって。しばらく京都に行ってくるって」

「だって、こんなに長いあいだいなくちゃならないなんて、思わなかったんだもの」

菜穂はいよいよ不機嫌だった。一輝とて、こんなに長期間、妻を関西に逗留《とうりゅう》させることになろうとは思いもよらなかった。

しかし、状況は一向に変わらない。原発事故は、事態収拾どころか、時間が経つほど事の甚大《じんだい》さが明らかになるばかりだ。

政府は繰り返し言い続けている。ただちに健康に被害はないと。それは、裏を返せば、ただちに被害はなくとも、長期的に見れば被害があるということになるのではないか。

とにかく菜穂を西へ行かせたほうがいいと、最初に言い出したのは菜穂の母、克子だった。万が一にも胎児に放射能の影響があってはいけないからと。

当初、菜穂は嫌がった。仕事もある。菜穂は、彼女の祖父が設立した個人美術館

の副館長を務めていた。美術館の収蔵品は、祖父と父と母、そして菜穂とが、長年蒐集してきた近・現代の日本画、洋画だった。三代にわたる蒐集に一役買ってきたのが、一輝の父、そして一輝であった。

しかし、菜穂には火急の仕事は何もない。父や母が連れてくる政界財界の重鎮たち、海外からやってくる資産家のファミリーなど、特別なゲストを迎えて接待するのが、副館長たる菜穂のおもな業務だった。しかし、あの震災後、呑気《のんき》に美術鑑賞などにやってくるゲストは一切いなくなったのだ。
とにかくしばらくいってらっしゃい。ちょっと長い、優雅な旅行だと思えば、いい気晴らしになるわよ。菜穂の母は、そう言って娘をなぐさめた。

菜穂は不承不承《ふしょうぶしょう》だったが、ホテルに連泊しておいしいものでも食べていれば気分も落ち着くだろう、とにかくそうしたほうがいい、と一輝にも説得され、ようやく行く気になった。

一週間か、長くても十日以内には、必ず迎えにいくとの夫の言葉に背中を押され、キャリーケースひとつを引いて、新幹線に乗った。

珍しいことにグリーン車が満席だった、と菜穂が旅立った日、一輝のスマートフォンにメールが送られてきた。上質のスーツを着こんだエグゼクティブではなく、子連れのママたちで。移動式保育園みたいでうんざりした、という文面に、一輝は苦笑した。

妊婦なのに、母性のかけらもない。いや、いつものように、他人に不寛容な菜穂らしいというべきか。

「ねえ。いったい、いつになったら収束するの？　原発事故。いいかげんにしてほしいんだけど」

菜穂は、強い口調で言った。まるで、事故の原因は一輝にあると言わんばかりだ。

「そんなこと言ったって……」

一輝は苦々しく笑った。

「テレビは見てないの？　毎日、事故の進捗状況が発表されてるだろ」

「見てない。気分が悪くなるから」

それは誰も同じだろう。事故収束に向けたロードマップは一向に示されずにいた。日本全体が疑念の霧に覆われている。いったい、自分たちはいま、どうするべきなのか。これから、どうしたらいいのか。五里霧中とは、まさしくこの状況のためにある言葉のように感じられる。ただし、蔓延《まんえん》しているのは「目に見えない霧」ではあったが。

「僕らが焦ってもどうなることじゃないし……君は、何も気にしないで、楽にしてたらいいんだよ。これから京都は本格的に桜が咲いて、そりゃあきれいだよ。嫌なことは、全部忘れられるほどに」

菜穂は、生気のないまなざしを一輝に向けた。

「お気楽ね。関西人みたい」

「なんだよ、関西人みたいって」

「だって、こっちの人は、みんな、原発事故なんか他人事《ひとごと》みたいだもの……」

まだ外を出歩いていないので、なんとも言えなかったが、せめて京都の春は華やいでいてほしい。それが一輝の本音だった。

東京に漂う閉塞感には、いままでに経験したことのない異様さがある。まさかこの国の首都が、何もかもすべてが揃《そろ》ったアジア有数の豊かな都市が、あのような閉塞感に包まれようとは。

東京の電力が東北で作られているなどと、ただの一度も意識しなかったのは、自分ばかりではないはずだ。そのことに罪悪感を覚える必要はないだろう。

しかし、このような「非常時」にあっても、美術品を売らなければ生きていけない自分の身の上が、かすかに疎《うと》ましく思われるのだった。

「仕方がないだろ。日本全体で落ち込んでたら、経済が立ちゆかなくなってしまうし。元気な関西が守り立てていかなくちゃ。僕らのビジネスだって、世の中全体が健全でなかったら、全然だめなんだよ。画商なんて、用なしもいいところだ」

わざと自虐的なことを言ってみた。菜穂は、食べかけのオムレツの皿に視線を放って、夫の言葉には無反応だった。

初めて一緒に京都へ来たときには、菜穂はずいぶんはしゃいでいた。もう何度も京都を訪れているから、私に案内させてと言って。一輝も同じことを考えていたのだが、そのときには、婚約者となっていた菜穂を立てて、彼女の思い通りに、気の向くままに街中を巡った。

紅葉の季節で、車で行くのは時間がかかるからと、地下鉄や電車を乗り継ぎ、青蓮院門跡《しょうれんいんもんぜき》や嵐山《あらしやま》へ行った。人混みばかりで、落ち着かなかったが、そのときの一輝には、紅葉はどうでもよく、菜穂と一緒に京都にいるという事実ばかりがうれしかった。

昼食は「廣川《ひろかわ》」でうなぎを食べ、吉田山荘の離れに泊まった。東伏見宮《ひがしふしみのみや》家の別邸だったという旅館の離れは、落ち着いた意匠のいい部屋だった。

美食に舌鼓《したつづみ》を打ち、特別なしつらえの部屋で、有吉家のひとり娘が自分の腕の中にいる。彼女は、まもなく自分の妻になる。一輝は陶然とした。

あれから、そう何年も経ったわけではない。

けれど、外資系のホテルのがらんと空いたダイニングで、目の前の妻は、別人のように疲れた顔つきをしていた。

岡崎《おかざき》公園周辺の桜は、見頃を迎えていた。

一輝と菜穂の乗ったタクシーは、京都国立近代美術館の前で停まった。タクシーの中では、ずっと運転手がぼやいていた。

「今年はあきまへんわ。桜の見頃やけども、観光客が一向に来はらへんさかい。なんか、東京では花見も自粛やゆうてるんでっしゃろ？　こっちも、そのとばっちりですわ」

美術館の南側には疎水が走っていた。水路沿いに桜が薄雲のように群れて、揺れている。

「わあ、すごい。桜が、あんなに」

菜穂は、美術館には入らずに、疎水に架かる橋のほうへと近づいていった。その後を一輝がついていく。

満開の桜は、指先で触れようとするかのように、水に向かって枝を伸ばしている。枝から散り落ちた花びらが水面《みなも》に白い帯を作っている。白絹を広げたように、うつろいながら、花びらの帯は一輝たちの足下を流れていった。

ここへ来るまえに、ホテルの近所だからと智積院《ちしゃくいん》に立ち寄った。智積院の庭は、桜よりも梅やつつじで有名なので、もとより桜を眺めにいったのではない。長谷川等伯《はせがわとうはく》一門が描いた桜を見たい、と菜穂が言い出したのだ。

一輝も、いままでにも何度か智積院の「桜図」を見たことがあった。国宝の障壁画「桜図」は、「楓図」と対になっている。桃山時代を代表する、絢爛で豪奢な大作である。

ところが菜穂は、その日、「桜図」を見た瞬間に、

「つまらない」

と、いきなり言い捨てた。展示の演出がつまらないのかと、一輝が作品を眺めわたすと、

「解説がうるさくて、興ざめ。行きましょう」

展示室では、自動音声による解説が流れていた。女性の甲高い声が、確かに耳障りであった。展示室を出た菜穂は、

「あんなに見事な桜なのに。解説なんて、花見のカラオケみたい」

いっそう不機嫌になった。

菜穂は、都内の名門女子大で、日本美術史の高名な教授に師事し、美術史を研究したという学歴を持つ。研究者の道こそ歩まなかったが、彼女の美術品を見る目は

かなりのものだと、一輝はわかっていた。

彼女が美術品を選び取るときは、誰の意見にも耳を貸さず、自分の感性に一途だった。「呼ばれている気がして」と言いながら、それを求めるのだった。

菜穂の両親も美術品蒐集に少なくない費用を注ぎ込んできたが、ほんとうのところ、価値をわかって買っているのかどうかは定かではない。一輝の父と一輝に言われるままに、購入を決めている。御《ぎょ》しやすい上顧客なのだった。

菜穂は、むしろ、彼女の祖父に似ているかもしれなかった。

菜穂の祖父、有吉喜三郎《きさぶろう》は、大阪にある呉服問屋の三男坊だった。東京大学の経済学部に通うために上京し、卒業後は故郷には戻らず、株式と不動産の転売で財を成した。有吉不動産は、その後、国内有数の不動産企業に成長する。

商業施設やホテルなど幅広く営むようになったのは、菜穂の父、喜一《よしかず》の代からだ。バブル崩壊後、いっとき会社の経営は危うくなったが、どうにか踏みとどまった。商業施設やホテルなどの赤字子会社を清算、会社の規模を縮小して、なんとかここまでやってきたという感じだ。菜穂の兄で、有吉不動産の専務である由喜《よしき》がリストラの英断をした。彼は父親よりもまっとうな経営感覚の持ち主で、美術品などには微塵《みじん》も興味を持っていなかった。彼の存在があって、有吉不動産は難局を乗り切ったといえる。

菜穂の両親は、会社の経営が傾いたときにはさすがに美術品を買うのを控えたが、「社員を減らしてでも優れた美術品を買い続けるように」との喜三郎の遺言を、菜穂は密かに心得ていた。そのためか、日本画の大家の手による掛軸などの出物があると、

「パパの会社の社員にひとりくらい辞めてもらったらいいわ。おじいさまが、そうおっしゃっていたんだもの」

などと言って、どうしても手に入れようとするのだった。

有吉家で、こと美術品に対してもっとも欲深いのはこの娘なのだと、一輝は結婚してからよくわかってきた。

自分の妻が目利き《めき》なのは、頼もしいというよりも、そら恐ろしかった。

菜穂は、祖父の遺産をまもなく食い潰すだろう。そうなれば、自分のサラリーだけで妻を養わなければならない。

父の画廊も、ひところに比べれば、ずいぶん威勢が弱まった。父の会社から一輝が受け取る給与など、菜穂の欲深さの前では風前の灯火《ともしび》だ。ましてやこのさき、子供も生まれる。有吉家の援助なしには、遅かれ早かれ、自分たちはやっていけなくなるだろう。

菜穂は、疎水に覆い被さるようにして咲き誇る桜の花に放心しているようだっ

いた。物も言わずに、ただ見入っている。

一輝は、どの時点で、今日最終の新幹線で帰るよと言えばいいのか、まだ迷っていた。

腕時計を見て、一輝は菜穂の横顔に声をかけた。

「もう入らなくちゃ。四時二十分だよ」

美術館は五時閉館、三十分まえまでに入館しなければならない。菜穂は、黙ったままで、美術館の入り口に向かった。

パウル・クレーの展覧会が開催中だった。クレーは菜穂の好きな画家だ。これで機嫌が直れば、そのときに今日帰ることを言おう、と一輝は決めた。

閉館まぎわの館内は、ひっそりと静まり返っていた。人影はまばらで、ゆったりと鑑賞できる雰囲気が好ましい。

展示室内には、多くの仮設の展示壁が立ててあり、クレーの小作品がテーマごとに展示されてあった。クレーの創造のプロセスをつまびらかにするというのが展覧会のテーマであると、一輝は手元の解説書を見て確かめた。

クレーは、小作品に優れたものが多い。それが延々と続く壁に掛けられている。壁の周辺を行き来するうちに、一輝は、いつしか菜穂とはぐれてしまった。

腕時計を見ると、五時十五分まえだった。展示会場はさらに続いている。まだ半分も見ていないようだ。急いで見なければ間に合わない。

連続したスケッチやペインティングを眺め続けるうちに、一輝は、ふいにやわらかい眠気を覚えた。

彼の悪い癖で、展覧会で鑑賞中に、よく睡魔に襲われるのだ。集中力を高めすぎるせいなのか、それとも、あまりにも心地よくて眠くなるのか。眠くて眠くて、目の前の作品がぼやけてしまうことがよくあった。画商としてあるまじきことなのだが……。

ふと、数メートル先の壁に向かって立っている女性の後ろ姿が目に入った。一輝は、なんの気なしに、クレーの作品ではなく、その後ろ姿に見入った。

長い髪を結い上げて、うなじが白いシャツからすっと立ち上がっている。天井からのスポットライトがちょうどそこに当たっていた。後れ毛が、細い首にまとわりついている。

まっすぐな背中に白いシャツをきちんと着て、細身のジーンズを穿《は》いている。ほっそりした下肢《かし》には無駄な肉が一切ない。素足にローヒールのベージュのパンプス。足首は引き締まって、くるぶしが形よく露出している。

一輝は、彼女の後ろ姿に絵を感じた。あまりにも整った後ろ姿だったので、振り向かないでほしいと願ったほどだ。

展示壁のほうを向いたまま、彼女は横へと移動していく。一輝の視線も、それを追って移動した。もう、クレーの絵のことなどすっかり忘れていた。

チャイムが鳴り響き、館内放送が流れ始めた。——間もなく、当館は閉館いたします。どなたさまも、お忘れ物のないようにお帰りください——。

その放送に誘われるようにして、彼女がこちらを振り向いた。目を逸《そ》らす間もなく、一輝と彼女の視線がぶつかった。

「……一輝さん」

背後から声をかけられ、はっと我に返った。

振り向くと、菜穂がすぐそばに立っていた。氷のような目で一輝をみつめている。その目を見て、一輝の背中に冷たい汗が噴き出した。

なぜかはわからない。しかし、決定的な場面をみつけられてしまったかのように、一輝は動揺した。

「あれ……もう全部見てしまったの？　僕はまだ、半分も見ていなくて……この展覧会、東京に巡回するんだよね。だったら、もう一度見に行かなくちゃ……」

自分の言葉が言い訳めいて聞こえた。菜穂は、夫の心の裡《うち》を見据えるように、黙って一輝をみつめている。

こつこつと出口へ向かうヒールの靴音がした。一輝は思わず、靴音のほうを見た。

後ろ姿が遠ざかっていた。やはり、絵のような後ろ姿だった。

こちらを二度と振り向くことなく、後ろ姿は出口へと消えた。

2　青葉萌ゆ

　自分の中で、何かがことりと動いた気がして、菜穂《なほ》は目が覚めた。一瞬、胎児がお腹《なか》を蹴ったのだと思った。それほど体感的に、何かが動いた。しかし、菜穂の中で成長しつつある胎児は、十一週目に入ったところだ。お腹を蹴るまでに成長するには、まだ数ヶ月かかる。気のせいに違いなかった。

　枕元に手を伸ばし、スマートフォンをつかむ。刺すような白い光を放って、画面に満開の桜の花が現れた。時刻は午前六時半だった。

　ゆっくりと上半身を起こし、正面を見る。もう長いことつけていないテレビが、黒々とした平たい顔をこちらに向けている。窓を覆った白いブラインドの隙間からは朝日が細くこぼれ落ちている。ベッドを抜け出すと、菜穂は窓辺に歩み寄り、ブラインドを上げた。

　窓の向こうには木々の若葉が溢《あふ》れんばかりに盛《さか》っていた。目を細めて、若葉に朝日が照り返すのをしばらくみつめる。

さっき、確かに何かが動いた。なんだったのだろう、と菜穂は、無意識に手のひらをお腹の上に当てたが、すぐにその手を窓辺に添えた。お腹に手をやる妊婦らしい行為を自然としてしまったことが、何か恥ずかしいことのように思われた。

十一週目の胎児は、身体《からだ》の大きさが五センチ前後、体重は二十グラム程度。スマートフォンで「胎児の成長」と検索して、調べてみた。ネットでみつけた超音波画像を眺めて、こんな生き物が自分の中にいるのか、と不思議な気分だった。うれしいとか、いとおしいとか、そういう気持ちにどうもなれない。自分には母性がないのだろうかと心配になる。

夫である篁一輝《たかむらかずき》と暮らす東京のマンションを出、京都のホテルにひとり、仮住まいを始めて、一ヶ月近くが経っていた。

夫は毎週末会いに来てくれる約束をしたはずだった。しかし、この四週間でまだ一度しか来てくれていない。三月の震災の影響で仕事が何かと大変なのだと、一輝は言い訳をしていた。

その言葉を信じるほかはなかったが、今度会ったら、どう意地悪してやろうかなと思ったりした。

一輝は、ふがいないのだ。妊娠した妻を気にしていないわけではなかろうが、どうしても仕事を優先してしまう。一輝が専務を務める画廊は、彼の父が社長であった。その社長に気を遣い、また、方々の顧客に気を遣って、身動きが取れなくなっているのであろう。

毎日、夜九時頃、決まって電話をしてきてはくれるが、言い訳ばかりだった。なかなか会いにいけなくてごめん、震災の影響で売上が上がらなくて、ことさら営業努力しているんだよ、と。それから、通りいっぺんの問いかけがあった。体調はどう？　つわりは収まった？　病院へ行ったの？　食欲はあるかい？　よく眠っているかな？

そのつど、菜穂は、うん、うん、と機嫌の悪そうな声で返事をするだけだった。最初のうちこそ、つまらない、帰りたいを連発していたのだが、もはやそう言うのさえおっくうに感じられるのだった。

さびしい気持ちなどは、とっくに通り越していた。えも言われぬ、せつない気持ちがあった。憎しみにも似て、その気持ちは菜穂を静かに昂《たかぶ》らせた。

「おはようございます。今日はいいお天気ですね」

午前八時、いつものようにダイニングルームへ出向くと、すっかり顔なじみになったレストランのスタッフが、牛乳とオレンジジュースを運んできて、挨拶をした。菜穂は、うっすらと愛想笑いをしながら、「そうですね。いいお天気……」と抑揚のない声で返した。

「お出かけ日和《びより》でございますね。篁さまは、どちらかへいらっしゃいますか？」

高級外資系のホテルの従業員らしく、教育の行き届いたていねいな物言いだ。毎朝、菜穂がダイニングルームに現れるたび、すぐに気づいて、牛乳とオレンジジュースを持ってくる。菜穂が好むトーストの焼き加減、ゆで卵のかたさ、コーヒーをサーブするタイミングなども、彼女はすでに心得ていた。しかしなぜこれほど長くひとりでホテルに逗留《とうりゅう》しているかについては、訊《き》くことはしなかった。

「お出かけ日和ね」と菜穂は、やはり抑揚のない声で、彼女の言葉を繰り返した。

それから、なんの気なしに尋ねてみた。

「若葉がきれいな季節だけど……ぼうっと新緑を眺めるには、どこがいいか、知ってらっしゃいます？」

「ぼうっと新緑を……」

菜穂の言葉を復唱してから、彼女は答えに窮した。桜や紅葉について質問されれば、答えようもあるのだろう。しかし、漫然と緑を眺めるのに適した場所はどこか、と問われたことはなかったのかもしれない。

「新緑……さようでございますね、新緑……若葉がきれいなところ……」

両手でトレイを制服のスカートの腿《もも》に押し付けながら、彼女は考えを巡らした。

どんなことであれ、客の要望に応えようとする態度に、菜穂は好感を持った。ホテルに暮らし始めて一ヶ月近くにもなると、閉塞感をおぼえざるを得ない。孤独感も味わった。なぜ自分には京都に友人がいないのだろうと、思うことしきりだった。

初めのうちこそ、父の知人や夫の顧客の誰や彼やが、ひょっこりと東京からやってきてホテル暮らしを始めた菜穂を食事に連れ出してもくれたが、そう毎日一緒に出かけるわけにもいかない。ましてや年長の男性とその夫人とともに京料理などを食したところで、気が休まるはずもない。同年代の友人がいればと、菜穂はつくづく思った。

「コンシェルジュに訊いて参りましょうか」

適当な場所を思いつかなかったのか、スタッフが言った。どこでもいいから、彼女がここと言ったところに今日行ってみよう、と思いかけていた菜穂は、肩すかしを食らった気がした。

「いいですよ。自分で訊きますから」

菜穂はそう言って、白いクロスがかかったテーブルの上に視線を落とした。

「申し訳ありません。私、このあたりの者ではないものですから」

尋ねもしないのに、スタッフは、自分が地方出身者であることを口にした。京都に憧れて、やって来たのだと。

「そうですか」菜穂は、冷めた口調で返した。「それで、京都は、思った通りの街でした？」

スタッフは苦笑いをした。そして言った。

「いつまで経ってもなかなか受け入れてもらえない気がして。なぜだかわからないのですが……」

まるで自分は異邦人になったように感じると、冗談めかして言ってから、一礼して、テーブルを離れていった。

ホテルの部屋に戻って、ベッドの上に身を投げたまま、菜穂は天井の一点をみつめていた。

朝食後、コンシェルジュデスクに立ち寄って、新緑の名所を訊いてみようかとも思ったが、是が非でも青葉を眺めにいきたいわけでもなく、質問すること自体が無意味な気がして、やめておいた。さわやかな季節なのに、気分は滅入《めい》るばかりだった。

横たわるうちに、今朝早く、自分の身体の中で何かが動いた感覚が、ありありと蘇ってきた。ことり、と音を聞いたような気さえした。子供がお腹を蹴る、というよりは、石が転がるような感覚に近かった。

「なんだか、気味が悪い。自分の中に別の人間がいると思うと」

母に電話をして、言ってみた。そんなふうに本音を吐露《とろ》できるのは、母だけだった。

「私の中に、別の人間の目があって、脳があって、心臓があるんでしょう。ってことは、私、いま、脳をふたつ、心臓をふたつ、持ってるわけでしょう。目をよっつ……」

電話の向こうで、母が堪《こら》えきれずに笑い出した。

『おかしなことを言うのねえ。目がよっつだなんて。そんなこと考えたこともなかったわ』

「耳だってよっつよ。口はふたつ。鼻も……」

菜穂は、続けて言った。自虐的な思いにかられていた。

「私自身が、別の生き物になってしまったみたいな気がする」

『何馬鹿なこと言ってるの』

菜穂が自分を追い詰めようとするのを、母がようやく止めた。

『そういうのはね、〝プレグナンシー・ブルー〟っていうらしいわよ。妊娠すると、ホルモンのバランスが崩れて、情緒不安定になるの。別に珍しいことじゃないから、まあ、あまり気にしないことね』

気軽に言われて、菜穂は、少し気持ちが緩んだ。

「ねえママ、しばらくこっちに来て一緒にいてくれない？　こんなふうにずうっとホテルに缶詰状態なんて、もう耐えられないよ」

『贅沢《ぜいたく》ねえ。見どころいっぱいの京都に、優雅に滞在してるのに、缶詰状態だなんて……。京都には、美術館も画廊も古美術店もたくさんあるし、いくらでも勉強できるじゃないの。あなたがそっちで吸収したことは、全部うちの美術館に還元されるはずよ。ホテルの部屋でごろごろしてばかりいないで、もっと出歩いてごらんなさい』

甘えたつもりが、かえって小言を返されてしまった。菜穂は、また不機嫌になった。

「だって、ずっとひとりっきりなのよ。一輝さんも全然来てくれないし、話し相手はホテルの従業員だけ。こんな状態に置かれたら、ママだったら三日で飽きちゃうよ」

社交好きの母であれば、ひとりっきりで三日間も過ごすことなどできるはずがない。父や兄や兄嫁や幼い孫たち、友人知人にいつも囲まれている。孤独を味わったことなど、彼女の人生においては一度もないはずだった。

『パパのお友だちの梶山《かじやま》さんにご連絡してみたら？　嵐山《あらしやま》の西條《さいじょう》さんは？』

母は、京都在住の知人たちの名前を、いくつか挙げた。どの人物にも、この一ヶ月で会い尽くしてしまった。名のある企業の重役ばかりなので、そうそう気軽に遊びにいける相手ではない。いつでもご連絡ください、京料理を食べにいきましょう、よろしければ我が家のゲストルームにお泊まりくださいと、誰もが愛想よく提案してくれたが、菜穂には、実際、わからなかった。

いったい、どの程度本気で誘ってくれているのか。自分は、実は、招かれざる客なのではないか。

原発事故の影響を避けて東京から避難してきていること自体、彼らには理解できないのではないか。なぜそこまで敏感になっているのか、そこまでする必要があるのだろうかと。

菜穂は、自分が妊娠していることを、家族以外の誰にも告げずにいた。告げていいことではないような気がしていた。ゆえに、家庭も仕事も打棄《うっちゃ》って、ひとり、わがままで京都に長逗留しているように思われても、仕方がなかった。

誰かに連絡をすれば、おそらく愛想よく応対してくれるに違いない。けれども、本音では、まだいるのかと呆《あき》れられるはずだ。そんなふうに思われるのは、嫌だった。

「誰に連絡するのも、そんなに気軽にってわけにはいかないよ。なんで東京に帰らないんだ、って思われちゃう」

『仕方がないでしょ。お腹に子供がいるんだもの』

「それはそうだけど。妊娠してるから、放射能の影響が怖いから、だから京都にいるんです、退屈だから会ってくださいって言えばいいの？　そんなこと、言えっこないよ」

　菜穂は、再び気持ちが落ちていくのをどうすることもできなかった。本来ならば、妊娠中の娘の不安定な状態を心配して飛んできてくれてもいいのではないか。母にその気配がないのにも、無性に苛立《いらだ》った。

「どんなご用事があるの、ママ？　東京で」

　意地悪く言ってみた。

「毎日、銀座でお買い物？　大好きなお婿《むこ》さんの顔を見るために？」

　電話の向こうで、一瞬、母が、言葉をなくすのがわかった。すぐに、『馬鹿ね、何言ってるの』とやさしくたしなめる声が聞こえたが、菜穂は、がまんならなかった。

「もういいよ。またね」

ため息とともにそう言うと、通話を終えた。

スマートフォンをベッドの上に放り投げ、窓辺のソファに腰掛ける。外の世界は、目を開けていられないほど、まぶしい光に満ち溢れていた。萌《も》えいでる青葉が、光を弾いていた。それなのに、菜穂は、泣き出してしまいそうだった。

京都の画廊の多くは、岡崎《おかざき》公園周辺と、御所《ごしょ》の南側に集中している。また、著名な書画骨董《こっとう》の店、老舗《しにせ》画廊の一部は、鴨川《かもがわ》の東、新門前通《しんもんぜんどおり》に軒を並べている。御所の南側では、東西は烏丸通《からすまどおり》から河原町通《かわらまちどおり》のあいだ、南北は丸太町通《まるたまちどおり》から四《し》条通《じょうどおり》のあいだの地域に、日本画、洋画、現代美術の画廊が点在している。いつ頃からそうなったのかは、菜穂にはわからない。

最近では、しゃれたブティックや雑貨の店、古い町家を利用したカフェなどもあった。清水寺《きよみずでら》周辺や嵐山《あらしやま》周辺ほど観光客が群れてはいない。京都在住の若者たちや、旅行中の母娘が、雑誌で紹介されていた店を探してそぞろ歩いたりしている。

いまさらウィンドウショッピングなどに興味はなかったが、おもしろい画廊のひとつでもみつけようと、菜穂は、寺町通《てらまちどおり》あたりへ出かけてみた。

二日まえに、東京の主治医の紹介状を携えて、聖護院《しょうごいん》にある京都大学医学部附属病院へ検診に出かけたきりで、ずっとホテルの部屋にこもっていた。つわりもあり、身体を動かすのはおっくうだったが、少し外の空気を吸わなければ、と思った。

京大病院で検診を担当したのは、男性の医師だった。東京での主治医は女性だったので、意表を突かれたが、ベテランでやわらかな物言いの人だった。

診察のあと、彼は、妊娠中の注意事項を細やかに述べてから、やんわりと諭《さと》した。「気分転換をしはったり、積極的に身体を動かさはったほうがええんですよ。おひとりで窮屈な思いをしてはるやろけど、お母さんの身体も心も、赤ちゃんのために、健康に保ってあげんとあきません」

ああいう物言いは好きだな、と菜穂は思った。京都の人すべてに共通するものではないだろうが、遠回しに、ていねいに、小言を言うような感じ。なってませんね、いけませんと、東京の言葉ですぱっと言われたら傷つくだろうが、遠回しに言われる分だけ、思いやりがあるように聞こえる。同じ小言を言われるのでも、京都の人に言われるのであれば、受け止めようかという気持ちにもなる。

寺町通周辺で、いくつかの画廊に入ってみた。現代風な洋画家の作品や、現代美術のインスタレーションの展示がしてあった。舞妓《まいこ》を描いた日本画を見せているところもあった。どれも、菜穂の胸には刺さらなかった。名も知らぬ画家やアーティストばかりだったが、菜穂には名前は関係なかった。

名もない作家であっても、作品が鋭く刺さってくることがある。いきなり刺し貫かれたときには、迷いなくそれを求めた。そういうものには、一年に一度、巡り合うか合わないかという確率だった。

見た瞬間に刺し貫かれたいと、いつも思っている。けれど、見た直後に、それがどういうものだったか忘れてしまうもののほうが圧倒的に多かった。多くのものは、菜穂の心を素通りした。

美術品を目にして、心に刺さるあの感じというのは、いったいどこからやってくるのだろう。

菜穂は今年三十一歳になるが、もう長いあいだ、日常的に美術品に接してきた。その中で、「刺さる感じ」を体得してきたのだった。

「その感じ」を意識するようになったのは、十代になってからのことだ。それ以前からも、おそらく「その感じ」は知っていたのだが、幼すぎて意識できなかったのだ。

言葉にもできなかった。ゆえに、誰にも伝えられなかった。すぐれた美術品に出合った瞬間に、菜穂が身体のうちに覚える異様な感覚を。

刺さる、という言葉にいきついたのは最近のことだ。一輝と結婚するまえのことだったように思う。

やはり、名もない若手の画家の小さな抽象画だった。六本木の画廊でそれを見た。そのときは、鋭利な細いものを胸に突き立てられたような感じがあった。

刺された、と感じた。即座に、その小作品を買い、一輝に電話をした。六本木の××ギャラリーでやっている個展をすぐ見たほうがいい。そして画家に連絡してみて、と。

その画家は、その後、一輝の画廊、たかむら画廊の専属画家となり、いまはかなりの値段をつけるようになった。そうやって、一輝のために、菜穂が発掘した画家が何人かいる。すべて、菜穂が「刺さった」と感じる作家ばかりだった。

そうして、「刺さる」感じを覚えるたびに、「それ」は、いったいどこからやってくるのだろうと不思議に思う。あるいは、「それ」を覚えないときは、どうしてやってこないのだろうとも。

子供の頃から、身近に美術品があった。テレビの娯楽番組やゲームに興じなかったわけではないが、画集を眺めたり、テレビで美術番組を見たりするほうが好きだった。実家の隣の邸に住んでいた祖父の影響が大きかったのだろう。

日本を代表する不動産会社の経営者だった祖父は、早くに経済界を引退して、趣味の美術品蒐集《しゅうしゅう》に心血を注いできた。五歳の頃から、菜穂に茶道具や掛軸に接する機会を与えた。菜穂の老成した趣味は、この祖父から受け継がれている。

祖父に倣《なら》って美術品を買い求め、祖父の開設した私設美術館の維持に努める父だったが、もはや興味も失《う》せたようだ。父を補佐して専務を務めている兄は、もとよりまったく興味がない。いまも細々と美術品を買い続けているのは、母と菜穂なのだった。

母と菜穂は、祖父の遺産を使って美術品を買っている。眺めるだけでもいいじゃないか、何も買わなくても、と兄は、菜穂に会うたびに文句を言う。たとえ妹の相続分であっても、祖父の遺産が浪費されるのががまんならなかったのだろう。

しかし、菜穂にしてみれば、それは浪費ではなかった。すぐれた美術品を買うことこそが、祖父の遺志に沿うことになるのだと信じていた。だから、欲しいと思えば——つまり、刺されば——迷いなく買った。一万円でも、一千万円でも。

母は、少し違う事情で作品を買い続けているようだった。たかむら画廊以外では、母は決して美術品を買わない。どうせ買うならば、娘の嫁ぎ先に貢献したいという意志が見てとれた。

実際、菜穂に言っていたこともある。一輝さんのところから買えば、結局、あなたのところに還元されるわけだからね。あなたも浮気しないで、たかむら画廊から買うようになさいな。

ほんとうにそうだろうか、と菜穂は疑った。

たかむら画廊への母の執着は、傍目《はため》に見ていて異常な感じがする。母の執着は、画廊ではなく、一輝へのものなのではないか。

一輝を菜穂の結婚相手として引き合わせたのは、母だった。

すてきな人がいるのよ。銀座の老舗画廊の跡継ぎでね……。一度、会ってみたら？　紹介するから。

母がその人と一緒に、パリだのニューヨークだの、展覧会のレセプションやオークションに出かけているのは知っていた。急に華やぐ母を見ていて、若い恋人でもできたのかと密かに思っていた。父が気づかなければいいとも。

母は、その人と自分を引き合わせた。結果的に、結婚することになったが、それでいちばん喜んだのは誰だったか。――母ではないか？

寺町通の画廊で作品を見ているはずなのに、うっそうと胸を覆うのは、一輝と母への靄《もや》のような嫌疑だった。その靄を払いたくて、菜穂は、新門前通まで行ってみることにした。

京阪線の三条《さんじょう》駅でタクシーを下り、少し南へ下って、新門前通に入る。骨董屋のしかつめらしい門構えを眺めて歩くうちに、見覚えのある日本画の画廊に行き合った。

結婚まえに、一輝と京都を旅行して、なかなか気に入った日本画をみつけ、その場で買ったことを、菜穂は唐突に思い出した。「刺さる」という感じではなかったが、気に入ったのだ。京都画壇の名のある画家の手によるものだった。画家の名前は志村照山《しむらしょうざん》といった。

額入りの肉筆画で、紅葉を描いた六号ぐらいの小品を、そのとき、菜穂は買い求めた。確か、五、六十万円した。菜穂がクレジットカードで支払い、自宅に送ってもらう手はずをさっさと進めるのを、一輝は少し離れたところで黙って眺めていた。

ふたつのことを、彼は注意深く見守っていたのだろう。ひとつは、京都の画商の仕事の進め方。もうひとつは、彼の未来の妻が、いかにあっさりと、安くはない美術品を買い求めるか――。

画廊のショウウィンドウには、青葉を描いた作品が額に入れて飾られていた。「青葉萌ゆ」とタイトルが小さく掲示してある。やはり志村照山作だった。

美術について語り合える友を見出《みいだ》したような気がして、菜穂の心は弾んだ。ガラスのドアを押して、画廊の中に入る。

　グループ展を開催中だった。画廊内の壁には、照山の作品はなく、舞妓や青竹や鳥などをモチーフにした、ありきたりな絵が並んでいた。当然、菜穂の心に触れるものは、一見して皆無のようだった。

「いらっしゃいませ」

　中年の男性が奥から出てきて、さりげなく声をかけた。菜穂は声がしたほうを向いた。そして、すぐさま挨拶をした。

「こんにちは、美濃山《みのやま》さん。篁です。覚えていらっしゃいますか？」

　男は、画廊主の美濃山俊吾《しゅんご》だった。美濃山は、「篁さん？……有吉《ありよし》さんと違いますの？」と返した。

　そうだった。以前、ここに来たときには、まだ有吉姓だったのだ。

「結婚したんです。それで、篁になりまして」

「ああ、そうでしたか。それは、おめでとうございます。いつ、ご結婚しはりました？」

「もう四年になります。ずいぶん長いこと、こちらに伺えなくて……」

「いいえ、かましません。今日は、おひとりで来はったんですか」

「ええ、ひとりで……」

「そうですか。表に、照山先生の新作、ひとつだけやけど、掛けとります。それ、見はって、入ってきはったんと違いますか」

「ええ。その通りです」

「それは、それは。みつけてくれはって、おおきに。今回は、あの一点だけしかあらへんけど、もし、興味を持ったはるんやったら……」

美濃山の背後、画廊の奥には応接室があった。菜穂は、前回そこに招き入れられて、照山の作品を買ったのだ。

その応接室に、青葉の絵が一枚、掛かっていた。菜穂は、磁石に引きつけられるように、その絵をみつめた。

――見たことがある。

画廊主が話し続けるのに空返事をしながら、菜穂は、記憶の糸をたぐり寄せた。なんであれ、美しいものを一度目にしたら決して忘れないのが、彼女の性分だった。

――クレーのような、青葉の連なり。

一輝と一緒に行った、パウル・クレーの展覧会。淡い色、ときには深い色彩を重ねて、クレーの絵の数々がさざ波のように菜穂の胸に立ち上った。

まさか、クレーの絵ではあるまい。けれど、クレーの絵のいちばんいい部分を集約し、日本画に翻訳したような、抽象的な青葉の絵だった。ショウウィンドウに出ていた志村照山の作品よりも、はるかに強い磁力を放つ絵。
自分の中で、何かが、ことりと動く感じがあった。
いや、違う。動いたのではない。刺さったのだ。
菜穂の胸中に、得体の知れない感情が、つむじ風のように巻き起こった。
えも言われぬ感情。見果てぬ欲望の予感があった。

3　火照《ほて》る夜

　ジャケットの内ポケットでスマートフォンが震え始めたそのとき、一輝《かずき》は、遅めのランチのテーブルに着席したところだった。

　銀座《ぎんざ》通りに面したビルの十階である。大きな窓がいっぱいに広がる、ひっそりした個室を取り置いてくれたのは、長い付き合いの支配人の配慮だ。フィレンツェから一流の料理人を招いて、華々しくこの店が開かれたのは二十年以上もまえのことだ。一輝は十代のとき、父に連れてこられたのが最初だったが、以来常連客となっている。黒トリュフをふんだんにふりかけたスパゲッティーニや、トスカーナの名門シャトーから特別に取り寄せたスプマンテが自慢の店。開店直後は半年先まで予約が埋まっていたというのが夢物語のように感じられるほど、いまの店内は閑散としていた。

　一輝の向かい側には、有吉克子《ありよしかつこ》が座っている。一輝にとっては、義母であり、最重要顧客でもある。頻繁《ひんぱん》に、かつ遠慮なく一輝をランチに誘い出す、妻以外の異性でもあった。

内ポケットからスマートフォンを取り出した一輝が、液晶画面を見て眉根を寄せるのを認めると、通話はあちらでどうぞ、と促すように、克子は視線を個室のドアのほうへちらと向けた。

一輝は目礼をしてから立ち上がると、個室の外へ出て通話キーを押した。

『もしもし、私だけど。ちょっと聞いてくれる？』

弾んだ声が鼓膜に響く。京都に滞在している妻の菜穂《なほ》からの電話だった。一輝は、電話の向こう側の妻に気づかれないように、そっとため息をついた。

こうして、菜穂は、夫がいまどこにいて何をしているのかなど、まったくお構いなく電話をしてくることがある。重要な商談中だろうが、海外出張中で明け方ようやく眠りについたところだろうが、彼女には関係ない。自分の話したいときが話すべきときなのだから。夫にとっては自分の電話が最優先であるはずだと固く信じている。彼女の母親にもそういうところが少なからずあった。相手の状況を想像することなく連絡してくるところが、この母と娘はよく似ていた。

「いま、会食中だから、手短にね」

いちおう釘を刺しておく。聞いてくれないとわかってはいるが。

『すごい画家をみつけたの。まったくの新人、完全な無名の画家よ。大発見よ』

菜穂の声は昂《たかぶ》っていた。すごいアーティストを発見した、と言って電話をしてきたのは初めてではなかったが、そんなに頻繁なことでもない。よほど珍しいアーティストを発見したのだろうか、菜穂の興奮は極まっているようだった。探索船で深海をあてどなく進んでいき、宝の山を積んだ沈没船を思いがけず発見したとき、こんなふうに人は興奮するのかもしれない、などと、頭の隅で想像しながら、「へえ、どんな画家?」と一輝は、さも興味がある様子で返した。

『表現できない』あっさりと、菜穂が答えた。

『言葉にするのが惜しいくらい。自分の目で見ないと、もったいないよ。一輝さん、今日、これからこっちへ来られる? とりあえず、その絵、押さえたから。見に来てほしいの』

そらきた、と一輝は、また漏れそうになったため息をこらえて言った。

「無理だよ。今日は午後いっぱい、商談のアポイントが入ってる」

『じゃあ、最終で来ればいいじゃない。明日の朝いちばんで、作品、ホテルに届けてもらうから』

結婚まえにふたりで京都を旅行したとき、偶然入った新門前通《しんもんぜんどおり》の「美《み》のやま画廊」。今日、なんの気なく街中へ出かけ、あの画廊の前を通りかかって、やはり偶然みつけたのだという。これはとにかくすぐ買わなければと直感し、カードで支払いも済ませたが、持って帰るには重いし、ホテルの部屋に置いておきたくもない、さりとて東京の自宅や自分が副館長を務める美術館に送るのもいやだ。当面画廊の倉庫に預かってもらうことにした、と菜穂は、昂った声で一気に事の次第を話して聞かせた。興奮さめやらぬ状態なのは、その画廊を出てきてすぐに電話をしたからなのだった。

「ああ、志村照山《しむらしょうざん》の紅葉を買った、あの画廊だね」

そのときのことを、一輝はよく覚えていた。小作品だったが、引き締まった構図のいい作品だった。何より、ひと目で京都画壇の重鎮である志村照山の作品だと見抜いた菜穂の目利《めき》きぶりに、内心舌を巻いたものだ。あのとき、自分の目にかなう作品を見出《みいだ》し、即座に我がものにした未来の妻の表情は、妖《あや》しく輝いていた。

あれから何年も経ってはいないが、その間、照山は、京都の古刹《こさつ》・浄福寺《じょうふくじ》の障壁画を完成させ、受勲《じゅくん》の噂もあったりして、作品価格が驚くほど高騰した。菜穂の買った小品は、いまや十倍の価格で取引されるほどになった。そんなこともあって、一輝は、自分の妻が只者《ただもの》ではないと思い知ったわけなのだが。

「今回みつけたその作品は、ショウウィンドウに出てたの？」

最終の新幹線で来てほしい、というひと言を遠ざけたくて、一輝は話を「その作品」に振り向けた。

『違うの。ショウウィンドウに出てたのは、照山先生の、若葉を描いた小品だったんだけど』

「照山の若葉か。僕は、そっちのほうに興味があるな」

『何言ってるの。全然、違うのよ。私がみつけたほうは、同じ若葉を描いていても、照山とは、入り口《アクセス》も、手法《アプローチ》も、到達点《アチーブメント》も、全部、違うんだから』

自分の主張を通すとき、菜穂は気の強そうな眉尻をきゅっと上げて、挑むような表情になる。この一点においては絶対に自信がある、誰がなんと言っても自分の言っていることが正しいと、言葉と、声色と、表情と、すべてを活発に使って攻め立てるのだ。

その顔を思い浮かべながら、一輝は、急いで明日の予定を胸中で反芻《はんすう》した。これは今夜京都入りしないと、あとでどうなることか、わかったものではない。

『とにかく、今夜来て。待ってるから。明日の十時に、美濃山《みのやま》さんに、ホテルに届けてもらうから』

「いや、いいよ。それには及ばない。ふたりで、朝いちばんで、美のやま画廊へ見にいけばいいじゃないか」

観念して、そう言った。明日は、午前中にたかむら画廊で社長である父を交えた定例会議と、午後、銀座の画廊協議会の会議があったが、代理を立てればなんとか欠席がかなう。何より、こうも強引に勧誘する妻を無視する勇気がなかった。そしてそれ以上に、恐るべき慧眼《けいがん》の持ち主である菜穂に、照山と同じ画題で描きながら、まったく違うアチーブメントを見せていると言わしめた作品が、いったいどういうものであるのか。そこがいちばん、気になった。

今夜京都へ発《た》たなかったら、怒れる妻と「謎の作品」と、両方の幻影に悩まされ、一睡もできないに違いない。

『そう。だったらそれがいちばんいいわ』

夫の応答に満足したのか、菜穂の声はいくぶん落ち着きを取り戻した。

『私ね。いま、美のやま画廊の前にいるの。さっき作品を買って、外に出て、すぐに電話したんだよ。これからまた店の中に戻って、美濃山さんに言っておくね。明日の朝いちばんで、夫と一緒に見にきますって』

それから、楽しげに、美濃山さん、私のことを覚えてた、有吉さんと違いますかって言われたの、と付け足した。

「そりゃ、覚えてるさ。入ってくるなり『表に掛かってる絵、いただけますか』って言うような上客は、そうそういないからね。しかも、志村照山の絵を」

ふふふ、と菜穂は自慢げな笑い声を立てた。これをお求めにならはるんですか、まだ無名の若い画家ですよ、って言われて』

『今度も、美濃山さん、びっくりしてた。これをお求めにならはるんですか、まだ

美のやま画廊の応接室にひっそりと掛かっているのを、画廊主の肩越しに、菜穂はみつけたのだという。正式に画壇デビューもしていない、まったくの新人が描いた作品なのだそうだ。

美濃山は、とある高名な画家のアトリエでそれをみつけ、どうにも引っかかるものを感じて、預からせてもらったのだという。この作品、どう化けるかわかりませんが、しばらくのあいだお預かりできませんでしょうか、と口説いて。従って、値段もついていないのだと。

ほう、と一輝は思わず嘆息した。そこまでの青田買いは、自分には経験がない。美のやま画廊は、店構えこそこぢんまりとはしているが、京都では知られた日本画専門の老舗《しにせ》画廊だ。新人の作品を、高名な画家のアトリエでみつけて預からせてもらうなどするのは、よほどその大家《たいか》との関係が熟していなければできないだろう。それとも、大家の内弟子か何かの作品で、向こうのほうから、ひとつよろしくと頼まれたのだろうか。いずれにしても、珍しい発掘の方法だ。

新人発掘は、画商にとって重要な仕事のひとつである。新人は自分の売り込みに

必死だから、交渉の場面では画商が一方的にリードできるし、画商側の付け値で作家から直接作品を仕入れることもできる。個展を開いてやり、売り込みをかけて、作家を育て上げ、いずれ大家になったときには、存分に投資した分を回収できるというわけだ。

が、多くの場合は、その「いずれ」が訪れずに終わる。鳴かず飛ばずのまま、画壇の隅っこでどうにか糊口《ここう》を凌《しの》ぐという作家も数多く存在する。それでも画壇のはしくれに在籍できるのであればまだましだ。専門学校の美術教師になったり、イラストレーターになったり、あるいはまったく違う職業に転職することも少なくない。投資した分をまったく回収できずに終わってしまうことも、ままあるのだ。新人発掘には、常に冒険とリスクが伴う。だからこそおもしろいわけなのだが……。

大家のアトリエで見出した美濃山もなかなかのものだが、まだ値段もついていないような——値段をつけられない、というのとは意味が異なる——作品を、それでも買ってしまう菜穂にこそ、一輝は戦慄《せんりつ》せずにはいられなかった。

「で、その画家、なんていう名前なの？」

ほんとうに無名なのか、あとでインターネットで調べてみようと思い、一輝は訊いてみた。

画家の名は、白根樹《しらねたつる》ということだった。字面《じづら》を思い浮かべながら、「きれいな名前だね。雅号《がごう》かな」と一輝はつぶやいた。男か女かもわからない。白樺《しらかば》の木立が、脈絡なく脳裡《のうり》にすっと浮かんだ。

『まさか。値段もついていないような新人なのよ。雅号なんて……』

菜穂は言いかけて、

『ああ、でも、照山先生がつけたのかもしれない』

と、言い直した。

美濃山がその作品を見出した大家のアトリエとは、志村照山のアトリエのことだった。

一輝が昼食のテーブルに戻ってくるのを、スプマンテを飲みながら、克子は辛抱強く待っていた。

「すみません。長々とつかまってしまって……」

言い訳しながら一輝が席に着くと、

「菜穂ね」すぐに電話の相手を言い当てた。

「まったく、あの子ったら、こっちの都合も考えずに……長電話をかけてきて、いつもお仕事の邪魔をしてるんじゃないかしら？」

一輝は苦笑した。克子とて、同じなのだが。

「そうでもないですよ。ただ、今日は特別に長話がしたかったようです。京都で、偶然、無名の新人の良作に出会ったようで……」

無名の新人、と聞いて、克子はわざとらしいため息をついた。

「ほんとうに、どうしようもない子ねえ。評価の定まらない作家の作品は買ってはだめ、っていつも言ってるのに……大枚はたいて買ったって、ただでさえ窮屈な倉庫を狭くするだけなんだから……」

新人発掘にはリスクがつきものなのよ、とすました顔で言う。古い付き合いである一輝の父に教えられたそのままを自説にしている。一輝は黙ってアンティパストの皿の上でナイフとフォークを動かした。

「まあ、でも、妊娠中で、情緒不安定だから、多少の気晴らしは必要かもしれないわね」

今朝方、菜穂がおかしな電話をかけてきたと克子は言った。自分の中に別の人間がいると思うと気味が悪い。いま自分には、脳がふたつ、心臓がふたつ、目がよっつあるのだ、別の生き物になってしまった気がする、などと。

そう聞いて、一輝はさすがに心配になった。妊娠中で、しかも遠く離れた関西の地にひとり置き去りにされている不安も焦燥《しょうそう》も、妻にはあるのだろう。

震災の影響で、日本全体が謹慎ムードになっている中、自分たちのビジネスが厳しい状況に陥っているのは事実ではあったが、それにしても、仕事ばかりを優先して、身重の妻を二週間以上も放ったらかしにしているとは……。いまさらながらに、一輝は、自分がいかに妻に対して冷淡だったかに気がついて、申し訳ない思いになった。

それにしても、この母親、やはり少し異常なのではないだろうか。妊娠中の娘がおかしなことを言う、と笑って告げる、その相手は娘の夫なのだ。この母は、娘と離れて一ヶ月近くになるというのに、一度も会いにいっていない。それどころか、ひっきりなしに娘婿に会いにきては、こうしてランチに誘い出す。商談につながるかもしれないと期待して、こちらはそれに付き合うのだが、震災の影響でうちも財政難でね、なかなか美術品を買う余裕はないのよ、と平然として言う。そして、高級フレンチやイタリアンや和食の昼食代は、毎度、当然のようにたかむら画廊持ちなのだ。

プリモ・ピアットのパスタをフォークに絡めながら、一輝は、克子の胸元に視線を泳がせた。大きく開いたV字の襟《えり》は、胸の谷間をぎりぎりに見せている。克子は、何度も前屈みになって、豊満なバストを見せつけるようにした。一輝に会うときは、決まってこういうスタイルの服を着ている。しかし、決して下品ではなく、ほどよい色香が漂っている。

克子は、自分では決して年齢を口にしたことはないし、口止めでもされているのか、菜穂も母の年齢について教えてくれたことはなかった。

菜穂の兄は三十三歳、結婚して四歳と二歳のふたりの息子もいる。母が早くに結婚して兄を産んだということは菜穂から聞いていたので、想像するに、五十五、六歳というところか。良家に生まれ育って、結婚後も家事は一切家政婦任せで、美術品や贅沢品に囲まれて暮らし、自分磨きに少なくない金を注ぎ込んできた結果、なるほどこのように年齢不詳で蠱惑《こわく》的な女ができあがるものなのだろう。

いまよりもずっと景気がいい頃に、アート見本市《フェア》や展覧会のレセプションに出席する克子に付き添って、一輝も何度かパリやバーゼル、ミラノなどへ出向いたことがある。きらびやかなレセプション会場で、肌を露出したイブニングドレスを身にまとった本物のセレブリティたちの中にあって、克子は遜色《そんしょく》なく魅力的だった。短期間だがイギリスに留学していたこともあり、きれいな発音のクイーンズ・イングリッシュを話し、集まった富豪夫人たちに堂々と一輝を紹介したものだ。こちらはカズキ・タカムラ、日本を代表するギャラリーのディレクターですのよ、と。

その日本を代表するギャラリーの若きディレクターは、ご婦人方に囲まれて、握手を繰り返した。緊張で自分の手のひらがじっとり汗ばんでいることにあとから気づいて、なんとも言えぬ苦々しい気分になった。

一度、克子と一緒にいて、きわめて妖しいムードになったことがある。菜穂と結婚するまえ、まだ菜穂を紹介されてもいないときのことだ。


パリのアートフェアにたかむら画廊が出展し、一輝は責任者として出向いていた。広い会場の中、そう大きくはないブースに出展したのだが、初めての国際展示会に参加したとあって、一輝は緊張し、昂っていた。

レセプションには有吉夫人が駆けつけてくれた。そして、たかむら画廊が出品していたもっとも高額な日本人洋画家の作品——国内では高名だが欧米ではほとんど知られていない——を、その場で買ったのだ。

克子はたかむら画廊の上顧客だったし、日本に帰ってからでも購入の交渉はいくらでもできる。その作品は海外では無名なうえにかなり高額だったから、アートフェアには「見せ絵」的に持っていったに過ぎない。まず売れないだろうが、物好きのコレクターの目に留まって、せめて交渉のテーブルに着くところくらいまでいけば上出来だろうというのが、たかむら画廊の読みだった。それを克子は、レセプションが始まると同時に、いの一番で「売約済」の札を付けさせてしまったのだ。

結果、たかむら画廊はフェア中にその存在感を高め、日本人洋画家の作品を来場者やマスコミに知らしめることに一役買った。物好きのフランス人コレクターが現れ、作品も売れた。初出展の画廊としては、かなりの好成績を作ることができた。

克子は一週間のフェアの期間中、ひとりでパリに滞在していた。毎晩レセプションやパーティーがパリ市内のどこかで行われたが、克子はそこに毎晩違ったドレスを着て現れ、悠然と一輝にエスコートさせた。

克子はわがままの権化《ごんげ》のような女だったが、あくまでも優雅で、何より男をひれ伏させる力があった。若い男には近寄りがたい存在だっただろうが、中年の男たちは果敢にも克子を口説こうと、カクテルグラスを持って近づいてきた。そのつど、克子は言った。「わたくしのボーイフレンドが『ウイ』と言うなら、お付き合いしますわ」。そのボーイフレンドとは、一輝のことだった。

フェアの最終日、夜遅くまで続いたパーティーの会場を出て、一輝は克子をホテルまで送った。飲み足りないという克子とともにホテルのバーへ行き、そこでしたたかに飲んだ。克子はしどけなく一輝に身体《からだ》を預けた。どうやら計算ずくの酔いのようだった。

部屋まで克子を連れていった一輝は、ベッドの上に転がる克子のイブニングドレスから豊満な乳房がこぼれ出そうになるのを見た。あわてて目を逸《そ》らすと、克子の赤い爪の指先が伸びて、一輝の頬《ほお》に触れた。とろけるようなまなざしを克子は向けていたが、その目は血走っていた。酔いからか、興奮からか、異様に赤くなった目を見て、一輝の背中に冷たいものが走った。これで失礼します、と律儀《りちぎ》に頭を下げ、一輝は部屋を後にした。

思えば、あのとき、このひとと関係を持ったら、自分の人生はまったく異なる展開になったに違いない。

あの頃とくらべて、一輝と克子を取り巻く状況は、あらゆる意味で変化した。

有吉家はいまもたかむら画廊の上顧客ではあったが、羽振りがそうよくはなくなった。克子もさすがに年をとった。何より、克子の娘が一輝の妻になった。そして、一輝と菜穂の子供も、もうじき生まれる。

それでも、克子のわがままぶり、相手の立場や状況を考慮しない言動は、なんら変わることはない。そして、義理の息子になった一輝に、奇妙に思わせぶりな態度で接することも。

再び、深夜の京都駅に到着した。雨が降っていた。そのせいか、巨大な要塞《ようさい》のような駅周辺にも、青葉の匂いがするようだった。

駅前のロータリーへ出ると、濡れたアスファルトにネオンが反射して輝いていた。いまの東京とは違って、深夜でもネオンが遠慮なくつけられている。それを見て、なぜかほっとする。

ハイアットリージェンシーの一室で、一輝の到着を待ちかねていた菜穂は、夫の顔を見るなり首に抱きついた。少し痩《や》せた背中を、一輝もまた抱きしめた。そのまま、ふたりはくちづけをした。息苦しくなるほど、長いくちづけだった。

「なかなか来られなくて、ごめん」

唇を離してすぐ、一輝が詫《わ》びた。自分でも気味が悪いほどすなおに「ごめん」のひと言がこぼれ出た。菜穂は無言で首を横に振った。

その夜、一輝は、ひさしぶりに妻を抱いた。妊娠初期ということもあり、一輝は躊躇《ちゅうちょ》したのだが、菜穂の身体は火照《ほて》っていた。菜穂のほうが積極的に夫を誘ったのだった。

いままでにも、こんなことがあった。

眠りに落ちて静まり返った妻の身体を左腕に抱きながら、一輝は思った。いつもはさして積極的ではない菜穂が、異様に昂っていた夜。そんな夜のひとつひとつを、思い出してみる。

初めて一緒に京都旅行をした夜も、確か、そうだった。

美しい包装紙をひもとくように、あの夜、菜穂を包んでいた糊《のり》の効いた浴衣《ゆかた》を広げた。浴衣の中から現れた身体は、白く、滑らかで、じゅうぶんに火照っていた。薄暗く灯《とも》した枕元の明かりに、菜穂の瞳が妖しく輝いているのが見えた。

紅葉、よかったな。

交わったあと、眠りに落ちる寸前に、菜穂がつぶやいた。昼間見に出かけた、嵐山の紅葉のことを言っているのではなかった。紅葉の絵を手に入れてよかったと、未来の妻は満足そうにつぶやいていた。

そうだ。菜穂の昂りは、いつもそこからくるのだ。

愛する男とひとつになりたいからではない。ましてや、母になる喜びからでもない。

刺されるように見事な作品を手にした、その夜にこそ、菜穂は変容するのだ。

狙った獲物を捕らえた、猛禽類《もうきんるい》の快感。

それは、自分にはないものなのだと、一輝はとうにわかっていた。

4　山鳩《やまばと》の壁

ようやく自分の手元に取り寄せた青葉の小作品を、菜穂《なほ》は床の間の土壁に掛けた。

山鳩色の壁は、古くはあったが、書院の障子越しの光を反射して、練り込まれた雲母《うんも》がきらめいて見える。その中に青葉の緑青《ろくしょう》がふっと浮かび上がる。心地よい風を呼び込む小窓ができたようで、菜穂は思わず感嘆の息を漏らした。

やはり、この絵は違う。いままで見てきたどんな絵とも、違う。

その絵の前に座すと、自然と背筋が伸びる心地がする。高尚な茶人の茶席にでも呼ばれたかのように、菜穂は、長いこと姿勢を崩さずに、ひとり、絵に向き合っていた。

菜穂がいまいるところは、小ぶりの書院造の部屋だった。廊下側の障子が開け放たれ、その向こうには庭がある。小さな石灯籠《いしどうろう》と石の手水鉢《ちょうずばち》は、かなり古いものなのだろう、すっかり苔《こけ》むして、ビロードのような光沢の鮮やかな緑に縁取られている。石灯籠の傍らには、これも古木であろう、紅葉の木が覆い被《かぶ》さるように枝を伸ばしている。その幹に寄り添うようにして、空木《うつぎ》が白い花をほころばせている。音もなく雨が降り出した。書院を透過する光が薄くなり、絵の中の青葉がひっそりと翳《かげ》った。菜穂はその様子を息を止めてみつめていた。

なんと豊かに表情が変わるのだろうか。障子越しの淡い光に、こんなにも敏感に反応して……。

「菜穂さん。……菜穂さん」

家の奥から呼ぶ声がする。はたと我に返り、菜穂は膝を起こして中腰になった。

「入ってもろてよろしおすか」

襖《ふすま》の向こうで、声がした。「はい」と菜穂が応える。

すいと襖が滑るように開いて、廊下にちんまりと座した老女が現れた。鷹野《たかの》せんは、今年八十六歳になる。小さな正方形にまとまった正座のかたちには年季が入っており、襖はきちんと座して開けるのが、書道家として名高い彼女の流儀だった。

「ちょっと出かけてきます。今日は、祇園《ぎおん》で午後の教室がありますさかい……」

焦香《こがれこう》の平縮緬《ひらちりめん》の袷《あわせ》をきっちりと着て、うっすらと頬紅《ほおべに》と口紅も差している。

「先生、すてきですね。おきれい」

菜穂は、思わず褒《ほ》めた。世辞ではなく、尊敬の念が自然とこもった。

「いや、何言《ゆ》うてはりますのん」と、せんの顔がほころんだ。

「ええとこのお嬢さんに、そない言うてもろたら、うちかて、ええ気になりますえ」

「だって、すてきなんですもの。ほんとうに、お着物がお似合いだわ。私もたまに着ますけど、とってもそんなふうに着こなせません」

「あんさんも、お着やすんか。さぞ、ええもんお持ちどっしゃろなあ。こっちには持ってきはったんどすか」

「いいえ。着物を着る機会があるとは思っていませんでしたし、それに……」

少し言い澱《よど》んで、菜穂は続けた。

「それに、こんなに長く京都にいることになるとは思いませんでしたから。まさか、鷹野先生のお宅にお世話になるなんて……こんな、ご迷惑なことになるなんて」

「そないなことは、お気にせんでもよろしおすえ」ぴしゃりとした口調で、せんが言った。

「なんも、あんさんのせいやあらしません。お腹《なか》のお子のためやったら、ここに長いこといたはったかてかましまへん。自分の家《うち》や思《おも》て、あんじょうお過ごしやす」

本心から言ってくれているのかどうかはわからなかったが、何か免罪符をもらったような気がして、菜穂は、ありがとうございます、とすなおに受け止めた。

「ほな、行ってきます」せんが襖に両手を添えて閉めかけたので、

「先生。お帰りは、何時頃でしょうか」口早に問いかけた。

「祇園の教室は、午後四時から八時までどす。そのあとは、お茶屋はんでお招《よ》ばれするんどすえ。いつもええもん出してくれはるねん。うちと同い年の女将《おかあ》さんがいてはってな……」

八十六歳の「おかあさん」は、せんの尋常小学校時代の同級生だという。彼女が切り盛りする「お茶屋」は「近金《きんかね》」といって、祇園の一角で百五十年以上続く名店だそうだ。せんは、そこで、毎週水曜日の教室のあとは、決まって夕食に招ばれていくという。すっぽんだしのおじやなど、まかない料理ではあるものの、ふだんはあまり口にできないものが出てくるので、楽しみなのだそうだ。

「それは楽しみですね」菜穂が興味深そうに言うと、

「あんさんも来はりますか」と訊く。

「そうですね、そのうちに。――ここにお世話になっているうちに、一度」

玄関先まで一緒に出る。門前でタクシーが待っていた。そぼ降る雨の中に藤色の傘を開いてから、せんが振り向いた。

「夕ご飯は、朝子《あさこ》さんがこさえてくれはるし、なんなと召しあがっておくれやす」

朝子というのは、平日に家事を手伝いにきている家政婦のことだ。ひとり暮らしのせんを、かれこれ二十年近く世話しているということだった。

「ええ。ありがとうございます」菜穂は微笑《ほほえ》んで応えた。

かたちよく配された飛び石の上を、市松模様《いちまつもよう》の帯のたいこがひょこひょこと渡っていく。門の木戸が後ろ手に閉められるまで、菜穂は注意深く見守った。

よく磨かれた廊下を通って、書院造の部屋まで戻る。もう一度、床の間の前に座る。

雨は、さっきより強くなっていた。絵の中の青葉は、薄明るい陰に沈んで、雨に濡れそぼったようにすら見える。

こんなに小さな作品なのに、こんなにも迫ってくる。

たとえば——もしも、もっと大きな書院造の広間の、ぐるりの襖にでも描かれていたら、どうだろうか。

青葉の風景に四方を囲まれている想像をして、菜穂は思わず両の二の腕をこすった。ぞっと、鳥肌が立ったのだ。

この絵にぐるりと囲まれたら。——四方から、風が吹くだろう。緑青の薫風《くんぷう》が。

その中央にひとり、座している自分。

忘我《ぼうが》。恍惚《こうこつ》。ひとりきりで。

その空想の中には、何人《なんぴと》たりとも存在しなかった。夫も、父も、母も、そして子供も。

ただ、自分だけが、したたるような青葉の海をひとりじめしているのだった。

夫の一輝《かずき》がひさしぶりに訪ねてきたのは、一週間まえのことだった。

最終便の新幹線でやってきて、菜穂が逗留しているホテルの部屋に泊まった。

翌朝、ふたりして、菜穂が購入した青葉を描いた小作品――まったく無名の、「白根樹《しらねたつる》」という画家の手によるものだった――を見るために、新門前通《しんもんぜんどおり》にある美《み》のやま画廊へ訪ねていく段取りになっていた。

偶然にも自分がみつけだした作品を、もっといえば誰も気づいていないであろう画家の才能を、菜穂は一刻も早く一輝に見せたかった。

朝食を済ませて、出かける段になったとき、思わぬ電話が入った。母の克子《かつこ》からだった。

「いま、そっちに向かっているのよ。もうすぐ京都駅に着くから、ホテルで待っててちょうだいね」

娘が京都に行ってから、一度も会いに来なかったのだが、来るとなったら予告なしなのだった。菜穂は呆《あき》れたが、一輝が「あの絵」のことを話したのだな、と直感した。

「元気そうじゃない。顔色もいいし……少し太ったわね、あなた？」

ロビーで会うなり、母にそう言われた。菜穂は、すぐさまやり返した。

「いやだなあ、ちょっと痩《や》せたのよ。太ったのはママのほうじゃない？」

「まあいやだ、この子ったら」克子は笑った。

「こっちこそ、体重減ったのよ。あなたのことが心配で……ねえ、一輝さん？」

妻と義母のあいだに立って、一輝は苦笑した。

「それで、いまから行くんでしょう？　ええと、どこだったかしら……」

母がとぼけるので、菜穂はおかしくなった。

「美のやま画廊よ。一輝さんと結婚まえに立ち寄って、志村照山《しむらしょうざん》の紅葉の絵を買ったところ」

「ああ、そう。あの絵、私も気に入っているのよ。……でも、今回みつけたのは、照山先生の作品じゃないのよね？」

あくまでも回りくどくアプローチするのが、克子の流儀なのだった。話すのが面倒だったので、とにかく三人でタクシーに乗った。

菜穂が夫ばかりか母まで連れてきたので、画廊主の美濃山《みのやま》は、少なからず驚いた。

「これは、また……有吉《ありよし》美術館の館長までお出ましいただけますとは、えらい恐縮です」

克子と一輝は、それぞれに美濃山と名刺交換をした。

「このたびは、娘がお世話になりまして……おもしろいものをみつけたと、連絡を受けたものですから、矢も盾もたまらず来てしまいましたの」

母には連絡をしたわけではないが、こういうときの克子は、話をうまく作り替えてしまうのだった。とはいえ、菜穂は、それでいやな思いをしたことはない。「矢も盾もたまらず」というのは、本音だろう。

「いや、まあ……なんと申し上げたらよろしいのやら、正直、私はそこまでのもんやとは、ゆめゆめ思うておりませんでしたので、こないに豪勢なお顔ぶれが揃《そろ》わはりますと、かえって動悸《どうき》がしてしまいますわ」

画廊主の言葉には正直な響きがあった。まさか、無名の画家の小品一枚で、銀座の老舗《しにせ》画廊の専務と、美術通のあいだでは有名な私立美術館の館長が、東京からすっ飛んでくるとは想像もしなかったに違いない。

三人は、奥の応接間に通された。前日と同様に、壁にぽつんと「その絵」が掛けられている。しかし、それはもう、菜穂のものだった。そう思えば、つくづくと、満足感が菜穂の胸の内に広がる。

克子と一輝は、それぞれに腕組みをして絵に向かい合っていた。ふたりとも、すっかり口をつぐんでいる。菜穂は、今日は絵ではなく、絵を眺めるふたりの様子を注視していた。

「まあ、まったくの無名のもんでして……まだ画壇デビューもしとりませんような、画家とも新人とも呼ばれへんような、うぶなお人です」

あまりにも長い沈黙が続いたので、気まずそうな口調ながら、応接間の出入り口に佇《たたず》んでいた美濃山が声をかけた。

「白根樹、という画家ですね？」振り向かずに、一輝が訊いた。

「インターネットで調べてみたけど、確かに、そんな名前の画家は見当たりませんでしたね」

「ずいぶん抽象的な表現ね」ようやく克子が口を開いた。「日本画という領域を逸《いっ》脱《だっ》しているような……日本画にはないみずみずしさがあるわね」

「そうですね」と、一輝が呼応する。

「青葉をこんなふうに正方形《グリッド》で表現するとはね……しかし、見事に青葉に見えますね。苔むした石垣のようにも見えるけど」

このふたりには、この絵の芯からのすごさが伝わっていないと菜穂は気づいたが、それでも才能の芽吹きのようなものは感じているらしかった。

「何か、見覚えがあるな。この筆運び……セザンヌのような」

一輝がつぶやくと、

「クレーよ。パウル・クレー」

すかさず菜穂が口を挟んだ。

「緑青の濃淡のつけ方と、グリッドに分割している画面構成が、思い出させるの」

「ああ、なるほど。クレーですか」

今度は、美濃山が得心したように言った。

「国立近代美術館で大きな展覧会、やっておりますな。私も行きましたが、確かに……ああ、そうやったんか。クレーね……」

「違いますよ、美濃山さん」出入り口のほうを振り向いて、菜穂が言った。

「クレーの気配はあるけれども、似てはいません。どの画家にも、どんな作品にも、似てないですよ。この画家には、際立った独自性《ユニークネス》があります。全部、拒否して、ひとり。そういう潔さというか、思い切りがあるんです」

ほぉ、と美濃山が感嘆した。母もまた、ため息をついた。こちらのほうは、呆れている様子だった。

「すみません、この子ったら生意気で……。アートのこととなると、ほんとうに、なんだかちょっとおかしくなってしまうんですの」

娘をかばうような口調で克子が言った。アートのこととなると、相手が誰であれ、ずけずけと物を言う菜穂を、母はいつも牽制《けんせい》するのだった。

「まあ、確かに小粒ながら光るものがあるわね。でも、セザンヌとかクレーとか、ちょっと言いすぎじゃないの？　私に言わせれば、どちらかといえば、これは……」

「だからセザンヌでもクレーでもないって言ってるじゃない」

強い口調になって、菜穂が言った。

「いいのよ、ママにはどうせわからないんだから。わかってるふりしないでよ。この人は、私がみつけた画家よ。この作品は、私のものなんだから。うるさいこと言わないでよ」

四人を取り巻く空気が、一瞬にして凍りついた。美濃山と一輝は、誰とも目を合わせないようにして、視線を宙に泳がせた。克子と菜穂は、強いまなざしを交え合っていたが、克子のほうが、さきに目を逸らした。そして、にっこりと、一輝に向かって笑いかけた。

「さあ、そろそろ行きましょうか。すみません、美濃山さん。朝早くからお騒がせしてしまって」

画廊主は恐縮して、なんのお構いもできませんで、と平身低頭した。美濃山に見送られて、三人はタクシーに乗り込んだ。

「これから、どうしましょうか。……食事でも」

助手席に座った一輝が、バックミラーを覗《のぞ》き込んで言った。後部座席の母と娘は、互いにそっぽを向いていたが、

「松尾のほうに、おいしい天ぷら屋さんがあるのよ。以前、主人の知り合いにお連れいただいたんだけど、そこへ行きたいわね」

克子はそう言って、運転手に店の名前を告げた。食べたいもの、行きたい場所、したいこと。克子は、いつも自分の欲求を正確に知り、それに忠実だった。

三人は、気まずく黙り込んだまま、桂川《かつらがわ》沿いにある古びた一軒家に入っていった。カウンターに座ると、気をとりなおして、克子が口を開いた。

「ここのお料理ね。食材の組み合わせもよくて、とってもおいしいんだけど、何より器がいいのよ」

前菜は魯山人《ろさんじん》の器、じゅんさいの酢の物はバカラの器、お造りはチェコスロバキアの職人が作ったガラスの器で供された。極めつきは、能登《のと》のとり貝の焼き物が載せられた、尾形乾山《おがたけんざん》の角皿だった。寂れた黄色の水仙と鋭角立った鮮やかな緑の葉

の絵が、とり貝の下に現れたときは、菜穂もさすがに声を上げた。

「三百年近くまえのものです」カウンターの中から、かっぷくのいい店主が言った。

「お目の高そうなお方には、これでお料理を出させてもろてます」

「まあ、お上手」克子が品よく笑った。

「このカウンターに座ってるどの人が『お目の高そうな人』かって、わかる人には、わかるのね。ねえ、一輝さん？」

「そうですね」一輝も、追随して笑った。「いちばんの目利《めき》きは、ご主人なんじゃないですか」

めっそうもございません、と店主も笑った。カウンターの中は、店主以下、きびきびと立ち動く職人たちで、気持ちのいい活気に溢《あふ》れている。それを眺め、美しい器で食事を供されるうちに、菜穂はすっかり機嫌を直した。

「実はね。ママが今日、急いで来たのは、あの作品を見るためだけじゃないのよ」

娘の様子を見計らって、克子が切り出した。

「あなた、しばらくこっちにいる覚悟を固めなさい。赤ちゃんのことを考えると、せめて一年くらいは必要だと、ママは思うわ。住む場所も、ホテルじゃなくて、ちゃんとした家をみつけて。ね？」

菜穂は、活発に動かしていた箸《はし》をぴたりと止めた。そして、手もとに視線を落としたまま、

「それって、一輝さんと相談して決めたの？」

ひやりとした声で訊いた。

「何言ってるんだよ」と、すかさず一輝が否定した。

「僕は何も聞いてないよ。……お義母《かあ》さん、それ、どういうことですか」

「だから、このさきも東京はどうなるかわからないってことよ。あの事故、収拾のめども立たないままでしょ。子供のいる人は、みんなひやひやしてるじゃないの」

克子は、唐突に、原発事故後の政府や電力会社の対応についてなじり始めた。優雅な昼食の場にはおよそ似つかわしくない話題に、菜穂も一輝も、思わず身体《からだ》を強《こわ》ばらせた。

「あなたは、何も無理して東京にいる必要ないんだから、子供のことを最優先に考えたほうがいいわ。パパもそうおっしゃってるのよ」

菜穂は、美濃焼の箸置きに箸を休めると、しおれた朝顔のようにうつむいてしまった。

「東京にいる必要ないのね？　私……」

ふてくされた子供のように、菜穂が言った。あわてて、また一輝が否定する。

「そんなことないよ。僕はすぐにでも帰ってきてほしいよ。美術館のほうだって、毎年ゴールデンウィーク明けには展示替えをするんだから、いつも指示してた君がいなくって、学芸員たちだってどうしたらいいか困ってるはずだし。そうでしょう、お義母さん？」

「展示替えは、私が指示を出しておきました」

涼しい顔で、克子が応えた。菜穂と一輝は、もう一度、身体を硬直させた。

そんなことにはお構いなしに、克子は、有吉家と古くからのつながりのある人物で、生粋《きっすい》の京都人の女性がひとり暮らししている家に、間借りできる段取りをつけたと話した。

菜穂の祖父が、書画骨董《こっとう》の目を養いにたびたび訪れていた京都で、書を習っていた書道家。それが、鷹野せんだった。

鷹野家は、代々、公家《くげ》に書を教えてきた書家の一族である。平安の三筆のひとり、橘 逸勢《たちばなのはやなり》の分家の一派を祖とし、脈々と現代に書の道を伝えているという。最初に母からそう聞かされたとき、大げさな話だと菜穂は思ったが、京都では冗談のように古い家系がいまだに存在しているのだった。そんな背景からして、鷹野家は、菜穂の興味を大いにそそった。

昼食後、三人は、鷹野せんの屋敷を訪ねていった。

もしも菜穂が京都に長逗留するのであれば、いつまでもホテル住まいをさせるわけにはいかない、さりとてひとり住まいをさせるのも忍びない、知人の家に間借りするのがいい、しかも京都らしく美的な、菜穂が好みそうな場所をと、母はこの一ヶ月密《ひそ》かに探していたのだった。

あなたとお腹の子供が心配だからよ、何も手を打たずにうかうかするのがママはいちばん嫌いなの、と克子に言われ、菜穂はようやく得心した。

鷹野せんの家は、京都の中心部から東に位置する吉田《よしだ》という地域にあった。京都大学にほど近く、落ち着いた住宅街で、車が入れないような入り組んだ細い路地のいちばん奥まったところに、ひっそりとその家は佇んでいた。いわゆる町家のような造りではなく、立派な門の木戸をくぐると、玄関先までかたちよく飛び石が客人を導いている。見るからに古い造りの平屋建ての家、その玄関に、まずは家政婦の中年女性が、続いて、きちんと音がするほど几帳面に着物を着込んだ老婦人が現れた。これが、鷹野せんだった。

身重の娘がしばらく京都にいなければならなくなった、ついては先生のところでご厄介になるのが娘にとってもいちばんよいと夫ともども判断をした、何より娘にとっては「美」の修業ともなるだろう、それはうちの美術館にとってもよいことだ——と、克子は、娘の間借り依頼の理由を立て板に水のごとく説明した。

せんは、かつて自分の教え子だった先代・有吉不動産社長の孫娘と、その家族の到来を、ごく静かに喜んでくれた。相手が誰であろうと、自分の主張を通すためにとにかく一方的にしゃべる母の熱っぽさに比べて、泉の底に沈む滑らかな石のように、しんと落ち着き払っている老書家の態度は、人として、また女性として、母よりも上手《うわて》であると菜穂は悟った。

菜穂たちが通された客間は、小ぶりながら意匠が隅々まで整った書院造の部屋だった。障子が二面開け放たれていて、その向こうにやはり小ぶりな庭があった。ビロードのように光沢のある苔が、石灯籠と手水鉢を縁取っている。そこに覆い被さるように、紅葉の木が枝の緑を揺らしていた。その傍らに、空木の小木が寄り添っている。

せんは、床の間を背にして座っていた。ドウダンツツジの可憐《かれん》な小枝がかたちよく生けてあったが、山鳩色の土壁がぽっかりと空いていた。菜穂は、その壁の空間を凝視した。

渋みのある、いい壁色。

あの「青葉」が、よく映える——。

訪問してから小一時間も経たないうちに、菜穂は鷹野家に厄介になるということで、あっけなく話がついた。結局、菜穂自身が積極的にそう望んだので、ほな、そういうことどしたらお引き受けさせてもらいましょ、あんさんもここにおいやしてお好きなことだけあんじょうしはったらよろしおすえ、とせんは話を結んだ。京都に長らく暮らしている人らしい、絵に描《か》いたような言葉遣いだった。それがまた菜穂の興味をいっそう引きつけた。一輝にいたっては、ほとんど一語も発さぬままに、鷹野家を辞したのだった。

帰京する母と夫を送って、京都駅に着いた頃、雨が降り始めた。傘を持たぬ三人は、タクシーを下りて、急いで駅構内に駆け込んだ。

一輝が新幹線のチケットを買いにいっているあいだに、菜穂は、唐突に「ごめんね」と母に向かって詫《わ》びた。

「私、ママのこと誤解してたみたい。私のことなんか、どうでもいいのかなって思っちゃってたの」

「その逆よ」微笑んで、克子が応えた。

「ママにはあなたしかいないんだから。もっと磨いてもらいたいのよ、感性を。京都にいるのは、いい機会じゃないの」

こくりと菜穂はうなずいた。少女のようにすなおな素振《そぶ》りだった。克子は娘の肩をやさしくさすって、「しばらくのことよ。心配しなくても大丈夫」と励ました。

チケットを手に帰ってきた一輝は、「またすぐに来るよ」と妻の耳もとで囁《ささや》いた。

「ホテルから鷹野先生のお宅に引っ越すときに、手伝いに来るから」

部屋の準備をしますさかい、一週間ほどして越しておいでやす、とせんに言われていた。菜穂は、「うん、そうして」と、すらりと言った。

夫と母が揃って帰っていくのを、新幹線八条口の改札のこちら側に立って、菜穂は見送った。

一ヶ月と少し、自分ひとりが、お腹の子供とともに、見知らぬ異国に放り込まれて置き去りにされたような錯覚にずっと苛《さいな》まれていた。ここにいる限り、自分は異邦人なのだと。

けれど、そのとき、菜穂の胸中にあったのは、あの青葉の絵。あの一枚を、鷹野家の書院造の部屋の床の間に飾る。

そう思うだけで、心がふつふつと沸き立ってくるのだった。

5 葵《あおい》のあと

平安時代の王朝文化をいまに伝える祭り、葵祭が京都で開催されます。

朝、テレビをつけると、ちょうどニュースが流れたところだった。ローカル局でもないのに、その日行われる地方の祭りについてわざわざ全国放送でアナウンスするのには、理由があるのだろうな、と一輝《かずき》はなんとなく考えた。

ひとつには、大震災後、大きな祭りを自粛する動きが顕著で、華やかなイベント自体が行われなくなったこと。震災の爪痕がいたましい被災地の風景や、建屋が吹き飛んだ原発の映像ばかりが、あらゆるメディアで繰り返し流されていた。当然、日本人の関心はそれに尽きるわけなのだから、そうであって然りなのだが、震災から二ヶ月が経過して、人々が彩りのある映像に飢えていることもまた事実ではなかろうか。

もうひとつには、一地方の祭りとはいえ、葵祭が全国的に知られた祭りであるからだ。祭りの自粛が相次ぐ中、京都の三大祭りのうちで最初に行われる葵祭が、毅《き》然《ぜん》として開催を決めたことには、むしろ励まされる気がする。平安のむかしから脈々と続いてきた祭りなのだ、安易に自粛しないところに潔さがある。葵祭が中止されれば落胆する人も多かろうが、やるからといって抗議する者はいないのだろう。

明日、葵祭に行きます。鷹野《たかの》先生の教室で知り合った、瀬島《せじま》さんご夫妻と一緒に。

京都御苑の観覧席をとってくださったの。すごく楽しみ。写真送るね。

昨夜、菜穂《なほ》からメールが入った。文面からして、かなり浮かれている様子がわかった。

菜穂は、なんであれ、祭りや祝い事が好きだった。華やいだ席にいるときの彼女は、あでやかに着飾り、花束のようにテーブルを彩って、同席の人々を喜ばすのだった。祭りに行くときは、着物や浴衣《ゆかた》を着て、小物や髪型もこまめに祭りの雰囲気に合わせ、事前に由来や伝承を学んでから出かける。ただ騒ぎたいだけの祭り好きの若者や、物見遊山《ものみゆさん》の観光客とは構えが違うのが、いかにも菜穂らしかった。

葵祭、祇園祭《ぎおんまつり》、時代祭と、京都には「三大祭り」があるが、一輝も菜穂も、そのどれにも行ったことがなかった。行ってみたいと菜穂はずっと言っていたが、休みがなかなか合わなかったのと、息詰まるほどの混雑であると聞いていたので、どうにかしてでも行こうという気になれずにいた。

そんな経緯《いきさつ》もあったので、今回、ようやく葵祭に行くことになって、さぞかし菜穂は喜んでいるのだろう。

先週から、菜穂の下宿先の家主、鷹野せんの書道教室に通い始めたばかりだったが、さっそく友人を作ったようで、ここのところ菜穂のメールは明るい文面になっていた。京都にひとりでいて心細い時期がしばらく続いたから、菜穂が明るさを取り戻したようなのは、一輝にとってもうれしいことだった。

日曜日だった。一輝は、シャワーを浴びて、ひげをさっぱりと剃《そ》り、キッチンへ行った。コーヒーメーカーに豆をセットし、冷凍庫から食パンを取り出してトースターに放り込む。水を張った鍋に卵を入れて、タイマーを八分に合わせる。妻の不在が一ヶ月半に及んで、朝食を自分で作るのも手慣れてきた。

まるで単身赴任してるみたいだな、と思う。大学も親元から通い、就職も親の会社に決まり、結婚するまでは実家に暮らしていた。考えてみると、こんなに長いあいだひとりで生活をしたのは初めてのことだ。ほんとうのところは、単身赴任というのがどういう感じなのかわからなかったが、家族と離れてひとりで暮らし、家族のためにせっせと仕事に励む、世の中に数多く存在している夫たち、父親たちの仲間に自分が入ったような錯覚をふと覚えた。そう想像することは、悪くはなかった。

食事のあと、コーヒーカップを片手に、窓際に佇《たたず》んだ。ベランダからは晴れればと都心周辺が見渡せる。東京は、ここ数日、初夏らしく気持ちのいい日が続いていた。

一輝と菜穂が暮らす部屋は、東京都心、赤坂に数年前に完成したばかりのタワーマンションの二十階にあった。結婚が決まったときに、一輝の父が頭金を準備して購入した部屋である。間取りは2LDKで、さして広くはなかったが、子供ができたら、いずれ引っ越すつもりでいた。この立地であれば、多少高くとも売却するときに不利にはならないだろうという計算だった。

もしも菜穂がいま、ここにいたならば、気持ちのいいルーフテラスのテーブルに、白いクロスを広げて、朝食の支度《したく》をしてくれたことだろう。オレンジジュース、クロワッサンとトースト――菜穂はいつもホテルオークラのベーカリーのものを買ってきて冷凍していた――、マッシュルームとベーコン入りのオムレツ、サラダ、そしてコーヒー。彩りよい食卓を、手際よく準備する。

学生時代から、田園調布の実家の近所で、フランス料理のシェフが講師を務める料理教室に通っていたという。菜穂の手料理はなかなかのものだった。キッチンに見たこともないようなスパイスの瓶がたくさん並んでいるのも、菜穂が本格的に料理を学んだ証拠だった。

うららかな休日の光溢《あふ》れる風景を眺めるうちに、どうしてもテラスに出たくなってきた。カップをテーブルの上に置き、サッシ戸の鍵を開け、縁《ふち》に手をかけた。ぐっと力を込めて、開けようとしたが、ほんの一センチ開けたところで、あわててもと通りに閉めた。

「あの日」以来、この部屋にあるすべての窓は固く閉ざされたままだった。

原発事故の直後、菜穂は、奇妙なほどに窓を開けることを恐れて、部屋の中に立てこもった。妊娠が判明したのは三月下旬のことだったが、あのとき、すでに徴候があったのだろう。自分はしばらく絶対に外へは出ない、あなたも会社へ行かないで、と菜穂は夫に詰め寄った。そういうわけにはいかない、とにかく自分は仕事にだけは行くからと説得し、ようよう出かける許可を取り付けたが、マスクとサングラスと帽子の着用を強要され、地下の駐車場から車で行くことが条件とされた。まるっきり不審な人物になってしまったが、そういういでたちの人は、あの時期、街中に少なからず見かけられた。

菜穂はマンションに籠城《ろうじょう》していたが、妊娠の可能性に思い至ると、気が気ではなくなったようで、とうとう産婦人科の受診に出かけた。その際に、母の克子《かつこ》に車で迎えにきてもらった。

思えばおかしな話なのだが、菜穂の妊娠を一輝に告げたのは、克子だった。義母は一輝の携帯に電話をしてきて、言ったのだった。まあおめでたいことなんだけど、何もこんな時期にね……困ったものだわ、と。

そのあと、母と代わって電話に出た菜穂の様子が奇妙だった。よかったなあ、とこちらは手放しで喜んだのだが、うん、と暗い声を出す。そして、疲れたからもう切るね、とあっさり通話を切ったのだった。

一輝は、菜穂があまりうれしそうではなかったことは気にとめずに、すぐに父に告げた。たかむら画廊の社長である篁智昭《たかむらともあき》は、そうか、と笑顔になったが、こんな時期にか……と、顔を曇らせた。父にとっては初孫である。もっと喜んでくれてもよさそうなものを、と一輝は不満を覚えた。

それでも帰りしなに三越でケーキや果物を買い込み、フローリストで花束も買った。ティファニーでベビーギフトも買おうかと考えたが、さすがにやりすぎだと思い直した。とにかく、華やいだことが大好きな妻のために、できる限りのことをしたかった。

ところが、帰宅した一輝を迎えた菜穂の表情は冴《さ》えなかった。ケーキや花束を受け取って、ありがとう、と曇った笑顔を作る。

どうしたの？　と訊《き》くと、菜穂は大きなため息をついた。そして、何もこんな時期に妊娠したくなかったな、と、いかにも残念そうにつぶやいた。

あの日からずっと、菜穂はふさぎ込んだまま、京都へと発《た》った。そして、この部屋の窓も閉め切られたままだった。

いまは自分ひとりなのだから、窓を開けたって構わない。わかってはいても、一輝の胸に蔓延《はびこ》る何かがあった。

窓を開けたでしょう？

ふと、菜穂からそんな電話がかかってくるような気がした。

窓を開けたあの部屋には、私、もう戻らないから。

もう、東京には戻らないから。あんな汚れた街には。

私、これからもずっと京都にいるつもりなの。子供とふたりで、ここで暮らすから。

別にいいでしょう？

つけっぱなしのテレビでニュースが流れていた。それを背中で聴きながら、一輝は、閉めたサッシ戸に鍵をかけ、閉まっているかどうか、戸を揺らして確認した。

東京の一部の土壌から高濃度の放射性セシウムが検出されました。都内四地点で検出された放射性セシウムの濃度は、東京都江東区亀戸で1キログラムあたり3201ベクレル、千代田区の二重橋横で1キログラムあたり1904ベクレル——。

いつものように車で出勤し、画廊が契約している駐車場に停《と》めてから、一輝はたかむら画廊のオフィスへと入っていった。

「おはようございます。今日はすっきりしないお天気ですね」

事務担当のスタッフ、財津有子《ざいつゆうこ》が挨拶をした。おはようございます、と一輝も返した。

都内の有名私立大学で美術史を学んだ有子は、美術が好きでたまらず、どうしても画廊に勤めたいとの熱意を買われて、たかむら画廊に新卒で採用され、以来勤続十五年だった。生真面目《きまじめ》な仕事ぶりで、社長の智昭にも気に入られている。

画廊には、ほかにも、番頭的存在の営業ディレクター、今野宏《こんのひろし》と、営業担当の時岡誠一《ときおかせいいち》、同じく営業担当の正木陽子《まさきようこ》がいた。それに、受付やカタログ制作、商品リストの管理など雑務を担当する社員が一名、アルバイトが二名いた。社長の智昭と専務の一輝を入れると総勢九名の所帯は、銀座の画廊の中でも大勢のほうだった。

「昨日は五月晴れでしたね。財津さん、どこかへ出かけられましたか」

有子の社内的ポジションは自分よりも下ではあるが、年上の人にはきちんと敬語を使う一輝だった。

「ええ。実は、京都へ行ってきたんです。葵祭に」

意外な答えに、一輝は、へえ、と声を上げた。

「葵祭ですか。僕も、昨日の夜ニュースで見て、行けばよかったなあと思ってたんですよ」

「あれ、いらっしゃらなかったんですか。私、てっきり来られてるんじゃないかなと思ってましたが……当然、奥さまはいらっしゃったんでしょう？」

「ええ、まあ。でも、あっちからお呼びがかからなかったんで、行かなかったんです。京都へはいつも行っているし、何も混雑しているところへわざわざ行かなくてもいいかなと……」

まるで妻とは不仲で別居中のような、おかしな受け答えになってしまった。それを打ち消すかのように、一輝は続けて尋ねた。

「どうでしたか、祭りは。やっぱり、雅《みやび》やかなんでしょうね」

「ええ。さすがに平安時代から続いているだけのことがあって、なんというか、とってつけたような感じがありませんでしたね。もちろん、参加者は京都市民なんだけど、装束もきっちりと似合ってて、ほんとうに平安時代の人が行列したらこんな感じだったんだろうなあと、想像せずにはいられませんでしたよ」

有子は観覧席では見ずに、平安時代の装束で着飾った人々や牛馬の列を追って、京都御所《ごしょ》から下鴨《しもがも》神社まで歩いたのだという。鳴りものやアナウンスなどがなく、牛車の車輪がきいきいと軋《きし》む音が響いているのが、ことさらにタイムスリップしているような感じだったと、やや興奮気味にしゃべっているところへ、智昭が入ってきた。

「あ、おはようございます」

すぐにおしゃべりをやめて、有子が頭を下げて挨拶をした。一輝も同様に挨拶をした。いつもなら、そのまま奥の社長室に入っていき、出勤直後のコーヒーで一服する智昭だったが、今日は少し違っていた。

「専務、ちょっと来てくれるか」

はい、と返事をして、一輝は父の後についていった。智昭は振り向いて、「今朝はコーヒーはいらないから」とスタッフに告げて、社長室のドアを閉めた。

父の行動に何かただならぬものを感じて、一輝は部屋に入ってすぐのところに突っ立っていた。父は、デスクの前にある応接用の椅子に座ると、「お前も座れ」と促した。一輝は黙ってその通りにした。

「お前、最近車で通勤してたな。あれ、やめてくれるか」

唐突に言われて、一輝は、はあ、と拍子抜けした返事をした。一輝はもともと電車で通勤していた。仕事で飲んで帰ることも多いし、銀座から赤坂見附までは地下鉄で三、四駅なので、苦にはならなかった。もっとも、成城《せいじょう》にある実家から通っていた時分は、運転手付きの父の車に同乗させてもらい、通勤ラッシュというものを知らずにきたわけなのだが。

「構いませんよ。もともと、菜穂にどうしても車で行ってほしいと言われたので、そうしていただけだし……」

そう応えてから、「なぜですか？」と質問した。父の申し出が、あまりにも唐突すぎる感じがしたのだ。

父は、そもそも豪放磊落《らいらく》なタイプの経営者で、ちまちまとした話をするのを何より嫌った。老舗画廊のオーナーらしく、大きな話を巧みに語って、顧客をおもしろがらせ、またその気にさせるのが得意だった。一輝の祖父の代から続いているたかむら画廊だったが、祖父もそういう経営者だったと聞いている。とすれば、どちらかというと細やかなことにばかり気がいってしまう一輝は、この画廊の未来の経営者としては、突然変異というべきなのかもしれない。

その父が、息子が車で通勤していることを気にしていたとは、意外な気がした。

智昭は苦虫を嚙《か》み潰《つぶ》したような表情をして、一輝の問いにすぐには答えなかったが、やがて口を開いた。

「四丁目の駐車場、車三台分の契約をしているだろう。あれを一台に減らそうと思っているんだ」

これもまた意外な答えを得て、一輝は相づちの打ちようがなかった。

「社長車の駐車分だけ残すんですね。じゃあ、お客さま用の駐車場は、どうする──」

「客用の一台分を残すんだよ」いらいらした口調で、智昭が遮《さえぎ》った。

「おれの車のリースは、昨日で期限が切れた。返したよ。運転手にも辞めてもらった」

えっ？　と一輝は、思わず訊き返した。

「お父さんのレクサスを？　運転手の佐々木さんも？」

「そうだ」観念したように、智昭は答えた。

「おれは、今日から電車通勤に切り替えたよ。人生初だ。すごいもんだな」

混み合う電車の様子を思い出したのか、エルメスのネクタイを少し緩めて、智昭は息をついた。それは、去年の父の日に菜穂が贈ったものであることを、一輝は思い出した。

「お父さんが、満員電車で通勤ですか」

ふいに可笑《おか》しさがこみ上げてきたが、楽観できない何ごとかが起こったのだと、一輝はすぐに悟った。

これは、相当大きな衝撃がくる。

リーマンショックのときも、美術業界はかなりの衝撃を受けたのだが、父はそれでも運転手付きの車で通勤することをあきらめなかったのだ。

今回ばかりは、そうはいかないらしい。

画廊の経理は番頭格の今野が仕切っている。智昭が全幅の信頼を置く人物だ。智昭が大学卒業と同時にたかむら画廊に入社したとき、同じタイミングで今野も入社した。ふたりはいわば同期で、一緒に成長してきた間柄なのだった。バブル経済が最高潮のとき、智昭と今野は相当な荒稼ぎをした。バブルが崩壊したあとは、一度は倒産の危機に瀕《ひん》したが、このときもふたりは荒波を被《かぶ》りながら、どうにか荒れ狂う海原を渡り切ったのだった。

一輝は入社後三年で専務になったが、年収は今野よりも低いし、何より経営に携わるに至っていない。父から見れば、今野とは比べものにならぬほどのヒヨッコなのだろう。

しかし、智昭は一輝を重要顧客である有吉《ありよし》家の担当にし、扱いの難しい克子の相手をさせた。菜穂と結婚することが決まって、いちばん喜んだのは父だった。有吉家の後ろ盾があれば、息子の将来も——そして画廊の将来も——安泰だと安堵《あんど》したのだろう。それを見越していたわけでもないだろうが、学生時代に女の子と付き合うたびに、せいぜい遊んでおけ、しかし本気になるな、と釘を刺されもしたのだった。

とにかく、父と今野のふたりが経理を取り仕切っているので、画廊がいまどんな状況なのか、一輝は詳細に知ることはなかった。ただ、震災後にいくつもの取引がキャンセルになり、画廊へ足を運ぶ顧客が激減したことなどを見ても、経営が悪化していることは、火を見るよりも明らかだった。

しかし、一輝はあくまでも鷹揚《おうよう》に構えて、どんなに逼迫《ひっぱく》した状況になろうと、万が一にもうちが倒産するようなことなどはないと信じきっていた。バブル崩壊後も、リーマンショック後も、どうにか生き延びてきたのだ。何があろうと、どうにかなるだろう。

社会がいかなる混乱に陥ろうと、経済がいかに失速しようと、この世界から芸術《アート》が消え去ることは絶対にない。そして、アートが存在する限り、富める者は必ず「それ」を我がものにしたいという欲望を持つはずなのだ。

とすれば、画廊の運命も然《しか》りではないか?

ネクタイを緩めてから、智昭はむっつりと黙り込んでいたが、ややあって、

「菜穂ちゃんは、どうしているんだ」

また、唐突に訊いた。

「ええ、まあ。あんじょうやっているみたいです」

最近、菜穂がメールによく書いている「あんじょうやってます」というのを口真似て、言ってみた。智昭は、息子の顔をじっとみつめた。白目の部分は、疲労から か、黄色く濁《にご》っていた。

「まったく、お前は、何不自由なく育ててやったから、優雅というか……呑気《のんき》なもんだな」

いきなり攻撃的な言葉をぶつけてきた。一輝は、とっさのことで、どう返したらいいかわからず、うつむく父の額に深く刻まれた皺《しわ》をみつめるほかなかった。

智昭は、ロダンの彫刻のようなポーズになって、深いため息をついた。そして、告げた。

「沖田《おきた》の取引がこけたんだ。うちが狙ってたモネの作品、一〇パーセントの手付けも打ったんだが……」

一輝は、一瞬にして凍りついた。

沖田とは、智昭が組んで、バブル時代から大物の取引にかかわってきたプライベート・ディーラー、沖田甫《はじめ》のことである。

バブル崩壊後、倒産の危機に陥ったとき、この人物と協力して、日本国内に流入した幾多の印象派・近代の作品を、逆に海外で売りさばいて会社の危機を救ったという。智昭にしてみれば、今野は社内の同期、沖田は社外の戦友というところだった。

プライベート・ディーラーとは、店舗を持つ画廊とは違い、アートマーケットで暗躍するフリーのアートディーラーである。独自のネットワークを持ち、市場で動いている美術作品の情報をいち早く入手し、売り手と買い手のあいだを繋《つな》ぎ、報酬《コミッションフィー》を得る。コレクターのコンサルタントのようなことをしている者もいる。日本でもバブルの頃に急増した。

その後、インターネットで情報がやりとりされるようになっても、美術市場はいまだに閉鎖的な性質を持っているため、信用できるアートディーラーに売買を任せたいと思うコレクターは少なくない。コレクターとのあいだにいったん信頼関係を結ぶことができれば、ディーラーの活躍は保証される。逆に、一度でも下手を打つと、たちまち悪評が広がり、大きな取引にかかわることができなくなる。沖田は、美術市場の高波を孤舟で乗り越えてきたベテランだった。もちろん、一輝もよく知っている人物である。

「……どういうことですか。それは、つまり……」

ようやく問い質《ただ》すと、憔悴《しょうすい》しきったように智昭が言った。

「こっちの買い手の算段がついたから、うちの在庫作品を担保に銀行から金を借りたんだ。それで、ニューヨークのコレクターが秘蔵していたモネの作品にリーチした。手付けの五億円を、沖田の口座経由で支払ったんだが……消えたんだよ、あいつ自身が」

一輝は、耳を疑った。

手付金は、沖田経由でコレクターに支払われる予定だった。振込を確認後、作品はニューヨークから送り出される段取りになっていた。しかし、先週末、コレクターの代理人から連絡が入った。振込が確認できなかったため、くだんの作品の売買取引は破棄されたものとみなします——と。

「沖田さんが……まさか……」

父があれほど信頼していた人物が、あっさりと裏切ったことが、一輝にはどうしても信じられなかった。

「だから、お前は呑気だと言ってるんだ」智昭が、言い捨てた。

「いま会社がどういう状況になっているか、わからないのか。ほうっておいたらひと月ともたないんだぞ」

一輝は身を固くした。父の声が遠くに聞こえ、言っていることの意味がよくわからない。

会社が・どういう・状況に・なっているのか。

ほうって・おいたら・ひと月と・もたない……。

獲物を追い詰めた猟師のように、父の目が血走っている。その言葉が銃声のように鼓膜にこだまする。

会社を救うために、お前の力が必要なんだ。

有吉家が所有する至宝の数々を、どうにか引き出して、売りさばく。

会社のために――やってくれるな？

6　花腐《くた》す雨

障子越しに部屋に差し込む外光は、絹のようになめらかで、座卓に広げた半紙の上をうっすらと照らしている。

明るい雨が降っていた。まもなく天気が回復し、薄日が差すであろう予感を孕《はら》んだ明るさだった。少し蒸し暑くはあるものの、この湿気も京都らしく、菜穂《なほ》は嫌いではなかった。

「ええ字やね。書道は初めてや、言うてはったけど、もともと素質がおありなんやね」

菜穂がさかんに筆を動かす横から覗き込んで、瀬島美幸《せじまみゆき》が言った。「いえ、そんな」と菜穂は、思わず顔を赤らめた。

「美幸さんこそ……流麗な仮名文字、すてきです。私、いつになったらそんなふうに書けるんだろう」

菜穂は、鷹野《たかの》せんの書道教室に参加しているところだった。

瀬島美幸は書道教室の先輩である。鷹野家に下宿している菜穂の事情を知って、積極的に声をかけてくれるようになった。せっかく京都にいはるんやし、どんどん遊びにいきましょうよ、と。

葵《あおい》祭にも誘ってくれ、観覧席のチケットも入手してくれた。押し付けがましくなく、それでいて品のいい美幸の遊び方を、菜穂は好ましく思った。年の離れた姉のように感じ始めてもいた。

美幸は生粋の京都人で、室町《むろまち》の老舗《しにせ》呉服店の娘である。香木店が家業である瀬島家に嫁いで、夫とともに橋弁慶山《はしべんけいやま》の近くに暮らしている。ひとり娘がこの春に結婚し、人生ようやく一段落ですと言っていた。鷹野せんの書道教室には、かれこれ十年以上通っている。もともと書道のたしなみがあったのだが、和歌も習っていることとだし、仮名を究めたいとの思いから、週に一度、教室に参加しているということだった。

鷹野せんは、京都市内のあちこちで教室を開いていたが、毎週火曜日の午後四時から八時までは、自邸の客間に生徒を集めて指導をしていた。菜穂は、鷹野家に世話になり始めてすぐ、書道も習い始めた。

せっかくその道の大家《たいか》の自邸に住まわせてもらっているのだ、学ばない手はない。そうと決めたら、菜穂の準備は早かった。せんに紹介してもらった書道具店へ赴き、筆、硯《すずり》、墨などを勇んで揃《そろ》えた。筆は二条の香雪軒《こうせつけん》でひと揃いを買い、硯と墨は、わざわざ奈良まで出向いて古梅園《こばいえん》の本店で求めた。それぞれ、鷹野先生のご紹介を受けたと言って店主を呼び出し、一時間近くも詳しく話を聞いて、吟味を重ね、購入した。

まだ一文字も書いてはいないのに、この調子なのである。何ごとであれ、やるのであれば徹底的に向き合おうとする潔癖さが菜穂にはあった。

菜穂の習い事や道具に対する一途さに、いち早く気づいたのは祖父だった。

菜穂の祖父はすぐれた経営者でもあったが、趣味に生きる粋人《すいじん》でもあった。茶道と書道を究めるために、多忙な中、毎月京都へ通ったほどである。

祖父は、菜穂の性質を見抜き、書道はともかく、茶道に手を染めてはならないと逆に禁じた。芸術に対する異様なほどに研ぎすまされた感覚を持つ孫娘が、茶の道にはまったら、財産のすべてをそれに費やすかもしれぬ。自分が茶の道にはまりかけた祖父は、そう予感して、菜穂を茶道には親しませなかったのだ。

祖父の教育と母の影響もあって、菜穂は、芸術全般を愛する大人になった。当然、茶道にも興味を持ってはいたが、やめておけ、との祖父のひと言を律儀に守ってきた。

その道に入ってしまったら、どうなることかわからない。それは、誰よりも菜穂自身がわかっていた。

相当な金銭を注ぎ込んで、母娘で美術品を追い求めてきたのだ。このうえ茶道具にまでのめり込んでいったら、間違いなく家を潰《つぶ》しかねない。

その点、書道は道具のひと揃いにさしたる金はかからない。筆も墨も最高級のものを揃えたいとも思ったが、どちらの店主にも「お始めになったばかりでしたら、おいおい揃えていかはったほうがよろしゅうございます」と、やんわりと制された。できるだけ高いものを是非にも売りつけようとしない彼らの態度に、菜穂は誠実さを感じた。

実際、事始めでいきなり最高級の道具を使うのは、いかにも無粋ではないか。

それでも、教室で墨を擦《す》っていると、「いや、古梅園の墨やね」と、すぐに美幸にみつけられた。

墨の表にコバルトブルーの文字で「紅花墨《こうかぼく》」と記されてある。二百三十年ものあいだ書家に親しまれた銘墨は、ひと目でそれとわかるのだった。

「お稽古のときは墨汁でもええのに、わざわざ擦ってはるんやね。菜穂さんは、なんでも本格的にしはるんやなあ。……ああ、ええ匂い」

硯に顔を近づけて、美幸はうっとりした表情になった。老舗の墨は、確かに薫り高かった。こりこりとこすっていると、芳《かんば》しい香気が立ち上る。えも言われぬ穏やかな気持ちになって、心が鎮まる。文具店などで気軽に手に入る廉価な墨汁を使うのでは味わえない、贅沢《ぜいたく》なひとときだ。

「凝《こ》り性なんです。一度始めてしまうと、とことんやらないと気が済まなくて」

墨を擦る手を休めずに、菜穂が応えた。

「私と一緒やわ。なんでも究めてみたくなってしまうんやね」

菜穂の手元をみつめて、美幸がそう言った。

「美幸さんは、いろいろと習い事してらっしゃるんですよね。書道、和歌、お茶、お花……」

「うちの家業にかかわる、香道《こうどう》もね」

美幸が近くに寄ると馥郁《ふくいく》とした香りがする。家の中ではいつも香を焚《た》いていると言っていた。

「私、習い事も多いし、仕事もしてますやろ。自分のやりたいようにしたかったんやけど、子育て中はなかなかそうもいかへんでね。娘が片付いて、ようやく自分第一になりましたんや。まあ、私のやってることを真似したがるお人がひとり、いてはるけどね」

美幸はくすくすと笑った。その「お人」とは、夫の正臣《まさおみ》のことである。

　正臣もまた、鷹野門下の生徒であった。家業が多忙のため、二週間に一度程度しか来られないようだったが、やはり十年来の門下生とのことだった。

「菜穂さんのご主人は、美術以外にも何かご興味お持ちやの？　習い事とか、趣味とか、何かしてはるの？」

　問われて、菜穂は返答に詰まった。

「そうですね。どちらかというと、無趣味な人かな……ゴルフとか、やってはいますが、仕事のお付き合い程度ですね。それ以外には……」

　どうも思い当たらなかった。自分の夫が無趣味であるということにいまさら気がついて、菜穂は顔が赤らむのを感じた。

「お恥ずかしいです」

　正直に言うと、

「まあ。そんなことあらへんよ」

　やんわりと、美幸が応えた。

「美術がご専門やもの、無趣味なことなんかあらしません。そやし、ご主人かて、何か始めはったら、抜けられへんようにならはるんと違うやろか。お仕事そっちのけになってしまわはるかも……」

　そんな情熱が夫にあるだろうか、と菜穂は思ったが、せっかく美幸が言ってくれ

たので、

「いつか書道でもやってみるように勧めてみます」

と、会話を結んだ。

書道を習い始めて一ヶ月、「いろはにほへと」のかな文字を写す練習を続けていた。するすると紙の上をすべる筆の滑らかさに、心が平らになっていくのを感じる。

お腹《なか》の子供は四ヶ月と少しに成長していた。腹部も膨らんできて、つわりも収まった。以前ほどいらいらしなくなったのは、妊娠初期を脱しつつあるからかもしれなかったが、京都での生活が「仮暮らし」ではなく、地に足がついたものに変わりつつある、ということが、なんといっても菜穂の気持ちに安定をもたらしていた。

ことさらに、鷹野家での生活は、隅々までが菜穂の好みにかなった。

落ち着いた日本家屋の部屋は、すべてが清潔に保たれていた。それぞれの部屋に季節の花が生けられ、せんが懇意にしている京都画壇の画家たちの手による日本画の小作品が掛けられていた。その中には志村照山《しむらしょうざん》のものもあった。季節によって掛け替えられているようで、いまはさわやかな青葉の絵や、鮎《あゆ》を描いたものが掛かっていた。

教室となっている大きな客間には、せん自筆の書が額に入れられていくつか飾ってあった。せんは隷書《れいしょ》を得意としていたが、文字のひとつひとつには踊り出すような躍動感があった。それは、ほとんど「絵」といってもいいような、すぐれた造形だった。

鷹野家の風呂場も、菜穂は気に入っていた。湯船は檜《ひのき》造りで、洗い場は石造りだった。湯船に浸かると、小窓に向かい合うようになっている。そこから裏庭の植栽が眺められ、ドウダンツツジの花が雨のしずくのように咲いているのが見えた。そういう細工ひとつをとってみても、家主の趣味のよさが感じられる。

一輝《かずき》と暮らす赤坂の高層マンションは、真新しく、デザイン性も高かったが、この家に比べると、すべてが取って付けたようなしらじらしさだ。

確かに眺望はいい。晴れた日には富士山が見えることもある。気密性が高く、真夏でも真冬でも、エアコンをつけていれば快適に過ごせる。エントランスには二十四時間コンシェルジュがいる。セキュリティ面でも申し分ない。

でも、だから、なんだというのだろうか。

赤坂の自宅のことを考えると、菜穂は奇妙に嫌気がさした。すぐにでも売り払ってしまいたいような気分にかられる。

人気のマンションで、竣工まえに完売したのだが、菜穂の父の口利きで優先的に購入することができた。一輝の父が頭金を出してくれて、毎月ローンを返済している。

あんな住居のために律儀に給料でローンを支払っているのが、なんとなくばかばかしく思えてくる。

今度一輝に会ったら、一戸建ての家に住み替えたいと話してみようか。

そんなことをつらつらと考えていたら、電話が鳴った。

一輝からだった。珍しく、急に来洛するとのことだった。

『明日、照山先生の個展のレセプションがあるだろ。仕事が忙しくて、とても行けないと思ってたんだけど……都合がついたから、やっぱり行ってみようかと思って』

新門前通《しんもんぜんどおり》の美《み》のやま画廊で、明日から志村照山の個展が始まるのだった。

画廊主の美濃山《みのやま》からオープニングレセプションの案内をもらっていた。照山先生をご紹介しますからと言われ、菜穂はすぐに一輝に知らせた。是非にも来るように言ったのだが、そのときには、どうしても動かせない予定があるからと断られた。

せっかく京都画壇の大家に会えるチャンスなのに、あっさりあきらめるとは。こういうとき、一輝の優先順位《プライオリティ》はいったいどこに置かれているんだろうと、夫に対する不満が菜穂の中に募った。

画廊の専務という立場なのだから、作家との接触を最優先にすべきなのに……。

その思いのままに、画家に会うのがあなたの仕事なんじゃないのと迫ったが、先方の都合があることだから無理なんだと言っていた。

だから、唐突に一輝が電話をしてきて、照山の個展のオープニングに駆けつけると言い出したのには、正直、驚いた。

「何かあったの」

反射的に、菜穂は訊《き》いた。

『いや、別に……顧客との夕食会が先方の都合でキャンセルになったんだ。急だし、どうしようかと思ったんだけど……』

一輝の声はいつものようにやさしかったが、覇気がなかった。

「何かあったのね」と菜穂は、重ねて訊いた。

『何かなくちゃ、行っちゃいけないの？　自分の奥さんのところに……』

珍しく、拗《す》ねたようなことを言う。菜穂は、かすかに愉快な気分になった。

「どういう風の吹き回しか知らないけど、来てくれるのはうれしいよ。照山先生に夫婦揃ってご紹介していただけるなんて、めったにないチャンスだし」

それに、瀬島夫妻も紹介したい。正臣が経営している香木店にも連れていきたい。自分が書いた仮名文字も見せたい。

そして、鷹野家の「自室」の山鳩《やまばと》の壁に掛けた、あの青葉の絵。

あの壁に掛かった状態を、一輝はまだ見ていない。どんなにうつくしいか、一刻も早く見せたい。

さまざまな欲求がこみ上げて、菜穂の気分はすっかり明るんだ。

「結構、お腹大きくなってきたよ。見たら、きっとびっくりすると思う」

『そうか』と一輝は、いっそうやさしい声で言った。

『照山先生にお目にかかるよりも、それを見るほうがずっと楽しみだよ』


翌日、あいにくの雨だった。しんしんと庭の卯《う》の花にそぼ降って、石灯籠《いしどうろう》の苔《こけ》の緑を鮮やかに浮き立たせている。

菜穂は、買ったばかりのマタニティワンピースに初めて袖を通してみた。

それまでは、ウエストのゆったりしたチュニックなどでごまかしていたのだが、いよいよお腹が重たく感じられてきたので、観念して、マタニティウェアを着ることにした。

四条通《しじょうどおり》周辺にあるデパートをいくつか回った。どこかの店で、若い店員が終始愛想笑いを絶やさずに、「新米ママさんにお勧めなのは……」「最近、ママさんに人気があるのは……」と、ママさんママさんと連呼するのが気味悪かった。「ママさん」という新しいカテゴリーに自分が分類されてしまったようで、すっかり嫌気がさした。

結局、落ち着いたベテランの店員が応対してくれたベビー服のブティックで、無難なデザインのものばかり、三着買った。

ベージュのワンピースを身につけて、姿見の前に立つ。ふっくらとした腹部を見て、「やだ」と思わず声に出して言った。

せっかく一輝ともども志村照山に挨拶するのに、自分の姿が妊婦然としているのが、どうにもいやだった。

マタニティワンピースを脱ぎ捨てると、ウエストの切り替えがない黒のワンピースに着替えた。たっぷりとオーガンジーが使われていて、七分袖はうっすら透けている。こっちのほうがいくらかましだと思い、真珠のネックレスをつけた。純金のピアスを外して、ダイヤモンドのピアスに替えた。明るめのチークをつけると、いくぶん顔が華やいで見えた。

廊下に出ると、ちょうど、せんも出てきたところだった。枡花《ますはな》色の涼しげな着物を着ている。単帯《ひとえおび》は藍鉄《あいてつ》色で、銀糸の千鳥が舞っている。白粉《おしろい》をはたいた顔に、口紅が映えている。

「まあ、先生。すてき。夏の装いですね」

こういうふうに年齢《とし》をとりたいものだと心底思いながら言うと、

「雨でっしゃろ。ええ着物《もん》やあらしまへんけどな」

せんは笑って応えた。そして、

「いま頃の雨は、『卯の花腐《くた》し』言《ゆ》うんどす」

と教えてくれた。

もう卯の花は終わり頃だったが、その終わりの花に降り続く雨が梅雨のはしりになるという。雅《みやび》な言葉は目に見えるようだった。

「いやあ、おふたりともおきれいやわ。花二輪、揃って咲きましたなあ」

玄関先へ見送りに出た家事手伝いの朝子《あさこ》が、しゃれたことを言った。そのまま、表で待っているタクシーに乗り込むまで見送ってくれた。

ふたりは、これから、美のやま画廊での志村照山展のオープニングレセプションに出かけるのである。

「先生は、照山先生とは、古いお付き合いなんですか」

タクシーが走り出してから、菜穂が訊いた。

「へえ、そうどすな。お師匠《つしょ》さんの代からどす」

照山は、竹内栖鳳《たけうちせいほう》の流れを汲む柿沼英峯《かきぬまえいほう》の弟子だった。

明治以降、日本の画壇は東西に勢力を分けて発展した。東京美術学校・再興日本美術院系の東京画壇に対し、京都府画学校・国画創作協会系の京都画壇が、西の一大勢力となった。

古くはやまと絵、京狩野《かのう》派から、江戸中期の円山《まるやま》四条《しじょう》派を経て、京都画壇は脈々といまに伝わっている。それだけに、しがらみの強い世界ともいえるだろう。

せんや瀬島夫妻との付き合いが始まって、菜穂が感じたのは、画壇に限らず、京都の人々は東京以上にしがらみや縁故を重要視するということだった。

すなわち、縁故がある人物の紹介を受ければ、どこに入っていくにも、魔法のようにドアが開く。逆に、紹介がなければなかなかドアは開かないどころか、ノックすることすら畏れ多い。

京都へはいままで何度も旅行で来ていたが、自分が知っていると思っていたのはごく上辺の世界にすぎなかったと、菜穂はようやく理解した。

照山の紅葉の小品を手にしたときから、菜穂は、京都画壇の作家たちの作品にも深い興味を抱いたが、茶の湯と同様、一度手を染めたら引き戻せないような予感があった。

おそらく、自分は、そのすべてを手に入れたいと、一生をかけて追い求めなければ気がすまないであろう。

しかし、京都に縁故ができたいま、どうにか寝かしつけていた興味が、ひっそりと目覚めつつあるのを感じてもいる。

せんの紹介を受ければ、照山に限らず、ほかの京都画壇の画家たちとも親しくなれるかもしれない。

菜穂は、自分の京都の後見人が鷹野せんであることに、密かに興奮を覚えていた。

若い世代には「鷹野せん」と言ってもぴんとこないだろうが、京都で名のある文化人に接触しようと思えば、せんを通じてドアをノックすればいいのだ。

せんは自分では何も言わないが、瀬島美幸が教えてくれた。先祖代々、皇室の行事にまつわる書を手掛けている。茶道、華道、香道、歌壇、画壇など、それぞれの流派の家元や師匠と通じている。京都の名家の子息の弟子が数多くいる。

そやし、菜穂さんも選ばれたお人なんやわ。

美幸の言葉を思い出すと、菜穂は、自尊心を刺激されて陶然となるのだった。

スマートフォンのメール着信音が鳴った。一輝からだった。『いま、美のやま画廊の前に到着』とある。

タクシーが着いたところに一輝が待っていた。せんが車内から出てくるのに、傘を差しかけると、「おおきに、ご親切さんに」とせんが礼を言った。

「なんだ、そんなにお腹膨らんでないんじゃない」

菜穂を見るなり、一輝が言った。

「もっと妊婦っぽくなってるのかと思ったよ」

「あらそう。残念でした」

菜穂が返した。冗談めかして言ったつもりが、むっとした感じになってしまった。

「先生、菜穂さん。どうも」

画廊に入るまえに声をかけてきたのは、美幸だった。薄梅鼠《うすうめねず》の和服に、岩井茶の名古屋帯を締めている。いつもしゃれたワンピースやパンツスーツでせんの教室に来るのだが、実家が呉服屋なだけに、和装が板についている。せんと美幸、ふたりの年季の入った完璧な装いを目にして、菜穂は強い憧れを覚えた。

「美幸さん、紹介します。主人です。一輝さん、こちら、美幸さん。鷹野先生のお教室のお弟子さんで……」

美幸と一輝のあいだに立って、菜穂は紹介をした。

「はじめまして。いつも、菜穂からお話を聞いております。あちこち、ご一緒させていただいているようで……お世話になりまして、ありがとうございます」

ジャケットの内ポケットから名刺を出して、一輝が挨拶した。差し出された名刺を両手でていねいに受けて、美幸が「こちらこそ、お世話になっております」とにこやかに返した。茶道をたしなんでいるからだろうか、美幸の所作には無駄がなく、たおやかさがあった。菜穂は、なんとはなしに、美幸に母の克子《かつこ》を重ね合わせてみた。

美幸は母よりは年若いが、母よりもずっと気品があり、大人の女性の色香がある。母は、もっと露骨に色っぽい大人なのだった。

「鷹野先生、篁さん。瀬島さんも……ようこそ、お越しいただきまして、おおきに」

入り口前で、菜穂たちの一団が挨拶し合っているのを認めた画廊主の美濃山が、中から出てきて声をかけた。

「あんじょう、おしやすか」

ゆったりと、せんが尋ねると、

「へえ、おかげさんで。先生も、ご機嫌よろしゅう」

満面の笑みで美濃山が応えた。それから、一輝と菜穂のほうへ向き直って、

「ちょうどよろしいわ。おふたりに、お引き合わせしたいお人が来てはります」

「照山先生でしょうか」

菜穂が訊くと、

「その関係の方です」

微妙な返事があった。

一団は、美濃山の後について画廊内へ入っていった。霧が立ち込める深山の作品や、緑溢《あふ》れる渓谷の作品が飾ってある。志村照山が得意とする風景画ばかりだ。夏の風景を切り取ったみずみずしい作品群が、来客で混み合う画廊内の空気をひんやりとさせているようだった。

いちばん奥まったところで、恰幅のいい和装姿の紳士がなごやかに来客と会話をしている。志村照山に違いなかった。菜穂は、胸の鼓動が速くなるのを感じた。

先生の紅葉の作品を、この画廊で買わせていただきました。小さいものですが……傑作です。

紹介されたらそんなふうに言おうと菜穂は決めていた。そして、夫に名刺交換をさせ、一度東京でも個展をさせてくださいと言わせて、たかむら画廊で個展を開くのだ。

そうなったら、いちばんの傑作を、有吉《ありよし》美術館が購入する……。

「菜穂さん。紹介させてもろて、よろしいか」

美濃山に声をかけられて、我に返った。振り向くと、目の前に、見知らぬ女性が立っていた。

白いシャツにジーンズのいでたち。ベージュのパンプスをはいている。色白の細面を縁どる、まっすぐな長い髪。泉のほとりにひっそりと咲く水仙のような、すらりとした立ち姿。

「こちら、白根樹《しらねたつる》さん。……あの『青葉』を描かはったお方です」

菜穂は、一瞬、息をのんだ。すぐ隣で、一輝が同時に息をのんだのがわかった。

深い瞳が、みつめている。菜穂の心が揺れ動くのを見抜くかのようだった。

ぞっとするほど、深く、うつくしい。底なしの泉のような、冷たい瞳だった。

7 無言のふたり

赤い航空障害灯が明滅する高層ビルのはるか真上に、半月が昇っている。

まるで街全体が燃えているようだ——と、いつだったか、ニューヨークからやって来たアメリカ人コレクターをこの高層階にあるホテルのバーに案内したとき、その人物が言っていた。

その人物は、金融で資産を築き、アジアの書画骨董《こっとう》を蒐集《しゅうしゅう》している男だった。七十歳にして初めて日本へやって来たのだが、関空から京都へ直行し、古都での滞在を堪能してから、東京に立ち寄ったのだった。たかむら画廊の顧客の知人で、一輝《かずき》は、父とともにこのバーでもてなしたのだった。

そういえば、ニューヨークでも、ヨーロッパやアジアの諸都市でも、こんなふうに、高層ビルに赤い灯をつけなければならないという規則はなく、もっと落ち着いた街のきらめきで夜のスカイラインが縁《ふち》取られている。東京の夜景だけが、航空障害灯のせいで、赤い焔《ほのお》に縁取られているかのようなのだ。

飛行機が高層建造物を認識するために、日本の航空法で厳しく定められている。そんな明かりなどなくとも飛行機は街中に突っ込んだりしないだろう、と言いたいところだが、9・11の同時多発テロを思い出せば、そんなことはあるはずがないなどとは、もはや誰にも言えない。

悪い冗談のようなことが実際に起こってしまう。それが、いまの世の中のような気がする。

日本のバブル経済崩壊。ニューヨークとワシントンDCで起こった同時多発テロ。リーマンショックと金融危機。そして、東日本大震災と原発事故――。

絶対に起こるはずがないとは、もはや誰も言えない。

そんなことが、自分の身の上に起こってしまった。

照明を落としたバーカウンターに、ひとり座って、一輝はマティーニのグラスに口をつけた。舌先がぴりっとする感触をひと口味わうと、コースターに戻した。

フランク・ミュラーの腕時計は午後六時三十分を指していた。約束の時間よりも三十分も早く到着してしまったのは、たかむら画廊の閉廊時刻の六時ぴったりに、退出したからだ。

いらいらと焦燥《しょうそう》を募らせる父・篁智昭《たかむらともあき》と顔を合わせる時間は、一分でも一秒でも短いほうがいい。不用意に在廊が長引くと「あの件はどうなったんだ」とせっつかれてしまう。

たかむら画廊は設立以来最大の危機に直面していた。

智昭は、長年信頼の篤《あつ》かったビジネス・パートナーであるプライベート・ディーラーの沖田甫《おきたはじめ》を仲介者とし、大掛かりな絵画売買の取引を仕掛けていた。ニューヨークのコレクター秘蔵のモネ作品に沖田のネットワークでリーチし、智昭の顧客の中に購入希望者をみつけた。たかむら画廊がコミッションを差し引いた代金を、いったん沖田の口座経由でコレクターに支払い、一週間後に顧客から、たかむら画廊の口座に代金を振り込んでもらう手はずであった。わずか一週間であれば、顧客からの入金を待って支払いたいところではあったが、売り手に一週間は待てない、そういうことであれば別の買い手に売却すると迫られ、おそらく問題ないだろうということで、画廊の在庫作品を担保に、銀行から作品購入価格の一〇パーセントとなる五億円の借金をした。あろうことか、その金を持って沖田が姿を消したのだった。

智昭は警察に被害届を出さず、銀行に相談にも行かなかった。彼がもっとも恐れていたのは、この失態で画廊の信用力が失墜することだった。それはすなわち、三代続いて「老舗《しにせ》」と呼ばれているたかむら画廊の終焉《しゅうえん》を意味していた。

智昭の性格を知り抜いていた沖田は、彼が決してすぐには警察に届けないであろうことを見抜いていたに違いない。さらには沖田の事務所も自宅も、智昭があわてて行ったときには、すでに解約されていた。

「最初からこうするつもりだったんだ。あんちくしょう」

額に汗をにじませて、智昭がなじった。

「おれが何をしたと言うんだ。どんなときでも、一緒に切り抜けてきたのに……こんな結末ってあるか。くそっ」

一輝には、父をなぐさめるどんな言葉もなかった。

智昭は、長年労苦をともにしていた沖田に裏切られたということ自体がもっともこたえているようだった。

もしも沖田でない別の誰かに陥れられたとしたら、父はまっさきに沖田に相談にいったことだろう。そして、ふたりで協力して難局を乗り切ったに違いない。

自分は沖田のようには父をサポートできないと、一輝は痛感した。まったく、皮肉すぎることなのだが。

銀行の融資期間は一ヶ月。この間に何か大きな取引を成立させなければ、たかむら画廊は倒産を免れない。「おれが夜逃げしたいくらいだ」と、自嘲気味に智昭は言った。

しかし、実際に雲隠れしてしまうほど、篁智昭は無責任でもナイーブでもなかった。

あり得ないことが現実に起こってしまったのだ。どうにかして切り抜けるほかはない、と腹をくくったようだった。

高額作品の売買を成立させるためには、周到な準備が必要だ。売る側にも買う側にも、慎重に近づき、信用関係を築き、一歩ずつ踏み込んでいく。たかむら画廊には長年の顧客が多数存在していたが、五十億円の商いをすぐに成立させられる相手はごく限られている。

買い手は、ここ数年で智昭が開拓したアジアの新興のコレクターの中にみつけられる可能性がある。

特に中国の富裕層は、買うとなったら即決だった。ただし、購入対象は限られている。彼らが好んで集めているのは、明《みん》代のすぐれた陶磁器や、印象派・近代・現代美術の著名なアーティストの作品だった。

とにかくビッグネームやブランドに弱いのが彼らの特徴である。たかむら画廊が彼らに近づけたのも、「銀座の老舗画廊」という定評があったからこそだった。

彼らに売りを仕掛けるとして、その作品をどこから引っ張り出すのか。

アメリカやヨーロッパのコレクターやディーラーから引き出すには、時間がかかってしまう。それに、彼ら自身がすでに別の伝手《つて》で中国人バイヤーに売りを仕掛けている。為替のリスクもある。短期間で取引を成立させるには、日本国外から作品を調達するのは困難を極める。

となると、日本国内にある作品を引き出すほうが、手っ取り早くもあり、確実だ。

そして、一流の作品を所有し、それを売りに出すと即断即決できる人物は、おのずと限られてくる。

その人物とは——。

「お待たせ」

カウンター越しの窓の向こう、航空障害灯が赤く明滅する夜景をぼんやりと眺めていた一輝は、はっと我に返った。

一輝の隣の椅子をバーのスタッフが音もなく引く。そこに座ったのは、有吉克子《ありよしかつこ》だった。

一輝は無意識に襟元のネクタイに手をやった。紺地に黒のモノグラムのグッチ。マタニティウェアを買った京都のデパートで、菜穂《なほ》が買っておいてくれたものだ。「照山《しょうざん》先生のオープニングに駆けつけてくれたご褒美」などと言って、今朝、別れ際に手渡してくれた。

「どういう風の吹き回し？　あなたのほうから『すぐに会いたい』だなんて……いままで、そんなこと、一度もなかったわよね？」

つれない恋人をなじるような言い回しは、どことなく芝居がかっていた。

「すみません。急に呼び出してしまって……ご都合悪かったら、あきらめるつもりだったんですが。無理を聞き入れていただいて、正直、うれしいです」

一輝は意識的に照れ笑いを装った。克子は、ふふ、と小気味よさそうに笑った。

「まあ、でも、悪くないわね。菜穂に秘密で、こんないいムードのバーであなたと肩を並べるなんて。それだけでも、なんだかちょっとスリリングだわ」

克子は一輝と同じくマティーニを注文した。一輝も、もう一杯頼んだ。「乾杯」とグラスを合わせると、克子は勢いよく透明の液体を飲み干した。

「ずいぶん威勢がいいですね」

一輝が言うと、

「ええ。なんだかね、飲みたい気分」

ふうっと息をついて、克子が応えた。

何か特別なことを一輝から持ちかけられるに違いないと、克子は勘づいているようだった。

それがいったい、どういうことなのか。

おもしろい作品がみつかったから買ってくれという申し入れなのか。それとも、いいかげんに菜穂を東京に呼び戻したいという嘆願なのか。あるいは、もっと個人的な告白なのか。たとえば、菜穂には秘密で、克子ともっと親密な関係になりたい、というような——。

そのどれでもないことを、いまから自分は申し入れようとしている。

一輝は、緊張のあまり、グラスのステムに触れている指先が震えてしまいそうだった。

百戦錬磨の父であったら、緊張などはおくびにも出さず、さりげなく話を切り出し、交渉を有利に運び、相手の「イエス」を巧みに引き出すのだろう。そうやって、いままでに何百もの作品の売買にかかわり、総額何百億円にも及ぶ取引を成立させてきたのだ。

それを思えば、たった一点。そして、この一度きり。

五十億円相当の絵画を、引き出せばいいのだ——。

「ところで、一輝さん、昨晩京都へいらしたんでしょう？　志村《しむら》照山の個展のオープニングに行ったのよね？　そこで、思わぬ出会いがあったそうじゃないの」

克子が一輝のほうを向いて言った。今朝、菜穂から電話があったという。興奮さめやらぬ感じだったと、克子は少々呆《あき》れたように言った。

「まったくねえ。あの子は、自分が気に入った作品とかアーティストのことになると、夢中になっちゃって、前後の見境がなくなっちゃうから。たった一枚の青葉の絵、しかも十号程度の小品を手に入れただけなのに、あれを描いた新人作家の作品を、このさき全部買い取ってほしいだなんて……」

正面を向いたままうつむいていた一輝が、ふいに顔を上げて、克子のほうを向いた。

「……菜穂が、そんなことを言ったんですか？」

「あら、知らなかったの？」

目を丸くして、克子が言った。

「昨日はあなたも一緒だったから、てっきりあなたと相談の上のことかと思ったのに。菜穂ったら、おかしな子ねえ」

「……」

「でも、あなたも会ったんでしょ？　その白根樹《しらねたつる》とかいう画家に」

繊細なステムを真っ赤なネイルの指先でなぞりながら、克子が訊いた。

一輝は、「ええ、まあ……」と歯切れの悪い返事をした。

それから、急に、思い返したように、

「全作品買い取りだなんて、よくそんなことを言うなあ。たった一枚の小品を見ただけなのに」

なじるように、そう言った。

克子は、不思議そうに一輝の横顔をみつめた。一輝の視線は、落ち着きなく、滑らかなチーク材のカウンターの上をさまよっているようだった。

志村照山の個展のオープニングレセプションで、画廊主の美濃山《みのやま》が一輝と菜穂に引き合わせたのは、照山の弟子、白根樹だった。

彼女を目にした瞬間、一輝の記憶の泉に、勢いよく小石が投げ込まれた。妖《あや》しい波紋が、一輝の中に一気に広がった。

――あの人だ。

春先、桜の満開のときに、岡崎《おかざき》にある京都国立近代美術館を菜穂とともに訪問した。パウル・クレーの展覧会を観にいくためである。

閉館間際の展示室で、クレーの作品が掛かっているパーテーションのあいだを、清流を遡《さかのぼ》る鮎《あゆ》のように、するりするりと抜けていった後ろ姿。

白いシャツに、ジーンズ。ベージュのパンプス。バレッタで無造作に結い上げた黒髪。

クレーの絵に向き合う後ろ姿こそが絵のようで、思わず見とれていた。そして、いつしか、クレーの絵ではなく、その人の後ろ姿を追いかけていた。作品に、熱心に見入る後ろ姿。——誰かに似ている。どこかで、見たことがあるような——。

ふと、彼女が振り向いた。思いがけず、一輝の視線と彼女の視線が、一直線につながった。

その瞬間、心臓に冷たい素手でひやりと触られたような感触があった。凪《な》いだ湖面のように静まり返った瞳。冬の木立のような凛《りん》とした立ち姿。みつめられて、一輝は、その視線から逃れられなかった。吸い込まれるようにして、一輝もまた、彼女をみつめ返した。

時間にすれば、ほんの二、三秒のことだっただろう。しかしその刹那《せつな》、一輝は完全に自分をどこか異次元に置き忘れてしまった。

一輝さん、と菜穂の声に呼び戻された。声がしたほうへ振り返った間に、その人は色とりどりの絵画の合間を縫《ぬ》って、去ってしまった。

美術館での出来事が、たちまち一輝の脳裡《のうり》に鮮やかに蘇った。まるでクレーの画集を目の前に広げたかのようだった。白根樹は、あのときと同じまなざしで、一輝を射抜くようにみつめていた。

「白根さん、こちらは篁さんご夫妻です。奥さまの菜穂さんは、先だって、おたくさんが描かはった『青葉』を、即決でお求めいただいたお方《とも》です」

美濃山に紹介されると、樹は、かすかに口の端に笑みを灯して、沈黙したままで深々と頭を下げた。

黙って頭を下げられたので、一輝も菜穂も、どう声をかけてよいのかわからず、同様に無言で辞儀を返した。

レセプションなどで作家を紹介されれば、菜穂は軽やかにそれを受けて、巧みに話題を作って話をつなぐ。芸術の庇護者《ひごしゃ》らしい、社交的な菜穂の美点だった。

しかし、その夜の菜穂の様子は明らかに違っていた。ここのところ肩入れしていた作品の作者が、予告もなく目の前に現れたからだろうか、少し戸惑っているようだった。

一輝とて、美術館で偶然見かけ、強く印象に残っていた女性が、目の前に鮮やかに現れて、驚きを隠せなかった。

何も会話したわけではない、ほんの数秒視線を重ねただけの、ゆきずりの人。それなのに、会ってはいけない人に会ってしまったかのような、罪悪感にも似た見知らぬ感情が、胸をかすめて通り過ぎた。

「あの……篁さん。よろしかったら、志村先生にも紹介させていただきますけど？」

　黙りこくる三人のあいだに立っていた美濃山が、そう言った。一輝は、助かった、とばかりに、「ええ、お願いします」と応えた。それから、もう一度、樹のほうをちらりと見た。

　ひんやりと澄んだ瞳と、また視線が交わった。心臓がぎくりとした。痛いような動悸《どうき》が、胸を覆う。

　あわてて菜穂に視線を移して、行こう、と目で合図した。ところが、菜穂は「さきに行ってて」とそっけなく言った。

「私、白根さんともう少しお話しするから」

　菜穂の目の周りはぼうっと赤らんでいた。興奮すると、菜穂はいつも目の周りを赤くする。よくできた展覧会を見たり、好きな作家の作品をみつけたりすると、いつもそうなって、陶然とするのだ。とろりとした顔は、一輝の愛撫《あいぶ》を受けて恍惚《こうこつ》としているときの表情と寸分たがわなかった。

　それから、あらためて樹に向かい合うと、「せんだって、こちらで『青葉』を買わせていただいて……」と、いつもの社交上手に戻って、話し始めた。

　一輝はふたりの様子が気になったが、美濃山と一緒に画廊のいちばん奥へと人混みの中を移動した。照山は複数の客人に囲まれて、歓談している。美濃山と一輝は、少し離れたところに立って、話が途切れる瞬間を待った。

「それにしても、盛会ですね」

出入り口の周辺に佇《たたず》んでいる菜穂と樹にちらちらと目配せしながら、一輝が言うと、

「ええ。志村先生は、この春の受勲《じゅくん》が確実視されたはりましたけど……さきの震災の影響で、延期されましてな。まあいずれ近々伝達がありまっしゃろけど、そうなったら作品が高騰しまっさかい、ご贔屓《ひいき》筋がいまのうちにと、殺到してはるんですわ」

美濃山が声を潜めて教えてくれた。

なるほど、と一輝は合点《がてん》がいった。日本画のマーケットでは、受勲などのイベントがあると、一気にその画家の作品の値段が吊り上がると聞く。たかむら画廊が扱っているジャンルのひとつ、日本の洋画壇の世界でも、もちろんそうだった。

「ところで、篁さん。奥さまは、よっぽど、白根さんをお気に召したご様子ですな」

ひそひそ声のままで美濃山が尋ねた。一輝は、苦笑して、「ええ、まあ。そのようですね」と答えた。

「あのお方は、まだどこの画廊とも契約してはらへんようですけど……どうも、い

ろいろと、ややこしい気がします」

少し言いにくそうに、美濃山が言った。

「ややこしい？　……と言いますと？」

一輝が返すと、

「まあ、その……あれですわ。志村先生が、えらいご執心でしてな。そうやすやすと樹は外へは出さんのやと、言うてはるんですわ」

一輝は、胸の中に、再び妖しくさざ波が広がるのを感じた。

──つまり、あの人は、志村照山の……？

「そればかりやあらしません。あのお人は、ちょっと特殊なお人で……その……障害をお持ちのようですねん」

あのお人には発声障害がおありなんです。

よからぬ企みを打ち明けるかのように、いっそう声を潜めて、美濃山が一輝の耳もとで囁《ささや》いた。

「なんでも、小さい頃に舌の病気を患わはったとかで……発声できはらへんらしいんです。要するに、しゃべられへん、ていうことですわ」

一輝は、思わず、出入り口を振り返った。

菜穂と樹が、向かい合って話している。いや、菜穂が一方的に話しかけている。

樹は、菜穂の顔を一点にみつめて、ときおりうなずいている。そのたびに、胸のあたりまで伸びた艶《つや》やかな黒髪が、かすかに揺れる。

樹がしゃべれないということに、気づいているのか、いないのか。菜穂は、目の周りをぼうっと赤く染めたまま、一心に話しかけていた。

「まあ、そんな新人の女の子の支援なんか、正直、私には興味がないわ。志村照山ならともかく」

艶やかなチーク材のカウンターに片肘《ひじ》をついて、克子が独り言のようにつぶやいた。

「そんなことより……本題に入ってくださらない？　何か、私に頼み事でもあるんでしょう？」

艶っぽい声色が、一輝の横顔に向かって囁きかける。一輝は、マティーニのグラスを手に取ると、さきほど克子がそうしたように、ぐっとあおった。それから、一気に言葉を並べた。

「……モネの『睡蓮《すいれん》』を、お売りになりませんか。五十億円で。私たちへのコミッションは、一〇パーセント。買い手は、すでにみつかっています」

言い方を選んでもしょうがない相手だと、わかっていた。

クロード・モネの晩年の作品を、有吉美術館は保有していた。菜穂の祖父が生前に購入したもので、同館のコレクションを代表する名作だ。

オークションに出せば、落札価格は三、四十億円を下るまい。印象派の作品を格好の投機対象としているアジアの富裕層にオファーすれば、五十億円まで吊り上げられる可能性がある。

これを……この一点を、引き出すことさえできれば。

京都へ突然出かけていったのは、志村照山のレセプションに行くためなどではない。ほんとうは、克子に話すまえに、菜穂に打ち明けたかったのだ。

けれど、できなかった。――怖かったのだ。

たかむら画廊が陥った窮状を話すことはできる。事実なのだから、妻に隠したところでしょうがない。

けれども、画廊を救うために、菜穂が副館長を務める美術館の目玉作品を引き出したい、などと告げたら――自分たち夫婦は、終わりになるかもしれない。

そうなってしまうのが、怖かった。

であれば、いっそ、館長である克子に直接申し入れしたほうが、手っ取り早い。

克子であれば、私が売ると決めたのよと、平然と娘に告げることができるだろう。

そうするしかない。

完全な「秘密」を、克子とのあいだに作ってしまえば――。しばらく無言でそうしていたが、やがて、

克子は、瞬きもせずに一輝の横顔をみつめていた。しばらく無言でそうしていたが、やがて、密やかな声で言った。

「そんな大切な話を、こんなところでするの？　このフロアにあるレストランへ食事にいって、続きを話さない？」

一輝は、ゆっくりと顔を克子のほうへ向けた。

「――下に、部屋を取ってあります」

ふたりは、無言のままでカウンターを後にした。

ガラス張りのエレベーターの中へと、一輝がさきに、克子があとに、入っていく。きらめく夜景の中を、ふたりを載せたガラスの箱が音もなく降下していった。

8 寄るさざ波

浅い眠りから覚めて、うっすらと目を開くと、視線の先には杉の木目がある。

鷹野《たかの》せんの家のいまは自室となった客間に横たわる菜穂《なほ》が、目覚めてまっさきに目にするのが、この年季の入った天井の杉板だった。

夫の一輝《かずき》と暮らす真新しいマンションでは、目覚めると、まず真っ白いクロス貼りの天井が視界に広がる。無機質で漠然とした白い広がりに比べると、この部屋の天井の木目には味わいがある。そんなところも、気に入っている。

横たわったまま右側に顔を向けると、書院の床の間が見える。山鳩《やまばと》色の壁に青葉の作品が掛かっている。これを目にすると、いつでも身体《からだ》の中心をすっと清水が流れ落ちていくような心地になる。

「菜穂さん。入らしてもろてよろしおすか」

襖《ふすま》の向こうから、遠慮がちな声がする。家政婦の朝子《あさこ》の声だ。菜穂が眠っているのであれば、それを妨げぬようにと、微妙な小声だった。

「はい、どうぞ。起きています」

上半身を起こして、わざと大きな声で返事をした。静かに襖が横滑りし、小盆に水を入れたコップを載せて、割烹着《かっぽうぎ》をつけた朝子が入ってきた。

「おかげん、どないですか」

菜穂の枕元に正座すると、畳の上に盆を置いて、朝子が訊《き》いた。

「ええ、もういいようです。すみません、ご心配をおかけしまして」

菜穂は努めて元気のいい様子で、そう応えた。

菜穂は、ここ数日つわりがひどく、食欲もないのだった。いったん回復したが、その日になってまた具合が悪く、朝から自室にこもっていた。

「つわりいうんは、お腹《なか》のお子が元気な証拠なんやし。しばらくしんどいかもしれへんけど、それも、元気なお子を産むための準備のひとつやし、まあ、どうにかこうにかして、がまんせなあきませんえ」

朝子は娘ふたりを育てたという。それぞれに独立して京都ではないところへ嫁いだ。娘をせんの教室に通わせた縁で、自分もせんに師事し、この十年ほどは家政婦として身辺の世話しているのだった。

菜穂にしてみれば、妊娠二、三ヶ月目でさしたるつわりがなかったので、このままあまりしんどい目にあわずに済ませられるのではないかと楽観視していた。妊娠四ヶ月目に入ったところで、急に体調が悪くなったので、流産の前兆かも、無事に産めないかもしれないと、今度は悲観的になった。病院で診《み》てもらったが、胎児に異常はなく、たまにそういうこともあるようなので経過観察してくださいと、医師からは言われたのだった。

菜穂の体調に変化が現れたのは、美のやま画廊での志村照山《しむらしょうざん》の個展のオープニングレセプションに出向いた翌日のことだった。

レセプションに駆けつけてくれた一輝を午前中に見送ってから、せんの書道教室仲間の瀬島美幸《せじまみゆき》と、御池通《おいけどおり》にある割烹の店「岡ざき」でランチの約束をしていた。こぢんまりしたたいそう人気のある店で、なかなか予約が取れない。いつでもいいからキャンセルが出たら連絡くださいと、常連客である美幸がまえもって頼んでいたところ、その日に空席ができた。美幸はすぐに菜穂を誘ってくれた。

瀬島夫妻にはあちこち美食の店へ案内してもらい、彼らの紹介先には間違いがないと菜穂もすでに心得ていたので、二つ返事で「行きます」と応えた。ところが、出かける支度をしているときに、急に胸がむかむかし、吐いてしまった。とても食べられる状況ではなかったので、昼食はあきらめ、代わりに病院へ出向いたのだった。

その翌日にはいったん回復したので、せんの自宅で行われた教室に顔を出した。やはり教室にやってきた美幸は、「おかげん、どないです?」と、心底心配そうに様子を訊いた。

もう大丈夫です、と答えると、こんなときに食べられるかどうかわかりませんけど、岡ざきの女将《おかみ》さんにいただいたお裾《すそ》分けですと言って、すっぽんのだし汁で炊いたという「おじゃこ」の小袋を手渡してくれた。

その日、教室が終わると、せんから菜穂へ思いがけない提案があった。

「照山さん宅《とこ》にお招《よ》ばれしましたんえ。明日、お邪魔するつもりやけど、あんさんも行かはりますか」

せんは、志村照山と師匠の代からの付き合いがあるということだった。レセプションでひさしぶりに挨拶したところ、話が弾み、宮内庁の依頼で手掛けている作品があることを、こっそりと教えてくれた。せんが興味を示すと「それやったら、鷹野先生にだけ、こっそりお見せいたしましょ」と、自宅に招いてくれたのだという。

菜穂は驚いた。普通であれば絶対に開かないドアが、誰がドアを叩くか次第では、こんなふうにやすやすと開いてしまう。これが京都の流儀なのだ。

是非、と即答しそうになったのを、一瞬、ぐっと止めた。こういう場合、じゅうぶんな奥ゆかしさがなければ、開きかけたドアが閉まってしまうこともある。

「でも、照山先生は、鷹野先生にだけ、こっそりお見せしましょうっておっしゃったんでしょう？　私なんかがのこのこついていったら、ご迷惑じゃありませんか」

「迷惑なんてこと、あらしません」

せんは平然として言った。

「わてにだけ、ゆうんは、どなたさんかご一緒にお気がねのうおこしやす、てゆうてはることとえ」

せんと照山のあいだには、どうやら特別な関係が成立しているようであった。菜穂は、せんが、京都においては魔法のように開かずの扉を開かせる達人であるのだという印象を強くした。

それで、いつかどうにかと願っていた志村照山邸訪問が、あっさりとかなうことになったのだった。

菜穂の目的は、照山とのパイプを構築して、まだ東京で発表していない照山の作品展を、一輝が専務を務める「たかむら画廊」で開催することだった。

「美のやま画廊」の画廊主である美濃山《みのやま》からは、照山の名が、まもなく受勲《じゅくん》するであろうリストに挙がっているという情報を得た。この春は、東日本大震災のこともあり、延期になってしまったものの、秋には間違いないだろうと言われているらしい。

となれば、照山の作品が受勲後に高騰するのは間違いない。東京での初個展の話をつけておくには、いまが絶好のチャンスであろう。

なかなか京都に基盤を作ろうとしない夫に代わって、自分がその道をつけると菜穂は心に決めた。

もちろん、東京で発表されることになったら、そこで展示されるいちばんの佳作を、自分が副館長を務める有吉《ありよし》美術館で購入するように、最初から段取っておくのだ。

菜穂は、照山を東京へ誘致する段取りを密《ひそ》かに心の中で始めたのだった。

が、菜穂の真の目的は照山ではなかった。

菜穂がほんとうに狙っているのは、照山の弟子、白根樹《しらねたつる》であった。

照山のレセプションに出向いたとき、口にこそ出さなかったものの、もしや樹が来ているかもしれないというほのかな期待があった。

そして、照山に紹介されるよりさきに樹に会ったのだった。これは、思いがけなかった。

意中の作家をいきなり紹介されて、緊張と興奮の入り混じった気持ちで、菜穂は彼女に接することになった。

会うまでは男女の別もはっきりしてはいなかったが、菜穂は女性であると思い込んでいた。作品と日々暮らして、そのタッチや色遣いに女性ならではの繊細さや柔らかさ、観察力の鋭さなどを嗅《か》ぎ取っていたのだ。

果たして、初対面した樹は女性であった。――しかも、はっとするようなうつくしい人であった。

菜穂は、樹を見たとき、どこかで会ったことがあるとすぐに気がついた。

ひと目見たら強く印象に残る絵のような佇まいが、彼女にはあった。すっきりと整った顔立ちは、朝顔のごときみずみずしさであったが、表情に欠ける。煩《わずら》わしい感情をぬぐい去って、あとに無表情が残された。そういう顔だった。

長い黒髪や、白いシャツ、ジーンズにパンプスというそっけない組み合わせは、菜穂の記憶に強く残っていた。そっけなさを身にまといながら、むしろ強い存在感が醸《かも》し出されていた。

結婚披露宴などで会う着物や礼服でドレスアップした女性が、かえって印象に残らず、交差点などで道路の向かいに立っている、なんてことのないいでたちなのだが、かたちよくシャツやジャケットを着こなしている女性にこそ、意識が向かう。

樹は、まさしくそういう人だった。

夫とともに紹介されたのだが、挨拶を交わしてすぐ、一輝は美濃山に連れられて画廊の奥へと移動してしまった。

個展のレセプションの際に、作家に引き合わされる機会はしょっちゅうのことだった。菜穂は、いつもその作家について事前に情報を得、じゅうぶんに勉強してから臨む。そして、積極的に作家に話しかけ、作品についてもそつなくコメントして、作家に好印象を残すよう努めていた。

しかし、今回は、白根樹の情報を事前に得ることはできなかった。男か女かさえも知らなかった。どういうわけだか美濃山は詳細を語らなかったし、自分からも是非にも訊こうとはしなかった。

樹の周辺には、最初から秘密の匂いがあった。目の前に立っている彼女は、やはり秘密の匂いに包まれていた。

照山の弟子であるという以外に情報を持ち得なかったが、それでも、こんなチャンスを逃すような菜穂ではない。自分が彼女の作品を最初に購入したのだという事実に勇気を得て、切り出した。

「こちらの画廊で、白根さんがお描《か》きになった『青葉』の小品を、買わせていただきました。私、いま、書道家の鷹野せん先生のお宅でお世話になっているんですが……私が寝起きしている部屋に、掛けさせていただいています。毎日、眺めているんです」

自作を毎日鑑賞していると言われて、悪い気がする作家はいない。菜穂は、樹の表情を注意深く観察しながら、率直に言ってみた。

「朝晩、眺めると、作品の表情が違いますね。書院の壁に掛けているんですけど、障子越しの光を受けて、青葉が照ったり、陰に沈んだりして、よく表情が動きます。夜には静まり返って眠りにつくようです。朝になれば、目覚めたようにきらめくし……」

樹は、朝露をとどめたように濡《ぬ》れた瞳で、ただ黙って菜穂をみつめていた。彼女のほうも、注意深く菜穂の表情を観察しているようだった。

「小さな作品だけど、初夏の、生命のうつくしさを凝縮しているように思います。大画面で見てみたいとも思います。……大きな作品は、何か、手掛けていらっしゃるんでしょうか？」

なおも黙りこくったままで、樹は菜穂をみつめている。まるで、みつめるほかに自分には表現する方法がないのだ、と言わんばかりに。

菜穂は、ようやく、この人は何かわけあってしゃべれないのだ、と気がついた。

そして、

「すみません、一方的にしゃべりすぎてしまって……失礼ですけれど、ひょっとして、おしゃべり、できないのでしょうか」

尋ねると、樹は、こくりとひとつ、うなずいてみせた。そして、つと手を伸ばすと、菜穂の手を取ったのだった。

突然のことに、菜穂は、ぴくりと身体を震わせた。樹の手は、植物のように、しなやかでひやりと冷たかった。

樹は、菜穂の手のひらに、ゆっくりと、人差し指で、一文字一文字、言葉を綴《つづ》った。

き・こ・え・ま・す

で・も

は・な・せ・な・い・の・で・す

ご・め・ん・な・さ・い

菜穂は、顔を上げて樹を見た。やはり濡れた瞳で、樹は、菜穂をみつめている。

ご－め－ん－な－さ－い、と、樹の口が、ゆっくりと動いた。それはまるで、音を消して眺める、創り込まれた映像のワンシーンのようだった。ごめんなさい、という言葉が、樹の唇のかたちどおりに動くのが見えた気がした。

「そうだったんですね。こちらこそ、ごめんなさい。気がつかなくて……」

戸惑いながらも菜穂が詫《わ》びると、樹はかすかに頭を横に振った。その拍子に長い髪がふっと揺れた。

「一方的にお話ししても、構いませんか」

あらためて訊くと、樹はまた、こくりとうなずいた。

「大きな作品は手掛けていらっしゃいますか」

樹がかすかに頭を横に振る。「そうですか」と菜穂は続けた。

「勝手な意見ですが、大画面に挑戦されたらいいと思います。小作品は、それはそれでよさがありますが、私は、あなたの作風は大画面に向いていると思います」

樹はうなずかなかった。菜穂は、思い出したように、バッグの中から名刺を取り出すと、

「すみません、生意気なことばかり言ってしまって……私、美術館の関係者です。コレクションの購入や展示にかかわっているので、作家の方にお目にかかると、つい、生意気なことを口走ってしまうんです。許してくださいね」

そう言って、樹に差し出した。

「有吉美術館　副館長　篁　菜穂」と印字してある小さな紙片に、樹はしばらく目

線を落としていたが、やがて顔を上げて、そっと微笑《ほほえ》みかけた。

静かな湖の岸辺に寄るさざ波のように、瞳がかすかに震えているのがわかった。

どこかしら戸惑っているような樹の表情を観察しながら、菜穂は、近々彼女の画室を訪問したい、と強く願った。

照山の自邸へ行けば、もう一度、樹に会えるかもしれない。

会えないにしても、彼女の作風の秘密に少しでも近づけるかもしれない。

そんな思いがあった。

そこへ、せんが、照山の自宅訪問の提案を持ちかけたのだ。菜穂が行かずにおくはずがない。

菜穂は、照山と樹、それぞれに、どんなふうに話を持ちかけようかと思案した。

ともあれ、一輝に相談しようと思った。

東京へ帰ってから二日、連絡がない。何かあったのだろうかと気になり始めたところだった。

帰り際に、「なんだか、画廊が難しい局面になってね……」と独り言のようにつぶやいていた。

「どうかしたの?」と訊くと、「まあ、どうにかなるだろう」とまた独り言のような答え方をした。

いままでにも、資金繰りがうまくいかないとつぶやいていたことがあった。リーマンショックの直後だった。どううまくいかないの、とそのときも尋ねたが、細かいことを話してもしょうがないからと、話してはくれなかった。

会社の問題はあくまでも会社でしか解決できない。面倒な話題を家庭には持ち込みたくない。一輝はそういう考え方の持ち主だった。

今回、唐突に京都へやってきたのも、志村照山に挨拶をしたいからとは言っていたものの、ほんとうにそうだろうか、と菜穂は疑っていた。

何か自分に相談したいことが起こったのではないだろうか。

しかし、わざわざ菜穂に相談するようなことが起こっていたとしたら、それは明るい話題ではなく、極端にシビアな状況に画廊が直面しているからに違いない。

一輝の本意を知りたいような、知りたくないような、不穏な気分が菜穂の中に若干あった。

が、ほんとうに困っているのであれば、一輝は自分から言い出すだろうし、そうとなれば耳を傾ける準備が自分にはある。静観しようといちおう決めた。

一輝は、結局、独り言のようなつぶやきを口にした程度で、何も切り出すことなく、東京へと帰っていった。

それっきり連絡がない。菜穂のほうから何度か電話をしてみた。が、一輝が出ることはなく、留守番電話に切り替わってしまった。

かなり難しいことになっているんだろうか。

一輝の沈黙を菜穂はそう受け取った。であれば、いまはしつこく連絡をしないほうがいい。

もし、自分が難しい局面に向かい合っているところであれば、配偶者からの無用な連絡は面倒に感じるだけだろう。

どうにか乗り越えたところで、向こうから連絡があるはずだ。そう信じるしかない。

一輝がいま置かれている状況を詮索《せんさく》するのは、少々面倒にも感じられた。それよりも、照山と樹のことに考えを集中したかった。

それぞれに、たかむら画廊で個展を開くこと、大画面の作品に挑戦することを提案してみたいと思っていたが、拙速は避けねばならない。また、提案するからには、確固たる「出口」を想定して持ちかけなければ。

「出口」とは、つまり、発表、または制作した作品が売れる道筋をつけることだ。描いたものの、売れなければ、たかむら画廊も提案者である菜穂も、信用を落とすことになる。

何より、作家を落胆させる結果になってしまってはいけない。

菜穂は、母の克子《かつこ》に相談を持ちかけておいたほうがよいと判断した。

有吉美術館の館長であり、館の収蔵品となる作品の購入に関しては、まず克子の判断を仰がなければならない。理事長である夫、つまり菜穂の父は、克子が買うと決めたものにだけ同意する。そして、「有吉コレクションにふさわしい作品」を選ぶのは、七割がた菜穂の役割だった。

もちろん、無尽蔵に購入予算があるわけではない。財団法人である有吉美術館に、多額の援助をしているのは、母体である有吉不動産である。

有吉不動産の経営は決して楽観視できるものではなかった。リーマンショックを機に始まった社内のリストラは、いまなお続いている。社員の手前、美術館に毎年巨額の援助を続けるのはもはや難しい状況になっていた。

そういった現状を理解しないほど、菜穂は愚かではなかった。

母は、菜穂が気に入ったアーティストや作品をみつけるたびに、「まったく、あなたはアートのことになると前後の見境がなくなるんだから……」と揶揄《やゆ》する。確かに、瞬間的にのぼせ上がることは自分でもわかっていた。

けれど、昨今の経済状況を鑑みるくらいの奥ゆかしさは、菜穂にも備わっていた。

母にも何度か電話をしてみたが、こちらも留守電に切り替わってしまった。着信記録を見れば、いつもすぐに折り返してくれる。そう思って、留守電にメッセージを残さなかったのだが、珍しいことに、克子からの折り返し電話は結局丸一日経ってもかかってこなかった。

どうしたんだろう。

そこで初めて嫌疑の暗雲が菜穂の心にかかった。夫と母と、両方に連絡がつかない。父に電話をしてみようかとも思ったが、よほどおかしなことがあれば、誰かからなんらかの連絡があるだろうと、もう数日待つことにした。

とにかく、照山先生のところへ行ってしまおう。どう話を持ちかけるかは、会ったときの雰囲気で決めたっていいんだから。

そう腹を決めた。

照山宅への訪問日は、レセプションの三日後だった。

菜穂の心は躍《おど》っていた。何を着ていこうか、もう少しまともなマタニティドレスはないものか、また買いにいかなければと華やいだ気持ちになったところが、再び、ひどいつわりに見舞われたのだった。

自室に臥《ふ》せっていた日の午後、照山宅を訪問する予定になっていたので、菜穂は

焦っていた。が、せんは、

「日延べしたかてええ。わてひとりで行ったりしまへんし、あんさんは、あんじょうおしやしたら」

と、あくまでもゆったり構えていた。

申し訳なく思ったが、身体のことばかりはどうにもならず、安静にするほかはなかった。大切なチャンスをみすみす逃すようで、菜穂は、自分の身体を、つまりは胎内の子供を憎々しく感じた。

やはり、この時期に妊娠するべきではなかったのだろうか。

後悔に似た気持ちがよぎる。が、よく考えてみると、妊娠しているからこそ自分は京都へ逃れてきたのだった。

さもなければ、せんや、瀬島夫妻や、照山や、白根樹と知り合うこともなかったわけだ。

この青葉の作品に出会うことも――。

朝子が運んでくれたコップの水を飲み干して、つくづくと青葉の作品を眺める。

もっと大きな作品を。――もっと、あの画家の才能のすべてを開花させた一作を。

小枝がぱちぱちと燃え出すような熱さを胸のうちに感じて、菜穂は青葉をみつめていた。

と、そのとき、スマートフォンの着信音が鳴った。

母の克子だった。やっとかかってきた、と安堵《あんど》のため息を漏らして、菜穂は電話に出た。

『菜穂？——ごめんなさいね、なかなか折り返しできなくて……ちょっと、いろいろあってね』

電話の向こうの克子は、いきなり言い訳じみた口調だった。

「いろいろって、何よ」

母を困らせてやろうと、菜穂はわざと不機嫌そうな声を出した。

『あら、怒ってるの？』

「そう、怒ってるの。まったく、一輝さんも、ママも、全然連絡くれないんだから……」

克子は、一瞬、口ごもると、『まあ、怖い』と作り笑いをした。

『じゃあ、話すのやめようかな。これ話したら、あなた、もっと怒るでしょうから』

思わせぶりな言葉。当然、菜穂は返した。「いいから、話してよ」と。

ふふ、と含み笑いの声が聞こえる。『事後報告で、ごめんなさいね』と、前置きしてから、克子は言った。
『うちのコレクションにあった、モネの「睡蓮《すいれん》」ね。あれ、売却したのよ』

9 秘密

何かに押しつぶされるような、粘っこい泥沼に足を絡めとられるような重苦しい夢に、一輝《かずき》はうなされていた。

ああ夢だ、これは夢だ、あり得ない――と、悪夢の中で思っている。夢だ、夢だと自分に言い聞かせながら、はたと目が覚めた。

目の前に、自宅の寝室の天井の真っ白なクロスが広がっている。しみひとつない白。枕元にまっすぐに落ちてくる読書灯のダウンライトがふたつ、そこにあるのを認めて、ああ自分の寝室だ――と安堵《あんど》のため息を放った。

気味の悪い夢だった。どんなものだったのかは目覚めた瞬間に忘れてしまった。けれど、全身に噴き出している汗がどれほど厭《いや》な夢だったかを物語っていた。

ぼんやりした頭をいつもは妻がそこに寝ているはずの左側に向けた。ベッドの隣は空っぽで、その向こうのオークの壁に杉本博司《すぎもとひろし》の写真作品、通称「海景」が掛かっている。

いまでは世界的に知られるアーティストの代表的な作品だ。この作品が発表された直後に、菜穂《なほ》はすっかり魅了され、父にせがんで、誕生日プレゼントに買ってもらったのだという。彼女のお気に入りの一作だ。

作品は一九九六年に制作されたもので、その翌年に買ったということだから、菜穂はそのときまだ十六、七歳だったことになる。

作品には、モノクロームの海と空が写されており、水平線がそのふたつをきっぱりと分断している。しかし菜穂には、それが「融合しているように」見えるのだという。永遠に交わることのできぬ空と海とが、ひとつの画面の中でぴったりと合わさったように見えると。静かに呼吸を止めたかのような海と空は、確かに、作品の中で見事に融和しているのであった。

当時、「ジオラマシリーズ」などですでに知名度を上げていた杉本の作品は、それなりに値が張ったことだろう。けれど、いま、この作品は、気軽に娘の誕生日ギフトに購入などできないほどの高額な作品となっている。十代でこの作品のすごさを見抜いた菜穂の眼は、やはり特別であるというほかはない。

新居の壁に何を飾るか、すべて菜穂が決めたのだが、寝室の自分が寝る側のベッドサイドに、まっさきにこの作品を掛けた。

反対側、つまり一輝の寝る側の壁には、これもまたいまでは価格が高騰して入手が難しいアメリカの写真家、アンセル・アダムスの作品、「ムーンライズ」が飾ってある。

一九四一年のオリジナルプリントで、こちらは二十歳の誕生日に、やはり父に買ってもらったということだった。「なんでこんな地味な写真がこんなに高いんだ」と、父はまったく理解を示さなかったらしいが、どうしても菜穂は欲しいと言い張った。

結局、彼女のチョイスは正しかった。いまではこの作品は当時の何十倍もの価格になっているからだ。

アダムスと杉本の作品は、ベッドを挟んで互いによく響き合っていた。それぞれに静謐《せいひつ》で、思慮深い作品。だからこそ、アーティストの強い個性がにじみ出ている。それなのに、この二点を向かい合わせると作品は見事に呼応するのだった。うつくしい調べが聞こえてくるような気すらした。

苦々しい悪夢から醒《さ》めた直後にしんと静まり返った空と海を目にするのは、奇妙な感覚だった。水平線は、これ以上まっすぐなものはない、というくらいの一直線だ。それはやはり海と空を分かつものにしか一輝には見えないのだった。

厭な汗を流すために熱いシャワーを浴びた。どうしても気分が晴れない。一輝は、菜穂が京都へ行ってから一度も開けたことのなかったリビングの分厚いサッシ戸を、ついに開けた。

冷えたミネラルウォーターのボトルを片手にテラスへ出る。夏を間近に控えて湿ったぬるい空気が満ちていた。胸に何かがつかえているようで、深呼吸をしてみたかったが、やめておいた。この街の空気が汚染されていないとはもはや誰にもいえないのだ。

寝室に置いてきたスマートフォンの呼び出し音が聞こえてきた。はっとして、一輝は寝室へと小走りに向かった。電話をかけてきたのは父の智昭《ともあき》だった。

「はい、もしもし」

落ち着け、と自分に言い聞かせながらも、声が震えてしまいそうだった。次に聞こえてくる父の言葉次第では、自分は何もかも失うことになるかもしれないのだ。信用も……仕事も……資産も……そして菜穂も。

父の一声が耳に届くまでのほんの一、二秒のあいだに、心臓が止まってしまいそうなほど、一輝は緊張した。

『……うまくいったぞ』

一拍置いて、父が言った。一輝は止めていた息を放った。

「そうですか……よかった」

心底、安堵の声を出した。父のほうも、珍しく、ため息をつきながら「ああ、ほんとに助かったよ」と喜びのにじんだ声で応えた。

『デイヴィッド・リーの入金を確認した。まず前金で十億。残りの四十億は一ヶ月後に全額振り込むということだ。これで、作品の輸送の準備《シッピング》に入れる。でかしたぞ、一輝。お前の手柄だ』

「手柄」という言葉を生まれて初めて父から聞いた。しかし、ほんとうの手柄を立てたのは父のほうだろう。ほとんど奇跡的とも思われる取引を成立させたのだから。

『うちの手数料の五億を差し引いた金額を、「アール・モデルネ」の口座に送った。うちのほうは取引銀行への返済が三日後だったから、どうにか間に合ったよ』

「アール・モデルネ」とは、有吉《ありよし》不動産の子会社で、おもに美術作品の売買はこの会社を通して行われている。副社長には有吉克子《かつこ》が、取締役には菜穂が名前を連ねていた。実質的には有吉美術館の「財布」のような会社である。

今回、たかむら画廊は、この会社と、香港の不動産王で大コレクターであるデイヴィッド・リーのあいだを仲介して、短期間で大商いを成功させた。

つまり、有吉美術館の至宝のひとつだったモネの「睡蓮《すいれん》」を売却したのだ。

このモネの晩年の傑作は、バブル華やかなりし頃に、アール・モデルネがたかむら画廊を通じて購入したものだった。アメリカのコレクターが所蔵していたものを、複数のディーラーを介して――その中には智昭の腹心だった沖田《おきた》甫《はじめ》もいた――智昭が引っ張ってきた。オークションでゴッホの作品を信じがたい金額で日本人が落札し、その金満ぶりと経済的な底力に世界が驚愕した頃のことだ。「睡蓮」の取引は、美術マーケットの表舞台で見られることなく、秘密裏に行われた。日本円にして四十八億円の大取引だった。

当時、日本では不動産価値が高騰していたので、不動産を担保にすれば、銀行はいくらでも金を貸した。アール・モデルネも銀行からの借入金でこの傑作を手中にしたのだった。

その後、バブルが崩壊し、銀行の「貸し剝《は》がし」が始まった。有吉不動産もバブルの波を食らったが、すでに有吉美術館の目玉作品となっていた「睡蓮」の売却を克子も菜穂も嫌がり、美術館の運営母体である有吉不動産は、所有不動産のいくつかを売却して「睡蓮」を維持した。九〇年代前半のことである。

「睡蓮」を巡る一連の出来事を、一輝は、父からも、克子からも、そして菜穂からも聞かされていた。有吉美術館が、つまりは克子と菜穂の母娘《おやこ》が、どれほどこの作品に固執したか。運営母体会社の社長である菜穂の父は、それでも売ってしまおうと智昭に繰り返し相談を持ちかけたが、最後には「売ってしまうなら、一生パパを許さない」と娘に言われ、ついにあきらめたという。

その当時、菜穂は十二、三歳だった。彼女の美術作品への執念は、すでに母のそれをやすやすと凌駕《りょうが》していたのだ——と、菜穂と付き合うようになってから、一輝は繰り返しその一件を思い出したものだ。

その作品。少女だった菜穂が思い詰め、美術館の至宝として、いまにいたるまで大切にしてきた作品を、売却してしまった。

そして、自分が——その片棒を担いだのだ。

携帯電話の向こうの父は、興奮して、今回の取引でいかに危うい橋を渡ったかを延々と話し続けている。ソファに深く腰を下ろして、一輝は、医師から不治の病の宣告を聞かされる患者さながら、じっとまぶたを閉じて父の言葉が通り過ぎるのを耐えた。

父から「取引成功」の一報を聞かされた瞬間、自分の胸をよぎったのは安堵の気持ちだった。会社が倒産をどうにか免れた、その結果に一瞬心が沸き立った。

しかし、次の瞬間に、取り返しのつかないことをしてしまった、と安堵はたちまち後悔の念に変わった。

この取引が成功するまでは決して考えまいと思っていたこと。

自分は、このさき二度と菜穂の信用を取り戻すことはできないだろう。

父の話はまだ続いている。無論、一輝が後悔の嵐の中に放り出されたことなど気づきもしない。父は、何度も何度も、でかした、よくやってくれた、お前あってのたかむら画廊だと繰り返した。

いつもならめったに口にしない息子に対する歯の浮くような褒め言葉の数々を、もはや一輝は受け止められなかった。

「すみません、社長。ちょっと疲れているようで……今日は、午後から出社します」

切れ味の悪い言い訳をして、一輝は一方的に通話を切った。

どうにかして、有吉コレクションから「睡蓮」を引き出してこい。

一輝は智昭からそう命じられた。数週間まえ、画廊に出社した直後のことだった。

智昭は人払いをしたうえで、社長室に一輝を呼び込んだ。そして、ビジネス・パートナーだった沖田甫に、ニューヨークのコレクター所蔵のモネ作品、晩年にシリーズで描いた「睡蓮」の中のひとつを買い付けるための前金を持ち逃げされたと告白した。その金は、たかむら画廊が所有している作品を担保に、智昭が銀行から借りたものだった。

この金をひと月以内に銀行に返せないと、どうなるか。

たかむら画廊は最も重要な資産である作品を失うことになる。

会社が倒産の危機に瀕《ひん》している。手っ取り早い取引を成立させなければ、ものの一ヶ月で資金繰りに行き詰まる。

この危機を脱するためには、もともとニューヨークの「睡蓮」を買おうとして待ち構えていた香港の資産家、デイヴィッド・リーが気持ちを変えないうちに、ニューヨークのものに勝るとも劣らぬ別の「睡蓮」を、売り抜かねばならない。

そこで、智昭は、自分がかつて取引にかかわった有吉コレクションの「睡蓮」を引き出すほかはないと判断した。

しかし、かつて智昭は、同じ作品の売却を有吉家に働きかけて不成立に終わらせている。

一度失敗したディーリングには二度とかかわらない。それは業界の暗黙の掟《おきて》でもあった。

智昭は、菜穂をまず口説け、と一輝に指示した。

作品を購入するときと同様、売却する際には、アール・モデルネの社長である克子と親会社の社長である菜穂の父の同意が必要となる。

有吉不動産は、リーマンショック以降リストラを断行し続けている財政状況だ。高額作品の売却はリストラの一環とみなすことができる。親会社にとってはむしろありがたいはずだ。

しかし菜穂が突っぱねたら、菜穂の父は二の足を踏むだろう。決断するまでに時間がかかる可能性がある。

今回の取引は何よりスピードと正確さが重要視される。最初の提案で判断を渋られ、決断までに何日か食ってしまったら、間に合わなくなる。

「とにかく菜穂ちゃんにうんと言わせろ。さもなければ、うちはもう終わりだ」

智昭の迫り方は切実で凄《すさ》まじかった。これはほんとうにまずいことになった、と一輝は瞬時に察知した。

しかし、自分が菜穂に「睡蓮」売却の一件を持ちかけて、たやすくうなずくはずがないこともわかっていた。

「菜穂に僕が相談したら、むしろリスクが大きくなりますよ。彼女は絶対にうなずかないと思います」

正直に言った。そんなことをするくらいならあなたと離婚すると申し渡されるかもしれない、との恐れもあった。

智昭はこめかみに焦燥《しょうそう》をにじませて、一輝を睨《にら》んだ。

「ずいぶんひ弱だな。お前、そんなことを言いでもしたら、彼女に三行半《みくだりはん》を突きつけられるとか、考えてるんじゃないだろうな」

追い詰められた野生動物が逃げる方向を全身で察知するかのごとく、父の勘は研ぎすまされていた。

「それなら問題ないだろう。だって彼女は妊娠中なんだからな。少々落ち目だろうがなんだろうが、彼女は有吉家のお嬢さまなんだぞ。生まれてくる子供を父無し子《ててなご》にしようとは思うわけがないだろう」

智昭は菜穂の心情の動きまで予想していた。自分はもはやこの一件から逃げられない、と一輝は、それでわかってしまった。

押しつぶされそうなほど息苦しい沈黙が流れた。一輝は、掃除の行き届いた社長室のベージュのカーペットの上の一点をみつめていたが、やがて顔を上げた。

「……僕に、別の考えがあります」

智昭が神経質そうに眉根を寄せた。

「手っ取り早くことが運べるアイデア以外は、聞かないぞ」

端《はな》から受け付けないという態度だ。一輝は、思い切って口を開いた。

「菜穂ではなく、最初に克子館長に『うん』と言わせたほうが、早いんじゃないですか」

神経の尖《とが》った表情を変えぬままで、智昭が一輝を凝視している。

「最初に菜穂に打診すれば、たとえ僕が会社の状況を説明したところで、当然拒否されます。そういうところは、彼女ははっきりしてるんです。あなたの会社が大変なのはわかるけど、それとこれとを一緒にされるのは困る。他の可能性もあたってから相談したらどうなのと言われるのが落ちです」

間違いなく、菜穂はそう言って突っぱねるに違いない。いくら夫の会社が倒産の危機に瀕していようが、それを有吉美術館の至宝に尻拭《しりぬぐ》いさせるなど、絶対に許すはずはない。

百歩譲って、いずれ検討すると約束するのがせいぜいだろう。そのまえにまず、ほかに似たような作品がマーケットに出ていないのか、ほかのコレクターにあたったのかと問い質《ただ》すことも忘れないはずだ。なんの努力もせずに、自分の身内に頼ってくるような脆弱《ぜいじゃく》な夫を、彼女は決して許さない。

そうであれば、菜穂ではなく、いっそ克子を攻略したほうが早い。

菜穂が知らないあいだに話をつけてしまったほうが……。

「ですから……さきに克子館長に相談すべきかと。決裁を取り付けるには、それが近道です」

智昭の眉間の皺《しわ》がふいに消えた。そして、試すようなまなざしを息子の血の気の引いた顔に注いだ。

「勝算はあるのか」

ごくり、と唾《つば》を飲み込む音が鼓膜の奥に響く。なんて生々しくて厭な言葉を父は口にするのだろう。

「……あります」

言ってしまった。

もはや引き戻せない泥沼に足を踏み入れてしまったと気がつくまでに二秒とかからなかった。


志村照山《しむらしょうざん》の個展のレセプションに来ないかと菜穂から連絡があった。

一輝は一旦は断ったが、結局行くことに決めた。そうなってしまうまえに、一度菜穂に会っておきたかった。ひょっとすると、何かの拍子に今回の一件を相談することができるかもしれない。

最初に相談をするのは克子がよい、と父には言っておきながら、その直後から息もできぬほどの後悔にさらされていた。

せめて菜穂に会社が危機に瀕していることだけでも伝えられまいか。

しかし、結局、ひと言も口にできなかった。

別れ際に、「なんだか、画廊が難しい局面になってね……」と独り言のようにつぶやきはしたが、実際、それは独り言だった。

やはり、いま伝えることはできない。すべてはうまく事が運んだのちに打ち明けたほうがよかろう。

そう覚悟を決めた。

志村照山の個展のレセプションで、ひさしぶりに華やいだ菜穂を見た。自分が東京から駆けつけたことを喜んでくれてはいたが、それ以上に、意中の画家に会えたことのほうがよほどうれしかったのだろう。

菜穂の意中の画家が、その場に、ふたりいた。

志村照山と、その弟子、白根樹《しらねたつる》である。

照山は想像通りのいかにも画壇の重鎮然とした人物だったが、驚いたのは樹のほうだった。若い女性で、しかも、はっと目が覚めるような清々《すがすが》しい水仙のごとき容姿のひとだった。

しかも、そのひとを見かけたことがあると一輝は思い出していた。

春、菜穂が京都に単身やってきたばかりの頃、彼女とともに京都国立近代美術館へ出かけた。パウル・クレー展の会場で、そのすっきりとした花のような立ち姿を認めたのだ。

一瞬にして一輝が心を奪われてしまったその女性は、重鎮画家の「お気に入りの」愛弟子《まなでし》だということだった。照山が執心のあまりなかなか外へ出さないのだと、画廊主の美濃山《みのやま》がこっそりと耳打ちした。しかも、幼少の頃の病気がもとで発声ができない。お可哀相なお人なんです、と。

照山とは、通り一遍の挨拶をし、名刺を渡した。美濃山の手前もあり、東京での個展は是非わがたかむら画廊で、などと言うことは控えたが、菜穂が自分をこの場に呼んだのはそう言わせたいがためとわかっていた。

菜穂は、白根樹に夢中で話しかけていた。その様子を見ていると、菜穂の本当の狙いは樹のほうではないかと思えてきた。

菜穂が購入した、十号程度の小さな青葉の絵は白根樹の手によるものだった。

確かに、奥行きと深みのある佳作ではあろう。しかし、一輝には、なぜそこまで菜穂がその絵に、その絵を描いた画家に執心するのか、正直よくわからなかった。

一輝が樹に話しかけることは、結局最後までなかった。菜穂のほうは、とりあえずは意中の画家にふたりとも会うことができ、心底満足しているようだった。一輝の胸の中ではいつまでも黒煙がくすぶっていた。

そうして、一輝は、運命の日を迎えた。都心のホテルの高層階にあるバーのカウンターを予約し、それから、同じホテルのジュニア・スイートをオンラインで予約した。

あとは……。

克子に電話をした。すぐに会いたいと。とても大切な話があるので。どうにかお時間作っていただけませんでしょうか？

かれこれ十年以上もまえに——そう、その頃、自分はまだ学生だった——父に紹介されて以来、克子が自分に送ってくる秋波は一度も途切れたことがなかった。何度か一線を越えそうになった。けれどいつも、ぎりぎりのところで止めてきた。そうなりそうでそうならない、危うい均衡を保ってきたのだ。

いつの日か、均衡を破らなければいけない日がくる。その日のために、そうならずにおいたのだ。

なにやら火急の用事がありそうな一輝の電話を受けても、克子はあくまでも鷹揚《おうよう》に構えていた。

困ったわねえ。こう見えても、私も忙しいのよ。でも、まあ、ほかならぬ一輝さんのお誘いですもの……伺いましょうか。どちらへ行けばいいの？

克子の承諾を得てから、一輝は、もうひと言付け加えた。

ひとつ、お願いがあります。……このことは、菜穂にはご内密に。

携帯電話の向こうで、一瞬、沈黙があった。やがて、甘いため息のようなかすかな笑い声が聞こえてきた。

秘密ですって？　いいわねえ。——嫌いな言葉じゃないわ。

一〇　睡《すい》蓮《れん》

　朝から降り続いていた雨が上がり、薄雲が嵯峨野《さがの》の山のいただきを墨絵のように霞ませている。

　杉の門扉《もんぴ》の前にタクシーが一台、停まった。中から、鳩羽鼠《はとばねずみ》の着物姿で鷹野《たかの》せんが現れた。続いて、ゆったりした白いワンピース姿の菜穂《なほ》が出てきた。急いで傘を広げ、せんに差しかけようとすると、

「もう降ってへんえ」

　言われて、空を見上げる。雨雲が急速に流れていき、代わりに、うすら明るい雲がいちめんに広がりつつあった。「あら」と、菜穂は広げたばかりの傘をたたんだ。

「よかった。少し明るいところで、照山《しょうざん》先生の作品、拝見したかったので……」

「まあま。あんさん、ほんまに、絵ぇのことばっかり考えてはるんやなあ」

　ほのぼのとせんに笑われて、菜穂はうっすらと頰《ほお》を染めた。

菜穂が体調を崩したために延期されていた志村《しむら》照山邸訪問。その日の午後、ようやく、せんと菜穂は揃《そろ》って嵯峨野にある照山の自宅を訪ねたのだった。

六月も終わりに近づいた頃から、菜穂はもやもやと体調がすぐれず、大事をとるようにと医師にも言われたので、どこへも出かけずに自室にこもりきりだった。眠りもせずにただじっと横たわっているか、起きていれば墨を擦《す》って書道の稽古《けいこ》をするかして、何日間かを過ごしていた。

その間、何度も夫の一輝《かずき》や母からメールや電話があったが、とても話をする気にはなれなかったし、とにかくほうっておいてほしかったので、「しばらく連絡しないで」と短いメールをそれぞれに送った。

夫のこと、母のことを考えると、無性に気分が悪く、それがますますつわりを悪化させているようにも思われる。

気分の落ち込みが激しく、このままでは胎児《たいじ》にも影響があるのではないかと不安に襲われ、苦しみはいっそう増すばかりだった。

照山から自邸への招待を受けていたせんだったが、「すぐに行かへんかて、かまへんえ」と鷹揚《おうよう》に構え、ご一緒したいお人の体調が戻り次第行きますからと、訪問延期を先方に伝えた。

菜穂は恐縮したが、一方で、いまの自分には照山邸訪問以外には楽しみにしていることはないのだと、ありがたく、また、何かわびしいような思いに浸《ひた》るのだった。

うちのコレクションにあった、モネの「睡蓮」ね。あれ、売却したのよ。

母・克子《かつこ》の言葉が繰り返し鼓膜の奥に蘇《よみがえ》る。

克子が電話をしてきた。そして、どうということもない、とるに足らない出来事のようにあっさりと打ち明けたのだ。

菜穂が少女の頃から親しみ、ことあるごとに向かい合い、心の励みにしてきたモネの名作を手放したと。

信じられなかったのは、それが、相談でもなんでもなく、事後報告だったこと、そして、売却の理由が「あなたの家庭を守るため」ということだった。

「いったい、どういうこと?」

菜穂は声を震わせて尋ねた。頭の中が真っ白で、訊《き》き返すのもやっと、という感じだった。

「私にひと言もなしに、私の家庭を守るためって言われても、全然、わかんない。

どうして、そんなこと……」

『どうしようもなかったのよ』と母は落ち着き払って言った。『どうやら、たかむら画廊が倒産の危機に直面したらしくてね……。すぐに大きな取引をまとめなくちゃならなくて、うちに相談があったの。

一輝さんはずいぶん悩んでいたみたいで、あなたにどうしても相談できなかったらしいの。一輝さんのお父さんが、たまりかねて私に話を持ちかけてきたのよ。

まあ、私もすぐには判断できなかったんだけどね……パパに相談したら、そりゃあ売却したほうがいい、って。もしたかむら画廊が倒産でもしようものなら、一輝君と菜穂は赤ん坊を抱えて困るだろうからってね。即決だったわ。

パパにしてみれば、ほら、バブルのあとに、あの作品、売却しようとなさってたでしょう？　でも、あなたが強く反対したから、ほんとうに仕方なくあきらめたけど……。

あれは資産整理の対象にもなっていたし、できれば売却したいと、パパはずっと思ってらしたのよ。そういう意味では、うちにとっても渡りに舟、というのが正直なところじゃない？

こうなったからには、言ってしまうけど……うちはもう、悠長に構えていられる財務状況じゃないのよ。

美術館だって、いつまで維持できるかわからない。あなたもきちんと認識なさい。優雅な京都暮らしも、一輝さんがどうにか支えてくださっているからこそできるんですからね。あなたの旦那さまが困っていれば、私たちが助けてあげるのは当然よ』

母の口調は最後には説教じみてきた。その言葉は、耳鳴りのように菜穂の脳髄を打ちのめした。

母との電話の最中に、一輝からも電話が入っていた。留守電が吹き込まれていたが、とても聞く気にはなれなかった。しばらくして、またかかってきた。

『――ごめん』

電話に出ると、いきなりあやまられた。

『お義母《かあ》さんから、もう聞いていると思うけど……いろいろあって、そういうことになったんだ。

なんと言ったらいいか……言い訳も、あれこれ考えたんだけど……どんなに言い訳したところで、そうなってしまったことは、もう変えようがない。

だから……とにかく、あやまらせてほしい。

菜穂、ごめん。ほんとうに、申し訳なかった』

深々と頭を下げる夫の姿が目の前にありありと浮かんだ。耐えがたい思いで、菜穂はようやく言葉を返した。

「一輝さんの言う通りね。何を言われても、どんなにあやまられても、もう『睡蓮』は返ってこない……」

弱々しく言うと、涙がこみ上げた。親しい友の訃報《ふほう》に触れた思いだった。

それ以上話をしたところで不毛だった。菜穂は一方的に通話を終えた。

そのあとも、何度も何度も一輝から電話がかかってきたが、もう声を聞きたくなかった。携帯の電源を切って、菜穂は床《とこ》に臥《ふ》せった。

布団を頭まで被《かぶ》り、嗚咽《おえつ》した。こんなにみじめな気持ちに陥ったのは生まれて初めてだった。

いろいろなものがこみ上げてしまい、何度も洗面所へ立って、嘔吐《おうと》した。吐《は》くものが何もないのに、ただただ気持ちが悪い。胸の中にずっしりと鉛が詰め込まれたようだ。

朝子《あさこ》が心配して、枕元に冷たい水と絞ったタオルを持ってきた。タオルを額に載せて、そのままじっと手を当ててくれていた。

それから幾日か、菜穂は床に臥せって過ごした。気分は一向にすぐれないままだった。

いってしまったのね。

目を閉じるたび、菜穂は胸中で語りかけた。

長いあいだ慣れ親しんだ一枚の絵。「睡蓮」の画中に点《とも》る淡い光のような花々に向かって菜穂は語りかけた。

どこかのコレクターの収蔵庫に入ってしまったのか……保税倉庫に入ってしまったのか……。

いずれにしても、しばらくは人目に触れる場所には出てこないのでしょうね。

ひょっとすると、私が生きているあいだには、会えないかもしれない。

わかってた。あなたと、このさき、もうそんなに長くは一緒にいられないんだって……。あなたを保持するのが難しくなっていることくらい、とっくにわかってた。

だけど、こんなに早く、こんなかたちで別れが訪れるなんて……。

あなたと会えなくなるのもさびしいけれど、ママが、一輝さんが、私を信用してないってわかってしまったのも、同じくらいさびしいよ。

さびしい……。

閉じたまぶたの裏に涙が溢《あふ》れ、まなじりを伝って落ちていく。その痛いようなぬるさを感じながら、菜穂はいつしか眠りに落ちた。

短い、浅い眠りだった。誰かが枕元に座った気配を感じて目が覚めた。

浅葱《あさぎ》色の和服に身を包んだせんが、書院の青葉の絵を背後にひっそりと座していた。

「ご気分は、どないどすか」

やわらかな声でせんが訊いた。菜穂はまなじりを指先でこすった。涙は乾いていた。

「はい。大分、いいようです。ご心配おかけして、すみません」

起き上がろうとすると、「ええから、そのまんまで」と制されて、

「なんぞ、しんどいことがおありどしたか」

そっと尋ねられた。そのやさしい声色《こわいろ》が胸に響いた。

有吉《ありよし》美術館所蔵のとある傑作が売却された一件を、菜穂はせんに打ち明けた。少女の頃から親しんだ作品で、まるで友だちが売られてしまったような無念を味わったこと、またそれ以上に、自分になんの相談もなしに売却されてしまい、すべて事後報告だったのに衝撃を受けたということも正直に打ち明けた。

「そうどしたか」

囁《ささや》くように、せんが言った。

「あんさんのお気持ちは、ようわかります。せやけどなあ、その『睡蓮』は、もともと、あんさんのもんやなかったん違いますか」

せんの言葉に、菜穂は、はっと顔を上げた。冬日のように穏やかなせんのまなざしだった。

「いままでも、これからも、誰のもんにもならへんの違いますか」

もとより、芸術家の創った作品は永遠の時を生きる。

それは、永遠に、ただ芸術家のものであり、縁あって、いっとき誰かのもとにある。

その誰かのもとでの役目を終えれば、次の誰かのもとへいく。

そうやって、作品は永遠に伝えられ、はるかな時を生き延びるのだ。

そんなことを、せんは、ぽつりぽつりと話した。

せんの言葉には真理の響きがあった。それはまるで、祈りの言葉のように菜穂の耳朶《じだ》に触れた。菜穂の胸中で激しく逆巻いていた嵐が、ふと、やんだ。

新しい涙がこみ上げてくるのを感じた。けれどそれは、もはや、悲しみの涙ではなかった。

潤んだ瞳で、菜穂は、せんの背後にひっそりと掛かっている青葉の絵を見た。

この絵もまた、永遠の時を生きる運命なのだろうか。

だとすれば、最初に自分のところへきてくれた、その奇跡に感謝しなければなるまい。

志村照山の自邸は、数寄屋《すきや》造の日本家屋で、嵯峨野の竹林を背景にして建っていた。

みずみずしく濡れた石畳《いしだたみ》の小径《こみち》を通って玄関へと至る。

「ようこそ、お越しくださいました」

あがり框《がまち》で手をついて、家政婦が出迎えた。せんが先に、菜穂があとに、広々とした庭園が眺められる応接間に通された。

庭は、こぢんまりとした古刹《こさつ》のような渋みのある石庭で、隅々まで掃き清められ、山海に見立てた石がかたちよく配されている。いちめんの竹林を借景にして青みがかった様子がいかにも目に涼やかである。

「これは、これは。先生、ようこそお越しくださいまして……」

和装姿で恰幅のいい照山が、現れた。せんと菜穂は、ソファから立ち上がって会釈をした。照山は、菜穂を見ると、「ああ、篁《たかむら》さん」と相好《そうごう》を崩した。

「せんだっては、個展へもお越しくださいましたな。おおきに。その後、体調はいかがですか」

「ご心配をおかけしまして、申し訳ありませんでした。私のせいで、こちらへのご訪問を遅らせてしまって……」

菜穂が恐縮すると、

「おかげでゆっくり準備でけました。むしろありがたかったですわ。何しろ、鷹野先生は厳しいお人ですからな。部屋の中に塵《ちり》ひとつ残せません。『照山宅《とこ》は、えらい汚のうしとる』言われてしもたら、たまりません」

そう言って、屈託なく笑った。

志村照山は、目上の人には礼儀を持って接し、あまり見知らぬ菜穂にも愛想《あいそ》がよく、実にきちんとした印象の人物であった。

菜穂は、頭の中で、この日本画壇の大家にスーツとネクタイを着せてみた。上場企業の取締役と言われたら、信じてしまいそうな気がした。つまり、芸術家としてのオーラのようなものは、あまり感じられないのだった。

しばらく茶菓を愉《たの》しみながら、照山とせんは世間話に興じていた。菜穂は、ふたりの話の輪には加わらず、にこやかにうなずきなどしていたが、そのじつ、この家のどこかに白根樹《しらねたつる》がいるのだろうかと、落ち着かない気持ちでいた。

「睡蓮」を失った空白は、もはや、別の傑作でしか埋めようがないとわかっていた。

せんに諭されて、「睡蓮」はしょせん自分のものではなかったのだと気づき、それが離れていってしまったことも、名作ゆえの宿命なのだと腑《ふ》に落ちた。

さりとて、この心の空白は何によって埋められるのだろうかと、考え続けて、ひとつの結論に至った。

傑作を失ったのであれば、別の傑作を得ればいい。

しかも、モネのように、世界中の誰もが知っている芸術家によるものではなく、世界中の誰も知らない芸術家を、自分で育て上げ、思うままに作品を創らせることができたら――。

白根樹。彼女こそが、その人であるような予感がする。

私だけの画家であるような予感が――。

「ほな、アトリエ、ご覧に入れまひょか」

切りのいいところで、照山が立ち上がった。せんと菜穂はその後についていった。廊下にはところどころに品よく照山自作の絵が飾られている。

画室は邸の奥まった場所にあった。

すっと高さのある天井と、漆喰《しっくい》の壁。棚には、ガラスの瓶《びん》に入った岩絵の具が彩りも鮮やかにずらりと並んでいる。

室《へや》は北向きの大きな窓に面しており、安定した明るさがあった。「冬は寒うてかないません」と照山は言ったが、画家の多くは北向きの画室を好むものだと菜穂は知っていた。

描《か》きかけの作品が何点か、細いワイヤーで天井の際から吊ってある。桜の舞う古都の風景、大輪の芍薬《しゃくやく》などが絢爛《けんらん》と並んでいた。

「これが、宮内庁からご依頼いただいたいとります作品です」

床に広げられた作品は金地に松と鶴の晴れやかな絵だった。その上に板を渡して座布団を置き、画家はそこに座して真下の画面に筆を滑らせるようになっていた。

「いやあ、これはまた、えらい豪華な……」

せんは目を奪われているようだった。菜穂は、絵の脇に立って、画面全体を眺めた。金箔をふんだんに使った画面は眩《まばゆ》いほどである。その中で、松の緑青《ろくしょう》のみずみずしさと、タンチョウヅルの真っ赤な頭頂が際立っている。

これが皇室好みなのだろうか、と菜穂は思った。

確かに豪華ではあるが、照山が描いたものであれば、自分が買った小さな紅葉の絵のほうがはるかに好ましい。

しかし、日本画家は大画面を存分に、自在に描いてこそ、その真価が問われる。

志村照山とは、もっと大画面がおもしろい画家だと思っていたが……。自分の見立て違いであったかと、菜穂は期待が萎《しぼ》むのを感じた。

「そういえば、白根さんは、いま何かお描きになっているのでしょうか」

ふと思い出したふりをして、菜穂は照山に尋ねた。照山は、おや？　というように、太い眉《まゆ》をぴくりと動かした。

「篁さんは、樹の作品に興味を持ってはりましたな。美《み》のやま画廊で、青葉の小品を買わはったとか……」

好奇心を含んだ声色で、照山が訊き返した。菜穂は、ええ、とすなおに返事をした。

「彼女の描くものは誰にも似ていません。それでいて、こちら側にまっすぐに入ってくるといいますか……。そこがいいと感じました」

照山の作品に関しては何か述べるのを自制していた菜穂だったが、樹の作品となると、急に口が滑らかになるのだった。

照山は、やはり好奇心に満ちたまなざしで菜穂を見ていたが、

「隣の部屋で、何か描いとるようです。よろしかったら、覗《のぞ》いてやってもらえますか。私らはここにおりますよって……」

思いがけないことを言われて、菜穂はぎくりと胸を鳴らした。

さあどうぞ、と照山は画室のドアを開け、促した。菜穂は戸惑ったが、これこそが自分の望んでいた展開ではないかと、自分を励まし、廊下へ出た。

隣室のドアの前に菜穂は佇《たたず》んだ。

いったい、どんな絵を描いているのだろうか。

もし、照山のように、眩い金地に枝をうねらせる松の木の絵だったりしたら……

自分の興味は急速に薄れるかもしれない。

でも……見てみたい。是非とも、私だけの画家の絵を。

その誘惑に、抗《あらが》うことは不可能だった。

二度、ドアをノックした。返事がない。また、ノックをする。やはり、室の中は静まり返っている。

「……失礼します」

ひと声かけて、菜穂はドアを開けた。

後ろ姿の長い黒髪が、はっとして振り向いた。菜穂と樹、ふたつの視線が、まっすぐひとつに重なった。

樹の右手には青いパステルが握られていた。身につけた白いシャツは、ところどころ青く染まっている。

菜穂は、息をのんだ。

床の上いちめんに広げられた和紙に描かれていたのは、空を映して沈黙する水面。そして、そこに浮かぶ睡蓮だった。

11 屛風祭《びようぶまつり》

ホームに降り立つと、むっとする空気がたちまち押し寄せた。

おびただしい数の人々が新幹線の車内からホームへと降りてゆく。その日は平日にもかかわらず、グリーン車も満席だった。普通車に空席がなくて、グリーン車でやってきた観光客も多いようだった。いつもはビジネス客で静まり返っている車内が中年女性のグループのおしゃべりでひとしきり盛り上がっていた。

一輝《かずき》もまた、選択の余地なくグリーン席で京都へとやってきたのだった。

七月になって、会社の経費の見直しが図られ、徹底的に無駄を省くようにとの指示が社長である父からあった。

「これからのご出張はすべて普通席で行くようにとのご指示が社長から出ていますが、よろしいですか」

京都行きの切符の手配を頼んだところ、経理を兼務している事務の財津有子《ざいつゆうこ》が言った。それで、本格的な引き締めが始まったのだと一輝は肌で感じた。

しかし、祇園祭《ぎおんまつり》の宵山《よいやま》をまえに、ちょうどいい時間帯の新幹線の普通席は満席だった。結局グリーン席で京都入りしたわけだが、こういうこともこれからは贅沢《ぜいたく》になるのだなと、一輝は、他人事《ひとごと》のようにぼんやりと考えた。

七月、京都では祇園祭が始まっていた。

駅に降り立っただけでも、熱気のようなものが充満しているように感じられた。が、それが、まもなく祭りを迎える街の熱気なのか、梅雨《つゆ》が明けて押し寄せた熱気なのか、わからない。

京都駅構内の往来はいつにも増してごった返《がえ》していた。キャリーケースを引っ張って行き交う観光客をかわしながら、一輝は出口へと急いだ。

ほぼひと月ぶりに菜穂《なほ》に会うのだ。喜びもあるが、戸惑いもある。後悔も、後ろめたさも……。払い切れぬ暗い霧が、この一ヶ月間はずっと胸の中に立ち込めて、どうすることもできずにいた。

祭りを迎えて華やいだ街の空気感とはうらはらに、一輝の周辺は緊張の糸が張り巡らされているかのようだった。

モネの「睡蓮《すいれん》」の一件で、もはや後戻りできない状態に自分を追い込んでしまった。

菜穂の承諾を得ずに、克子と秘密裏に話を進めて、有吉美術館の至宝である作品を売却した。なぜ平然とそんなことができたのか、一輝は自分のしたことがよくわからなかった。

仕方がないわよ、菜穂もきっとわかってくれるわ、私からあの子を説得するから心配しないで、と克子は言った。その言葉に励まされたわけではないが、そうするほかはなかった。

結果的に、それで、たかむら画廊は倒産の危機から一時的に救われた。しかし、経営が厳しいことには変わりはなく、むしろ悪化したようにも思われる。

あれほどの大きな取引をごく短期間でやりおおせたのに、一輝の胸にはなんの達成感もなく、また、安堵《あんど》も平穏も訪れてはいなかった。

菜穂からは「しばらく連絡しないで」とメールが入った。すぐにでも飛んでいってあやまるべきだったのかもしれないが、そうする勇気がなかった。妻の悲しむ顔を見るのが怖かった。

一方で、ほんとうに連絡を一切断ち切ってしまうのも怖かった。ゆえに、『返信の必要はないから』と前置きして、一日に一度はメールを送るようにした。

短い文面に、妻の体調を気遣う言葉と、詫《わ》びの言葉、反省の言葉を盛り込んだ。

倒産は免れたものの、会社の経営が必ずしも好転していないことなど、仕事の現況については一切書かなかった。そんなことを書いても菜穂の気分がいっそうふさぐだけだ。

菜穂のほうからは、ほんとうにふっつりと連絡が途絶えてしまった。返信の必要はないと言っておきながら、一輝は不安で胸が張り裂けそうな気分になった。

菜穂からの連絡がなくなって一週間目、がまんできなくなり、鷹野《たかの》せんの自宅に連絡を入れてみた。家政婦の朝子《あさこ》がその電話を受けた。

奥さまは出かけてはりますよ、と朝子が言った。居留守かもしれないとも思ったが、最近の様子を訊《き》いてみた。ぼちぼちおよろしいようですよと、おっとりとした返事だった。そのひと言に励まされて、そっとしておこう、そのほうがいまの菜穂にはいいのだと、ようやく得心した。

七月になってから、ようやく菜穂からメールが送られてきた。『祇園祭の宵山を見にきませんか』と。どこかよそよそしいながらも、祭りにかこつけて連絡してきたのが、菜穂らしいといえば菜穂らしかった。

モネの一件以降の一輝の主たる仕事は、在庫となっている作品の現金化だった。たかむら画廊の経営の雲行きが怪しいと見た取引銀行から、借入金の返済を迫られていた。もはやモネ作品の売買のような、大きいけれども危ない橋をぎりぎりに渡る取引は差し控えなければならない。下手《へた》を打てば、今度こそ倒産は免れないのだ。

従来の顧客を中心に購入検討の打診をして回った。なかなかいい返事を得られなかった。震災後で市場もコレクターマインドも冷え込んでいることもあったが、そもそも芸術品は押し売りするようなものではない。いかがですかと訊いて回ったところで、よほどいい出物でない限り、急を要する買い物でもないから、買い手の気分が盛り上がらなければ商談成立に持ち込むのは難しい。

いままでは会社の経営が傾くなどとは露《つゆ》ほども思わず、「たかむら画廊」の看板を後ろ盾《だて》として、行儀のいい仕事をしてきた。それでよかったし、これからもそれでいいと信じていた。

ずいぶんと呑気《のんき》な商売をしていたものだ、と自嘲《じちよう》したくなる。

京都駅の中央口へ出た。空気はいっそう蒸し暑く、澱《よど》んでいる。京都タワーの先端が、梅雨明けの夏空の中央に突き刺さっているのを見上げて、一輝は、一瞬めまいを覚えた。

ひさしぶりに菜穂に会えるというのに、心はちっとも躍ってはいない。

日本中にあまたある夏祭りの中で、もっとも華やかな祭りが始まるというのに。

その前日、一輝は克子と会っていた。銀座にある「資生堂パーラー」で昼食をともにした。声をかけてきたのは、克子のほうだった。

「あの子ったら、菜穂はどうしているのかしら、教えてくれる？　と。ってきたっきり、ほんとうに大人げないんだから……連絡しないでって、メール送おかげで優雅な京都暮らしができてると思っているんだか……」

タラバ蟹《がに》のサラダをフォークで口に運びながら、克子がつぶやく。文句を言うのにも、いままで以上に親しみが込められている。親密な仲になった、というよりも、菜穂に袖にされてしまった者同士の親しみ、という感じだろうか。

一輝は、どう返したらいいのかわからず、黙したままで前菜を食べた。克子はちらりと目を上げて一輝を見ると、

「ねえ、一輝さん。そろそろ、菜穂に帰ってきてもらったほうがいいんじゃないの」

突然言った。

「放射能のことなら、心配ないでしょ？　東京で、そんなこと気にしてる人なんて、もう誰もいないし……。あの子は少し神経質すぎるのよ。あんなふうじゃ、生まれてくる子供も神経質になっちゃうわ」

あなたがそう育てたのではないですか、と言いたいところを、ぐっと嚙《か》み殺して、

「けれど、菜穂が京都にいるのは、放射能の一件もあるんでしょうが……いまは、もっと違う理由でいるんだと思います」

自分とて帰ってきてほしいのは山々であるが、一輝は菜穂が京都にいることを正当化するかのような言い方をした。

克子は眉根を寄せて、「もっと違う理由？」と訊き返した。

「どういう理由かしら。まさか京都にもうひとつ美術館を作りたい、なんていうんじゃないでしょうね」

そう言って笑った。

「まあ、美術館というのは、さすがに無理でしょうけれど……」と、一輝も追従《ついしょう》して笑った。

「どうやら、京都の水が合っているようですね。環境も、文化も、暮らし方も……僕らと連絡を絶ったのも、ほんとうに怒っているというよりも、一切の雑音を入れずに京都の暮らしと向き合いたい、ということなんじゃないでしょうか」

その場で思いついたことを口にしたのだが、ふと、一輝は自分が真実を語っているような気がした。

雑音をなくして京都と向き合う。それが、いまの菜穂なのではなかろうか。

「あら、ずいぶんひどいことを言うのね。母親と夫からの連絡が雑音なの？」

克子は不機嫌そうな声を出したが、ほんとうに気分を害しているわけではないと一輝にはわかった。恐ろしいことに、克子のそういった微妙な感情の動きまでもがいまの一輝にはわかるのだった。

「だけど、明日、あなた京都へ行くのよね？　祇園祭の宵山とやらに」

菜穂から宵山に誘われたことを——つまり、ようやく菜穂から連絡があったことを、一輝は克子にすでに伝えていた。克子は、私のほうにはお誘いがなかったわ、と少々機嫌が悪くなったが、それでもようやく娘が気持ちを立て直しつつある徴候に、ひと安心したのだった。

ええ、と一輝はうなずいた。

「行ってきます。——とにかく行かなくちゃ」

克子は、小エビのクロケットをナイフで小さくしながら、

「信じてるわよ」

と、低い声で言った。

「あの夜のことは、あなたと私だけの秘密なんですからね」

当然だ、と言い捨てたい気分だったが、やはり黙したままで、一輝はもう一度う

なずいた。

京都市内の中心部は宵山のために交通規制されていた。そのために、一輝の乗ったタクシーは激しい渋滞に巻き込まれた。

宵山というからには夕方頃に到着すればよいのだろうと思ったのだが、ひどく混雑するらしいので、昼過ぎには京都に着いてほしいとの菜穂からのメールだった。

自分も菜穂も、祇園祭の名高さは知ってはいたが、著しい混雑と京都特有の蒸し暑さに耐えられない気がしていたので、この歳になるまで見物に出かけたことはなかった。

祇園祭は、八坂《やさか》神社の祭礼で、七月の一ヶ月間をかけて行われる。七月一日から五日の吉符入《きっぷいり》から始まり、十四日から十六日の宵山、十七日の山鉾巡行《やまほこじゅんこう》、神輿渡御《みこしとぎょ》など、さまざまな行事に彩られる。

そもそもは、九世紀の貞観《じょうがん》年間に蔓延《まんえん》した疫病《えきびょう》を鎮《しず》めるために朝廷が行った無病息災の祈念に端を発している。以来、千百年以上ものあいだ脈々と洛中で受け継がれてきた伝統ある祭りである。

重要文化財となっている山鉾が公道を練《ね》り歩くので「動く美術館」とも呼ばれて

いる。その様子は圧倒的で、壮麗な巡行をひと目見ようと全国から観光客が押し寄せる。

菜穂のメールで簡単に触れられていたが、最近親しくしてもらっている瀬島《せじま》家の町内に橋弁慶山《はしべんけいやま》があるのだという。瀬島家は代々この山を伝承するために祭りに関わり続けているのだと。それは、京都では大変名誉あることなのだということだった。

メールの文面からは、そういった由緒ある家に自分が関わりを持ったことに対する自慢がかすかに感じられた。

鷹野せんとともに瀬島家にお招きを受けているので、まずそちらへ一緒に行ってほしいとのことだった。

予定よりも三十分近く遅れて一輝は鷹野家に到着した。途中、これは間に合わないと、菜穂に遅れる旨メールをした。すぐに『大丈夫です』との返信があった。変わったな、と一輝は思った。

以前の菜穂には、いかなる理由であろうと遅刻は絶対に許さないような神経質なところがあった。京都に来てからの彼女は、鷹揚《おうよう》になったというか、余裕を感じさせるところがある。

モネの一件でも、従来の菜穂であれば、烈火のごとく怒り、いったいどういう理由と経緯でそうなったのか、理詰めの説明を求めたであろう。そして、感情に任せて離婚話に発展しかねなかっただろう。

しかし、実際は連絡を絶ったのみだった。時間が経過する中で気持ちの整理をしたのだろう。たかむら画廊の経営状況が著しく悪化していること、また、実家の経済状況も決してよくはないことも理解してくれているようだ。

致し方なくモネが売却されたことをどうにか受け入れようと努力している。菜穂の沈黙は彼女の心情をそのまま表すものなのだと、一輝のほうも理解した。

菜穂が変化したのは、まもなく母になるという意識もあってのことかもしれなかった。しかし、それ以上に、京都に暮らしていることが、彼女に変化をもたらしていると思えてならなかった。

いったい京都の何がそれほどまでに菜穂を変えたのか、いまなおこの街においては通行人に過ぎない一輝には、わからなかった。

いずれにせよ、底知れぬ力のある街なのだということだけは、わかってきた。

菜穂ほどの、ある種の完成した人物を、さらに脱皮《だっぴ》させる力のある街なのだと――。

鷹野せんの自宅の、門から玄関へと続く敷石には、ついさきほど打ち水がまかれたばかりだった。敷石が黒々と濡れて光っている。石と石のあいだに密集する苔の緑が鮮やかに際立っていた。ハンカチで汗を拭ってから、失礼します、と声をかけ、一輝は玄関の引き戸を開けた。

「まあ、どうも、篁《たかむら》さん。お越しやす」

玄関に朝子がやってきて、床に両手をついて出迎えてくれた。一輝は「菜穂が、いつもお世話になりまして……」と、几帳面に一礼をした。

「菜穂さん、もうすっかりお支度できてはりますよ」

廊下を奥へと進みながら、朝子が言った。そして、「ご主人さまがご到着ですよ」と、ひと声かけてから、菜穂の部屋の襖《ふすま》を開けた。

書院の部屋の中央に、菜穂が座していた。白地に浜千鳥の模様の浴衣《ゆかた》を着、山吹色の帯を締めている。「お、素敵だ」と、一輝は思わず声を上げた。

「浴衣を着ているとは思わなかったな。よく似合うね」

ひさしぶりに会う瞬間の気まずさが、一瞬で吹き飛んだ。それを見越しての演出なのだと感じた。菜穂は、少しこわばりつつも、笑顔を見せた。

「せっかくの祇園さんだから、着てみたらどうかって……朝子さんのお嬢さんのものなの。着付けも、朝子さんがしてくださったのよ」

はにかんだように菜穂が言った。朝子は満面の笑みで、

「昔むかしのもんどすけどな。こないして、まあ、おきれいなご寮《りょん》さんに着てもろ

たら、浴衣も喜んでまっしゃろ」

菜穂の浴衣の襟《えり》をちょっと引っ張り、両袖《そで》も引っ張って形を整えた。

「これでよろしいわ。お腹《なか》はだいじょうぶでっか」

「はい。帯をゆるめにしていただいたので。でも、しっかり留まってます」

「そうどすか。ほな、先生呼んで参りますんで。タクシーも呼ばなあきませんな。混んでますさかい、少々お時間かかるやろけど……」

言いながら、部屋を出ていった。

ふたりきりになって、一輝は菜穂に向かい合った。菜穂は少し潤んだ目で一輝をみつめている。一輝は、いとおしいような切ないような、複雑な思いにかられながら、「いろいろ、すまなかった」と詫びた。

「君に会ったら、まず言わなくちゃいけないと思ってたよ。『睡蓮』の一件では、悲しい思いをさせてしまって、ほんとうに……」

「いいの」菜穂はすなおな声色で返した。

「そのことは、もう言わないで。せっかくの祇園さんなんだし、とにかく今日は楽しんでいってほしいの」

せっかくの祇園さん、と菜穂は繰り返して言った。京都の人にとってそれだけ特別な祭りであるのだろう。その空気を一輝にも伝えようとしているのが感じられた。

祭りの華やぎに任せて、夫婦の関係に亀裂が入りかねないほどの重大な一件について、菜穂はなんら問い詰めずに済ませようとしてくれている。一輝は、身体を締めつけていた縄を解かれたように、心底ほっとした。

「ようやく安心したよ。もう、許してくれないんじゃないかって思ってね……」

菜穂はきらりと瞳を光らせた。ついさきほどのやさしい言葉とはうらはらに、ぞくりとするような冷たい光だった。

襖がすらりと開いて、鷹野せんが現れた。はっとして、一輝は畳に両手をついて挨拶をした。

「ご無沙汰をいたしました。妻が大変お世話になり、ありがとうございます」

薄鼠《うすねず》の浴衣を涼しげに着たせんは、廊下に正座して、こちらも頭を下げた。

「へえ、こちらこそ、おかげさんで。菜穂さんにお住まいいただいて、このあばら屋も華やいどります」

そして、つくづくと菜穂を眺めて、

「ようお似合いどすな。ええもん着せてもらわはって……」

「ええもんと違いますけど、先生。せやけど、ええお人に着てもろたら、ええもんに見えるんですわ」

朝子が朗らかに言うので、皆、声を合わせて笑った。一瞬にして、部屋が和やかな空気で満たされた。

なかなか来ないタクシーを待つあいだ、麦茶を飲みながら、祭りについて話が盛り上がった。菜穂はこの数日間、瀬島美幸《みゆき》やせんから祇園祭について講義を受けたようで、ずいぶん詳しく、成り立ちやいわれ、楽しみ方など、新しく得た知識を披露した。

この時期、山鉾を擁する町内の老舗《しにせ》や旧家では、通りに面した部屋に自慢の美術品を陳列して、通りを行く人々が眺められるようにするのだという。これは「屏《びょう》風祭《ぶまつり》」と呼ばれ、古くから親しまれている、いわば「市井の展覧会」だ。

祇園祭は疫病神《やくびょうがみ》退散が目的で始まった祭りなのだが、いつもはお宝を屋敷の奥深くしまい込んでいる洛中人が、自分たちの粋を見せる機会として、この期間限定で展示をする。見事な芸術品を独り占めしている喜び、庶民にとっては高嶺《たかね》の花であるそれらの品々を開陳する快感のようなものが、どうやらこの「屏風祭」を盛り上げているらしい。いかにも京都らしい風習だなと、一輝は感心した。

これが銀座あたりであれば、「持つ者」が「持たざる者」に見せつける嫌味のように感じられるのではないか。また、セキュリティ上は危険極まりない行為でもある。どんなお宝を持っているのか、大衆の面前にさらけ出してしまうわけだから。

都人《みやこびと》のおおらかさというか、あっけらかんとして嫌味のない豊かさというか。とにかく東京では成立しないことだなと、京都の奥深さの一端を知る思いがした。

菜穂の部屋の書院にはあの青葉の絵が掛けられたままだった。一輝はそれをつくづくと眺めて、

「その後、この画家とはコンタクトしたのかい？」

と訊いてみた。菜穂はまた瞳をきらりと光らせた。

「うん。会いに行ったの」

六月の終わりに志村照山《しむらしょうざん》邸を訪ねていったのだという。一輝は少なからず驚いた。

連絡を絶っていたあいだに、菜穂はすでに意中の画家に接触していたのだ。モネの一件で打ちひしがれているものとばかり思い込んでいたが、なるほど、彼女が活力をこんなにも早く取り戻したのにはそういう背景があったのかと、一輝は納得した。

「そうだったんだ。彼女の描いているもの、何か見たのかい？」

「うん」

菜穂は、うっすらと笑って、

「いまから、それを見にいくのよ」

思いがけないことを言った。

宵山に合わせて、瀬島家の所蔵品の「陳列」を菜穂が手伝ったのだという。その中に白根樹《しらねたつる》の作品を入れたのだと。

「一輝さん、きっと、驚くよ。それを見たら」

そう言って、菜穂は一輝を見据えた。その瞳は冷たく妖《あや》しい光を宿していた。

12 宵山《よいやま》

京都の街中は、祇園祭《ぎおんまつり》の宵山で大変な人混みであった。

左京区の吉田《よしだ》にある鷹野《たかの》せんの家から四条通《しじょうどおり》と烏丸《からすま》通の交差点付近までタクシーで行こうと、菜穂《なほ》たち一行はもくろんだのだが、

「いやもう、あきません。あちこち通行止めになっとるさかい、烏丸御池《おいけ》あたりで下りていただかんと」

と、タクシーの運転手に勧められた。

烏丸通と御池通の交差点から橋弁慶《はしべんけい》町までは、普通ならば歩けなくはないが、尋常ならぬ人混みだ。高齢のせんには難儀なことではないかと、菜穂は気を揉《も》んだが、

「祇園さんの人がぎょうさんなことはわかってます。大丈夫やわ」

せんは、いたってのんびり構えている。

「じゃあ、僕が先生の手を引かせていただきますので」

一輝《かずき》が冗談めかして言うと、

「まあ、うれしいこと。牛若さんに手ぇ引いてもらえるんやったら、年取るんも悪うないわ」

そんな応えがあったので、一輝と菜穂は声を合わせて笑った。

タクシーは渋滞の中じりじりと進み、烏丸御池の交差点付近で三人は下車した。

宵山の本番は徐々に暗くなり始める午後六時頃からだ。まだ四時だったが、すでに相当な人出である。蒸し暑さは大変なものだった。

京都はちょうど梅雨《つゆ》が明けた時期である。毎年宵山の頃に梅雨明けが重なる、だからいつもむせかえりそうなほど暑くなるのだと、菜穂は瀬島美幸《せじまみゆき》に聞かされていた。

余所者《よそもの》からすれば、何もこんな時期にお祭りをしなくっても、とも思われるが、祇園祭が酷暑の季節に行われるのには重要な意味がある。いにしえの時代にも、梅雨の湿気と猛暑に体調を崩し、病に倒れる人が数えきれぬほどいたのだろう。

病気平癒《へいゆ》と世の平安を祈禱《きとう》するために始まった祇園祭なのだから、やはり暑い時期にあってこそ、人々の祈りも切実になったに違いない。

祇園祭では、八坂神社の御霊が「御旅所《おたびしょ》」と呼ばれる場所へ神輿《みこし》に担がれてお出ましになる。それをお迎えすべく、八坂神社の氏子となっている町内が、それぞれに保存している「山」や「鉾」を出して市街を練り歩く。「山鉾巡行《やまほこじゅんこう》」と呼ばれるこの練り歩きが祇園祭の最大の見せ場である。

山鉾には、各町がそれぞれに贅と粋を尽くした装飾が施され、絢爛《けんらん》豪華の四文字がぴったりの目を見張るうつくしさである。中には、室町時代から伝わる緞子《どんす》で着飾った鉾や、重要文化財となっている「胴掛」もあった。祇園祭が「動く美術館」などと言われるゆえんである。

山鉾には、鉦《かね》・笛・太鼓でお囃子《はやし》を奏でる「囃子方」が乗り、町内の人々が「曳《ひき》子《こ》」「車方」となって、綱を引き、車輪を動かす。大きい鉾になると、ビルの三階にも届くほどの高さがあるから、動かすにもコツがいる。「辻《つじ》回し」といって、通りの角で車輪を回すにも熟練が必要で、町内の息が合っていなければけが人が出かねない。ゆえに、山鉾見物とともに町内の人々の掛け合いも大きな見所となっている。

山鉾巡行は七月十七日に行われる。各町から山鉾が出発し、四条通から河原町通を北へ上がり、御池通を西に進み、烏丸通を渡り、新町通を経由して、それぞれの町の通りへと戻る。炎天下の見物は体力を消耗するが、それでも毎年何十万人もの人出がある。

山鉾巡行に先立って行われるのが宵山である。通常は十四日からで、十五日が宵々山、十六日が宵山で、各町の通りに山鉾が引き出される。そして、その周辺にある家の座敷や老舗《しにせ》の店先に自慢の家宝が展示され、道行く人々の目を楽しませる。さしずめ町全体が美術館に変貌するかのごとくである。

菜穂が懇意にしている瀬島夫妻は、橋弁慶山を擁する町内で家業である香木店を営んでおり、住居も近くにあった。

瀬島家も、毎年祇園祭の際に所蔵の美術品の開陳を行う。瀬島夫妻の住居は大構えの豪勢な町家であった。築三百年の家を、代々大切に住んで、守り伝えてきたとのことだった。

最初に訪問したとき、菜穂は、瀬島家の研ぎすまされたうつくしさにすっかり圧倒されてしまった。柱も、床も、壁も、時を積み重ねたものにのみ許される、静謐《せいひつ》な輝きに満ちていた。襖《ふすま》は「唐長《からちょう》」に数年に一度発注して、つど新しい意匠に変えているとのことだった。

客間には、江戸中期に描かれたという狩野《かのう》派の筆による洛中洛外図の屏風が立ててあり、障子越しの光にひっそりと濡れていた。床の間には青柳行舟図の軸が下がっていた。竹内栖鳳《たけうちせいほう》の佳作であった。

「あちこちすきまだらけで、冬はかなわんのですよ」と瀬島正臣《まさおみ》はぼやいていたが、由緒ある家に住む責任と誇りが隅々まで感じられる家であった。

手入れも行き届き、調度品のいちいちも品がよく、かつ、抜け目なくその場に収まっている。長いあいだに使い込まれて風合いを醸し出す銀のような暗い光を宿す美が、家のそこここに息づいていた。

宵山のその日、菜穂はせんと一輝とを伴って、美の結晶のような瀬島家に向かっているところだった。

今日、ふたりに見せるのだ。

宵山での開陳のために瀬島家が準備した美術品の数々。その中に、あの白根《しらね》樹《たつる》の作品が列せられているのを見てもらうのだ。

六月の終わり、雨上がりの午後のことである。

嵯峨野《さがの》にある志村照山《しむらしょうざん》の自邸の一室で、菜穂は白根樹と向き合っていた。

ふたりのあいだには睡蓮《すいれん》の池があった。樹が、いましがた描き上げたばかりの睡蓮の絵が。

かなりの大画面であった。襖絵であるとすれば六枚分はある。フローリングの床の上に悠々と広がる青の画面は、空を映して静まり返るモネの晩年の傑作、大装飾画「睡蓮」を思い出させるのだった。

樹は、その絵のさなかに渡した板の上に立ち尽くしていた。その姿は、水浴のために湖畔に降り立った天女さながらであった。

菜穂は、池のほとりに佇《たたず》んで、初夏の風が吹きくるのを体感した。水面の照り返しに目を細めるようにして、絵ぜんたいと、その一部と化している樹とを眺めた。

なんという――なんといううつくしさ。

胸の鼓動が全身に響き渡るのを感じながら、菜穂は息を凝らした。

私のもとを去ってしまった、モネの「睡蓮」。

それが、こうして、ここへ戻ってきてくれた――。

陶然としていた菜穂は、樹の目に不安そうな色が浮かんだのをみつけて、ようやく我に返った。

そうだった。この人はおしゃべりができないのだ。

「ごめんなさい、突然……。先だって、照山先生の個展でお目にかかりました篁《たかむら》です。今日は、書道家の鷹野せん先生とご一緒に、照山先生にお招きを受けて、こちらをお訪ねしました」

菜穂はできるだけなごやかに語りかけた。

「そういえば白根さんはどうしていらっしゃいますかと先生に伺ったら、アトリエを覗いてごらんなさい、と勧められたんです。それで……予告もなしに入ってしまって、失礼しました」

頭を下げると、樹のほうも辞儀をした。

「この作品……白根さんがお描きになったんですか」

樹は朝露のようにみずみずしい瞳で菜穂をみつめている。やがて、小さくうなずいた。菜穂は自然とため息をついた。

「すばらしいです。……すばらしいわ」

ありきたりの賛辞であるとわかっていたが、ほかに言葉がなかった。言葉の一切を奪い去ってしまう、それほどまでにその絵は圧倒的であった。

菜穂が心底感嘆していることを感じ取ったのか、樹はうっすらと微笑《ほほえ》みを浮かべた。ふたりのあいだの空気がやわらいだので、菜穂は続けて言ってみた。

「いつから描き始めたのですか」

樹は両手を出して、広げてみせた。

「十ヶ月まえ？」

こくんとうなずく。

「それはすごい。筆が速いのですね」

今度は、少し困ったような微笑になって、首を傾げた。

「どなたかからの、ご依頼の作品なのですか」

樹は首を横に振った。

「じゃあ、ご自身で描くと決めたのですか？　それとも照山先生に勧められて？」

今度は、二度、首を縦に振った。

「発表のご予定はあるのですか？　どこかで個展とか……」

首を横に振った。

菜穂は、はっとして、思わず言った。

「では、この作品……私に預けていただけませんか」

樹の瞳が、一瞬、おののいたように震えるのが見えた。

預けてほしい、という言葉は口をついて出たものだった。それだけに、本心だった。

しかし、どういう意味でそんなことを言ったのか、菜穂自身にもよくわからなかった。

買いたい、という意味なのか。どこかで展示しましょう、ということなのか。

そのどちらでもなく、どちらでもあるような。

いや、もっと強い衝動が、そのひと言には秘められている。

有無を言わさず、奪い去ってしまいたいような――。

「ああ、ごめんなさい。いきなり不躾《ぶしつけ》なことを言ってしまって……あの、つまり、どこかで展示するご予定がないのなら、それはちょっと惜しいなと、思ったものだから……」

樹の表情には、霞《かすみ》のように不審感が広がっていた。それを払拭しようとして、菜穂は重ねて言った。

「以前お話ししましたように、私、東京で美術館の副館長を務めています。小さな美術館で、スタッフも少ないし、私自身が学芸員も兼ねているようなところなのですが……。そこで展示を担当しているので、すばらしい作品に出会うと、つい、展示することを考えてしまうんです。どこに、どんなふうに展示すれば、作品のよさが最大に引き出されるだろうかと……」

樹は静かな視線を菜穂に注いでいる。菜穂は続けた。

「こんなうつくしい作品を公開せずにおくのは、罪のような気がします」

そうだ、罪なのだ。

この美を、目覚めたばかりの睡蓮が浮かぶ水面を、その深淵を、人の目に触れさせずにおくなんて。

樹は、すらりとなよやかな青柳の精にでもなってしまったかのごとく、その場に立ち尽くして動かない。瞳は水面の光を反射するようにさんざめき、一心に菜穂に見入っている。

菜穂は、吸い寄せられるように樹をみつめ返した。

この人は、決して、私の言っていることを拒絶しているのではない。

ただ、思い描いているのだ。私の心の中にある展示空間が、いったいどういうものなのかを。

その空間の中に、自分が描いた絵を置いている。

試しているのだ。

作品と、空間と、ふたつがひとつに溶け合うかどうか——。

不思議なことに、菜穂には、樹の心の動きが目に見えるかのように感じられるのだった。

それは、この画家の研ぎすまされたまなざしのせいかもしれなかった。

言葉を発することができないと、こんなにもまなざしが多弁になるものなのだろうか。

ふと、画面上に渡した板の上を樹が静かに歩み寄ってきた。そして、菜穂のすぐ目の前に立つと、美《み》のやま画廊で初めて会ったときと同じように、そっと菜穂の右手を取った。そして、手のひらに指文字を綴った。

よ・い

と・て・も

やわらかな指先は菜穂の手のひらをかすめて飛ぶつばめのようだった。指の動きに視線を落としていた菜穂は、顔を上げて、樹の目を見た。

静まり返った湖面にも似た瞳に微笑が浮かんだ。もう一度、指先が菜穂の手のひらの上を軽やかに舞った。

こ・の・え・を

つ・れ・だ・し・て・く・だ・さ・い

ど・こ・へ・で・も

御池通と烏丸通の交差点は大変な人混みで、前へ進むのも難儀なほどであった。夕暮れ間近の蒸し暑さと人いきれで息苦しくなる。加えて、菜穂は妊娠中の身なので、身体が重く、動作がどうも緩慢になる。一輝はせんと菜穂の両方をかばわなければならず、気が気ではない様子だ。

「すごい人出だな。毎年、こんな感じなのですか」

南北に走る室町通までようようやってきて、一輝がせんに尋ねた。

「まあ、こんなもんどすな。わても、このごろは、祇園さんにはほんまご無沙汰してましたさかい……」

せんが答えると、

「今年は特別よ。大震災があって、東日本のほうでは派手なお祭りが自粛されたでしょう。お祭りに行きたい人がみんな来てるんじゃないのかな」

菜穂が言った。

実際、祇園祭は、千百余年ものあいだ、応仁《おうにん》の乱や戦時下で途切れたことがあったものの、脈々と続いている。その「続いている」ことに意義を見出し、見物にやってくる者も多いだろう。

各町が擁する山鉾は全部で三十二あり、これらが釘ひとつ使わずに組み上げられ、宵山の数日まえから町内の通りに出される。いわば、通りがそのまま「ギャラリー」になるわけだ。

人々はそぞろ歩きながら、これらの山鉾を間近に眺める。狭い通りに留め置かれている山鉾は、まことに豪奢《ごうしゃ》壮麗で、四百年もまえに西洋から渡来したゴブラン織の胴掛が掛かっているものもある。

山鉾の上では、囃子方が練習かたがた鉦や太鼓を鳴らし、笛を吹いて、コンコン、チキチン、コンチキチン、と独特のメロディを奏でる。笛の音は、ピーヒョロ、ピーヒョロロ、と絵に描いたような旋律で、鉦太鼓と合わせて、京都の夏の風物詩となっている。

その音は華々しくはあるが、決して派手ではなく、どことなく哀切な感じを漂わせていて、いつまでも耳に残るのだった。

室町通を南へ下がっていくと大きな商家がいくつか並んでいる。通りに面した表格子の向こうには「見世《みせ》」と呼ばれる空間があり、ここに各家自慢の美術工芸品が陳列されているのである。

屏風や襖絵、調度品、陶磁器、人形など、さまざまなものが並ぶが、家宝を惜しげもなく人目にさらすのが屏風祭の特徴であった。

道行く人々は、この期間のみ、通りから格子越しに家の中を覗き見することが許される。あくまでも表通りから垣間見るだけであって、よほどの縁故がない限りは中へは入れない。観光客の多くは、何があるんだろうと、物珍しそうに、またうらやましそうに、つま先立ったり目を凝らしたりしながら、ほの暗い家の中を覗くだけなのだ。

町内でもひときわ目立つ大構えの瀬島家の軒先には、観光客が鈴なりに群れていた。皆、首にタオルを巻き、プラスチックのカップに入ったかき氷や、ペットボトルのドリンクを片手に持っている。うだるような暑さの中、汗だくの群衆を尻目に、菜穂たち一行は格子戸を開け、瀬島家の中へと入っていった。

たちまち涼しい風が立ち上るのを感じて、菜穂は足を止めた。

見世の間には、睡蓮の絵が屏風に仕立てられて展示されていた。

格子戸越しの光を受けてうっすらと濡れ輝いている。いましがた開いたばかりのようなみずみずしい睡蓮の花々は、語りかけるように花弁を揺らしている。朝の空をほのかに映して花々を浮かべる水面はくすんだ鏡のような鈍い輝きだ。

しんとしている。

空と、水と、睡蓮とのはざまに、風が立ち上り、吹きくるようだ。うだるような夏の夕暮れに、なんと涼やかに通り過ぎる風であることか。

「これは……すばらしいな」

しばし絶句したあと、ため息とともに、一輝が口を開いた。

「この作品を白根さんが描いたの？　それで、君が屏風に仕立てた……」

一輝の問いに、菜穂はうなずいた。

「いやあ、ほんまにお見事どすなあ」

せんも、さぞ感じ入ったのか、少し声をうわずらせて、ひと言、言った。

ほんものの傑作に出会ったとき、人はどんな言葉も失うものだ。

菜穂は、自分がこの作品を目にした瞬間に、激しく胸に迫りきた感情を思い出した。

それはひと目ぼれにも似ている。恋に落ちるのに理由などないのと同じだ。

菜穂は、ひと目でこの作品に恋をした。奪い去りたいとさえ思った。そして、その気持ちをそのまま口にした。

この作品を、私に預けていただけませんかと。

そして、それに対する白根樹の答えは――。


――この絵を、連れ出してください、どこへでも。


手のひらに綴られたその言葉は、官能的な感覚を伴って菜穂を陶然とさせた。

菜穂は、すぐに志村照山にかけ合った。

どうか白根さんの作品を私にお預けいただけませんか。

先生は、彼女の画壇デビューはまだ早いとお考えかもしれませんが……あるいは、確かにまだ早いのかもしれませんが……あの作品を展示するにふさわしい機会と場所を、私、きっとみつけますので。

菜穂の熱意に照山は少なからず驚いていたようだったが、正式な画壇デビューというのではなく、菜穂がプロデュースして一度限り展示するのであれば、それもおもしろいだろうと判断した。

照山が樹をどのように育て、いかに評価しているのか定かではなかったが、ひょっとすると脅威に感じているのかもしれないと、菜穂は感じ取った。

これほどまでの魅力に満ちた絵を創り出す才能は、隠したところで隠しようもないのだから。

そして、菜穂が、樹の「睡蓮」を展示するのに選んだ機会と場所が、祇園祭と瀬島家の見世の間だったのだ。

「ようこそ、鷹野先生、菜穂さん。一輝さんも、遠いところをおいでくださいまして、おおきに、ありがとうございます」

奥の間から、瀬島美幸が涼しげな絽《ろ》の着物で迎えに出てきた。菜穂たち一行は、それぞれに辞儀をして挨拶を述べた。

「いや、驚きました。これほどまでに、すばらしい展示をなさっているとは……」

感嘆を隠せないように一輝が言った。美幸は、華やかに微笑んで、

「菜穂さんのおかげですよ。感謝してます」

決してお世辞ではない口調で言った。菜穂も思わず微笑んだ。

「さあ、奥へ……さきほど、照山先生も来はったとこですし」

奥の間には、濃紺の浴衣姿の志村照山が、床の間を背に座していた。床の間には竹内栖鳳の青柳行舟図が掛かっていた。菜穂たちは、座敷に入ったところで正座をし、一同、照山に向かって頭を下げた。

「それにしても……えらい大胆な展示をしはりましたな、菜穂さん」

照山の低い声が聞こえた。かすかに不機嫌な声色だった。嫉妬《しっと》に似た気配がそこにあることを、菜穂は敏感に感じとった。師が妬むほどの、作品とその完璧な展示。自分と樹とが、ひとつになってこそできたのだ。

菜穂は照山の言には応えずに、樹を探した。この展示を彼女はまだ見ていないはずだった。

宵山の夕方に、見にきてください。息をのむほどうつくしい展示にしてみせます。そう約束したのだった。

しかし、青柳の精の姿はどこにも見えなかった。

13 巡《じゅん》行《こう》

宵山《よいやま》の夜、一輝《かずき》は鷹野《たかの》せん宅の菜穂《なほ》の部屋に泊まることとなった。祇園祭《ぎおんまつり》の時期は京都じゅうの宿がいっせいに埋まってしまう。大きな宿泊施設は団体客に押さえられ、小さな宿はご贔屓《ひいき》筋が早くに予約しているので、思い立ってやってきた者に泊まるところは残されていない。

夫婦で世話になるのは図々《ずうずう》しすぎるかと思い、最終の新幹線で帰るつもりでいたのだが、せんのほうから申し出があった。

「山鉾《やまほこ》巡行を見んで帰らはるんは、あかんわ。我が家《うっとこ》へお泊まりやす」

「いや、そんな……突然なことでご迷惑でしょうから、帰らせていただきます」と遠慮すると、

「とうからお泊まりにならはるんやと思てましたさかい。朝子《あさこ》さんに、もうお床をとってもろてます」

そんなことを言う。

鷹野邸へ戻ってみると、確かに、菜穂の部屋には二組の布団がかたちよく延べられてあった。

一輝と菜穂は、ひさしぶりに隣同士で横になった。

ひとつの布団の中ではないものの、一輝は、すぐ近くに妻の身体《からだ》が横たわっていることをなつかしい気持ちで感じていた。しかしその身体は、もはや一輝がよく知っている菜穂の身体とは異なるものであった。

それは、こんなにもすぐ近くにあるにもかかわらず、ずいぶん遠くにあるような心持ちがした。

「……どこに行っちゃったのかな」

薄い闇の中で、ぽつりと菜穂の声がした。

白根樹《しらねたつる》のことを言っているのだと、すぐにわかった。


その夜、ふたりがせんとともに訪問した瀬島《せじま》家では、多くの客人の出入りがあった。

一輝たちは、志村照山《しむらしょうざん》と、二階の客間での夕食に招かれた。京都の名士が多く集まり、芸妓《げいぎ》も呼ばれて、いとも華やかな酒宴となった。

菜穂も楽しそうに振る舞っていたが、いつ白根樹が現れるのかと期待を高まらせているのが、一輝には伝わってくるのだった。

宵山の一夜限り、瀬島家の見世《みせ》を飾った「睡蓮図《すいれんず》」屏風《びょうぶ》。日が落ちてなお熱気がいや増す路地に涼やかな風を送りこんでいた。木戸の向こう側には、幾多の観光客の顔が、ひっそりと咲く睡蓮をひと目見ようと鈴なりに並んでいるのが見えた。

睡蓮図を目にした一輝は、驚きとともに、どことなく複雑な気持ちが自分の中に芽生えているのを感じていた。

自分が知らないあいだに、菜穂と樹が秘密の結託を成し遂げたかのように思われた。

白根樹はとんでもない逸材であると、いまはもう認めざるを得ない。しかし、一輝が戦慄《せんりつ》を覚えたのは、菜穂の慧眼《けいがん》のほうである。

あの青葉の小品ひとつを見ただけで、菜穂は樹の才能を見抜いた。そして、屏風仕立てという睡蓮図の特殊な展示によって、彼女の「もっているもの」を全開にして見せた。

自分だったら、こんな見せ方をできただろうか。いや、きっと、画家にアプローチすることさえかなわなかったに違いない。

実際、家業が苦境に立っている現状では新たに作家を取り込むことは無理だと、志村照山にすら積極的にコンタクトしようとしなかった。

白根樹に関しては、強い魅力を感じたものの、もっと作品を見てみたいとか、購入したいとか、そこまで考えられなかった。

自分には見えなかったのだ。「青葉」の向こうに、あのように見事な「睡蓮」が潜んでいることは——。

しょせん、自分には見る目がないということか。

樹の才能を素早く、しかも一気に開花させた菜穂を、一輝はそら恐ろしく思った。

樹の師匠である志村照山も、どうやら複雑な思いでいるように見えた。

酒席で、照山は京都の文化人や財界人から挨拶を受けて、上機嫌でいた。そのうちのひとりがいたく感激したように言った。

「先生、お作風をずいぶん変えはりましたね。見世に飾らはったあの『睡蓮』は、えらい傑作ですな。ほんまに、瀬島さんもお目が高いことで……」

「あれは、私の作ではありません」

ぴしゃりと返した。

「え？　ほな、どなたはんの……」

その人物は、京都画壇の大家が見るからに不機嫌になるのも気にせずに、「睡蓮」の画家の名前を知りたがったが、照山が答えることはなかった。

そして、宴たけなわの頃、菜穂が「先に帰りたい」と言い出した。お腹が窮屈で、もうこれ以上座っていられないと。一輝も、新幹線の最終に乗ろうと考えていたので、先に出ることにした。せんに告げると「ほな、帰りましょか」と同意した。

瀬島美幸《みゆき》が見送りに立った。見世先で素足に下駄を履いてから、菜穂が美幸を振り返って言った。

「樹さん、来なかった」

ほんのりと恨みがましい口調だった。美幸は困ったような顔つきになって、

「ほんまに。どないしはったんやろか」

「お招きなさったんですよね」

「それは、そうやわ。こんなすばらしい絵を描いてくれはったご本人やもの、招《よ》ばへんわけありませんやん」

「そうですよね……どうしたのかな。何度もメール送ったんだけど」

菜穂は、頻繁に樹とメールでやり取りしているようだった。その日も、瀬島さんのお宅で会いましょうとメールを送ったのだが、一向に返事がこなかったので、お

かしいと思っていたらしい。

「最後に会ったのはいつなの？」一輝が尋ねると、

「二週間まえかな……作品を屛風に仕立てるために、表具店の人と一緒に、照山先生のお宅を訪ねたとき。そのあと、表装が仕上がったから表具店に見にきませんか、って誘ったんだけど、そのときも、ちょっと出かけられないからって……」

菜穂の眉間《みけん》が曇った。

「じゃあ、この展示、本人は見ていないってわけか……」

美幸は「残念やねえ」と、悔しげな声を出した。

「ほんまに、ええ展示にしてもろたのに……お客さんも、皆さん、絶賛してくれはって。いままでの屛風祭でいちばん好評やったと思いますわ。菜穂さんのおかげやわ。おおきに、ありがとうさんです」

あらためて礼を言われて、菜穂は「いえ、そんな……とんでもない」と謙遜して、

「展示が成功したのは、私が手掛けたからじゃありません。すべて作品の力です。白根樹の」

その言葉には画家に対する揺るぎない信頼があった。そして、その才能を見出した自信も感じられた。

時刻は九時を回っていた。ふたりを送ってから京都駅へ向かうとすれば、もう最終の新幹線に間に合わない。そこで、せんに「朝子さんにお床をとってもろてます」と言われ、とうとう折れた。

表通りはまだまだ人混みでごった返していた。三人は、地下鉄東西線の烏丸御池《からすまおいけ》駅まで歩いていき、東山駅まで三駅ほど乗った。人混みの中をようよう歩いたにもかかわらず、せんはずいぶんしっかりした足取りだった。菜穂のほうがぐったりして、疲労の色を額ににじませていた。

車内の座席にせんと菜穂が並んで座った。一輝は、その前でつり革を握った。

ふいに、せんが誰にともなく言った。

「そやけど、何人かのお人は、あれは志村照山の新境地やて、すっかり誤解してはるようでしたな」

菜穂は何か切羽詰まったような不思議な表情を作った。一輝は聞こえなかったふりをして、車内の壁に並ぶ広告に視線を放っていた。

山鉾巡行の当日は朝から気温がうなぎ上りに上がっていた。

せんの生徒に祇園祭山鉾連合会に所属する人物がいて、毎年、京都市役所前にしつらえられる見物席の招待状を送ってくれるということだった。ここは、河原町《かわらまち》通《どおり》を北へ上ってきた山鉾が、御池通との交差点で、大きく方向を変える二度目の「辻《つじ》回し」が間近に見られる特等席である。「おふたりで行かはったら」と、せんからその招待状を手渡された。

体調が芳《かんば》しくないのか、菜穂はなかなか起きなかった。身支度を整えてから、一輝はせんの部屋を訪れた。どうも家内は巡行見物に行く感じではないようです、と告げると、

「ほな、あんさんだけでも行きよし。せっかくなんやし」

せん自身は炎天下の祭りを見にいく気は毛頭ないようだった。部屋に戻り、横たわる妻の枕元で胡坐《あぐら》をかいて、さてどうしようかと思案していると、スマートフォンに着信があった。

有吉克子《かつこ》からだった。一輝は廊下に出て「もしもし」と小声で応えた。

『どうだったの？　宵山とやらは。今日がお祭りの本番なのよね』

昨夜、全国ネットのテレビ放送で宵山の中継を見たという。『最近、暗いニュースが多いからね。華やかな番組でよかったわ』と前置きしてから、克子は思いがけないことを言った。

「菜穂がお世話になってる瀬島さんのお宅。すごい作品を展示してたわね。テレビ

に出てたわよ」

えっ、と思わず一輝は声を出した。

「お気づきでしたか。あの『睡蓮』に……」

『ええ。見事な「睡蓮」だったわね。……誰なの、あれを描いたのは?』

目の着けどころはやはり母娘《おやこ》だな、と思いながら、「白根樹ですよ。あの『青葉』の小品の」と答えた。

え? と今度は克子のほうが意外そうな声を上げた。

『美《み》のやま画廊で見た……あの小さい作品を描いた人?』

「そうです。白根さんは、志村照山先生のお弟子さんなんですが……菜穂が照山先生のお宅へ伺って、『睡蓮』をたまたま見たらしいんです。それで、屛風に仕立てて、瀬島さんのところの屛風祭のために展示したということです」

克子は絶句していたが、やがてため息とともに言葉をつないだ。

『困ったものね。あきらめが悪いというか……』

売却したモネの「睡蓮」を忘れられないからに違いない、と克子は断言した。

『モネの代わりにあの画家の作品を自分のものにしたいって、あの子、きっと言い出すわよ』

克子が娘の性分を見抜いているのは間違いなかったが、「そういうわけではありませんよ」と一輝は菜穂を擁護した。「モネの代わりではありません。菜穂は、あの画家……白根樹を、純粋に支援したいと思っているようです」

『それじゃなおさら悪いわ』

間髪《かんはつ》を容《い》れずに克子が言った。不機嫌な声に変わっていた。

『あなたもおわかりのはずだけど。うちには、もう画家を囲い込むような財力はないのよ。あなたの画廊《とこ》はもっとでしょ。もしあの作品を買いたいなんて菜穂が言ったら、叱ってやってちょうだい。もうそれどころじゃないってこと、いいかげん、わからせなくちゃだめなのよ』

もちろん、わかっている。わかってはいるが、それを告げる勇気を一輝は持ち合わせていなかった。

『それで、菜穂には言ってくれたの？』

「言うって、何をですか」

自分が叱られたような気がして、一輝は、ついふてくされた声を出してしまった。

『だから、もう京都を引き上げて、こっちに帰ってきなさいってことよ』

いっそう不機嫌な声色で、克子が言った。

『うちも一輝さんのところもそんな状況なんだし、放射能なんかもうどっかいっちゃったんだから、帰ってきなさい。いつまで優雅な京都暮らししてるつもりなのよ』

まるで菜穂と直接話しているような口調だ。一輝はうんざりした。

「今日はあまり体調もよくないようですし、そんな大事な話、とてもできませんよ」

『あら、ずいぶんね。誰のおかげであなたの画廊、救われたのかしら。もう忘れたの？　あんなことまでしておいて』

かっと頭に血が上った。スマートフォンを廊下に叩《たた》き付けたくなったが、ぐっと我慢する。

「今日の午後、東京へ帰ります。それまでに話せるかどうか、約束はできませんが」

ふうっとわざとらしいため息が聞こえた。

『あなた、ほんとに菜穂の旦那さま？　ふがいないわね。いいわ、あなたが話せないなら、私があとであの子に電話して、直接話すから』

もっとも電話に出てくれればだけどね、と皮肉っぽく付け加えた。

通話を終えて、スマートフォンをポケットに入れた。足音を忍ばせて部屋へ戻る。そっと襖《ふすま》を開けると、菜穂はこちらに背中を向けて横たわったままだった。

声をかけようかと思ったが、寝息が聞こえてきたので、やめておいた。

時計を見ると九時だった。もう巡行は始まっている時間だ。一輝は、巡行見物をあきらめて帰ることにした。

東京に帰っておいで。

そう言いたい気持ちは一輝の中にもあった。けれど、宵山をともに過ごしてみて、菜穂と京都の分かちがたい結びつきをもまた、思い知ったのだった。


京都駅への道は巡行のために通れないところも多く、一輝の乗ったタクシーは中心部を迂回《うかい》していった。

東大路通を下って三条通をすぎて、ふいに画廊街である新門前通《しんもんぜんどおり》の近くであることを思い出した。

「そこ、右に曲がってください」と一輝はとっさに運転手に告げた。

昨夜、瀬島邸の来客の中に、美のやま画廊の社長、美濃山《みのやま》の顔がなかった。照山の画廊なのだし、本来であればいるはずだろうに。

美のやま画廊を訪ねると、ちょうどよく美濃山がいた。

「これは、篁《たかむら》さん。ようこそ。巡行見物でっか」

「いえ、今朝はあわただしくしていて……。これから帰るところです。ご挨拶だけ差し上げようと思いまして……突然すみません」

一輝は奥の応接室に通された。あの「青葉」が掛かっていた部屋である。いまは祇園祭をあでやかに描いた四十号の作品が掛けてあった。一見して誰の作品かはわからなかった。

「昨晩、菜穂と一緒に瀬島さんのお宅へ伺いました。てっきり、美濃山さんも来られるものと思っていたのですが……やはり祇園祭の時期はお忙しいのでしょうね」

冷たい麦茶をひと息に飲んで、一輝が問いかけると、「いや、いや。年中閑古鳥《かんこどり》ですわ」と冗談めかして応えてから、

「ご覧になりましたか。白根さんの作品」

すぐに訊《き》いてきた。やはり、あの場に白根樹の作品が展示されていたことを美濃山が知らぬはずがない。

「ええ、もちろん。美濃山さんは、宵山のまえにご覧になったのですか？」

美濃山は、首を横に振った。

「いいや、私は、実はいっぺんも見たことあらへんのです」

意外なことを言った。

志村照山邸にはおりおりに出かけているが、樹と顔を合わせることはめったにない。あの「青葉」の小品は、ある訪問の際に、照山が「樹がこんなものを描いたんや。なかなかおもしろいやろ」と出してきたものだった。

ひと目見て、これはひょっとすると大化けするかもしれぬと予感を抱き、公にはせず奥の間に展示するからしばらく預からせてほしい、と即座に頼んだ。

そのときは、照山は、樹は画壇デビューにはまだ早いので、内々であれば構わない、と承諾したのだった。

「それが、菜穂さんに売れてしまいましたやろ。ほんまのことを言わせてもらいましたら、照山先生、えらいご機嫌が悪うならはりましてな……」

あれを売ってしもうたんか、といかにも残念そうだった。それでも、絵を売るのが画商ですし、と美濃山がおっとりと主張すると、まあそれはそうやなと、いちおう納得してくれた。

そして、梅雨《つゆ》の終わり頃、突然菜穂から連絡があった。

宵山に合わせて瀬島邸の見世に白根樹の作品を展示する。かなり大きな睡蓮の絵で、六曲一隻《ろっきょくいっせき》の屏風に仕立てたいのだが、表具店を紹介してほしい、と言われて、美濃山は驚いた。

「十号程度の作品ですら、照山先生、白根さんのもんを公にするんは渋ってはったのに……いったい、菜穂さんはどないしてあの難しい先生を口説かはったんかと、しんから驚きましたわ」

美濃山は、いつも使っている表具店に菜穂を紹介するために、ともに出かけた。菜穂は、それはうれしそうな様子だったという。そして、作品が屏風に仕上がったら是非とも瀬島邸へ見にきてほしい、と誘われた。

しかし、美濃山が作品を見にいくことはなかった。照山の手前、憚《はばか》られたと言う。

「なぜですか」と一輝は訊いた。

「別に、売るわけでも買うわけでもない。見にいくだけなら、そう遠慮なさることもないでしょう」

美濃山は、少しの間、口をつぐんでいたが、

「照山先生にとって、白根さんはあまりにも特別なお方ですんで。下手に画商に接触させたくない、ゆうんが、ほんまのところやと思います」

一輝は胸がぎくりと鳴るのを感じた。

特別なお方、というひと言には情感めいたものが込められていた。師弟を超えた何かが、ふたりのあいだに秘められているようだ。

「そうですか。やはり、ふたりは、そういう関係で……」

何気なく口走ると、「いいえ、そうやないんです」と、即座に美濃山が否定した。

「男女の仲、というわけやない。そういうわけにはいかへんのです。白根さんは、照山先生の……養女で、あの多川鳳声《たがわほうせい》の娘なんですから」

思いがけない事実を、美濃山は口にした。

かつて京都画壇に、彗星《すいせい》のごとく現れた若き天才画家がいた。

多川鳳声。竹内栖鳳《たけうちせいほう》の再来とも噂《うわさ》され、その将来を嘱望されていた画家。しかし、四十代で不慮の死を遂げた。

白根樹は鳳声の遺児だった。そしていまは、鳳声の好敵手であった志村照山の養女となっていたのだった。

14 川床《かわどこ》

山鉾巡行《やまほこじゅんこう》が終わって、京都はいよいよ暑い盛りとなった。

テレビのニュースでは、連日、記録的な暑さを報じていた。いつもいい季節を選んで京都を訪問していた菜穂《なほ》は、盆地特有の足下から湧いてくるような酷暑に驚きもし、うんざりもしていた。

「京の夏ゆうたら、まあ、骨身が溶けるほど暑《あつ》おす」とせんが言っていたのがようやく納得できた。まだ春のなごりがあった頃に、鷹野《たかの》家に移ってきたときのことである。家には各部屋にクーラーがあるけれど、自分は冷房が苦手なので、あまりつけない。夏にはしんどい思いをするかもしれないと、せんから一応の断りがあった。そのときは平気だと思っていた。

冬の寒いときには夏の過酷な暑さを思い出すことができないし、夏の盛りには冬の厳しい寒さを思い出すことができない。気持ちのいい季節に「夏はしんどい」と言われても、ぴんとこないものである。菜穂は「私もエアコン嫌いだから、大丈夫です」と応えておいた。

そして、祇園祭《ぎおんまつり》のまえに梅雨《つゆ》が明け、一気に夏が訪れた。夏とはここまで暑いものなのかと、菜穂は大げさでなく生まれて初めて知った気がした。

最近は夏になれば日本中が猛暑となり、東京も堪《た》えがたい暑さではあった。しかしながら、菜穂は真夏に炎天下を歩くようなことはめったにしない。自宅でも職場の美術館でもエアコンをよく効かせているし、移動は自家用車を運転していくので、ほんの一瞬しか外の空気に触れないのだ。スポーツも嗜《たしな》まないし、アウトドアレジャーの趣味もないし、犬の散歩をするわけでもなし、とにかく夏は外気に触れない暮らしなのだった。それが普通だと思っていた。

ところが鷹野家は、真昼でも家中の窓や戸を開けてできる限り外気を入れようとする。「菜穂さんはお身体《からだ》に障りまっさかい、お部屋のクーラーつけてくださいな」と朝子《あさこ》に言われ、部屋にいる限りはそうさせてもらったのだが、廊下へ一歩出るとむっとする暑さである。

温度差がかえって身体に障りそうだったので、自室のエアコンを切って、坪庭に面した戸を開け放ってみた。

「毎年、祇園さんのまえには出しますねん」と、朝子が支度してくれた葦《あし》の簾《すだれ》が、濡れ縁に薄明るい影を作る。風が吹けば簾がゆらりと揺れて、黒鉄の風鈴が涼しげな音色を立てる。簾越しに見える坪庭の紅葉《もみじ》、その葉陰の青々とした様子は、眺めているだけでも涼やかな気分になる。

朝子がこしらえてくれる食事にも夏らしい食材があれこれと工夫されて上ってくる。鱧《はも》の梅酢《うめず》あえ、鱸《すずき》のあらい、加茂茄子《かもなす》の田楽、胡瓜《きゅうり》のぬか漬け、瓜のあさ漬け、万願寺とおじゃこのたいたんなど、食欲をそそる品ばかりで、菜穂は食事が楽しみになった。

冷房を切ってしまった当初は、蒸し蒸しする気候にやられてしまいそうだったが、次第に慣れて、かすかなそよ風が立っただけでもさわやかな感じを味わえるようになった。簾や風鈴、家のあちこちに生けられた桔梗《ききょう》や鉄線《てっせん》、そして京都画壇の画家たちの手による絵——五山《ござん》の送り火や浴衣《ゆかた》姿の芸妓——など、目や耳に心地よい夏のしつらえが何より暑さを和らげていた。

確かに京都の夏は暑い。しかし、東京の夏に比べればずっとましだ。

空調を効かせた無機質な空気を思い出すと、いまやかえってうんざりする。管理された室内の無個性で退屈極まりない雰囲気。この場所となんという違いなのだろう。

宵山をともに過ごし、巡行の日に東京へ帰っていった一輝《かずき》からは、帰京の翌日に長いメールが届いた。

ひさしぶりに一緒に過ごせたことを喜ぶ内容であったが、本当に言いたかったのは、タイミングを見て東京に戻ってきてはどうか、ということだった。

——京の風物や文化と、菜穂がどれほど一体になったかというのを実感した。一方で、このまま永遠に君が東京へは帰ってこないような気もして、なんとなく落着かない思いにもなった。

おかしなことだけど、僕はどうやら、君と京都がただならぬ関係になってしまったことに、嫉妬《しっと》しているのかもしれない。

東京の放射能の問題は、ほぼ気にしなくてもいい状況になったんではないかと思う。やっかいであることに変わりはないが、気にすればきりがない。実際、多くのお母さんと子供たちがマスクを着けずに外を歩いている。

正直に言うと、大震災後に原発事故が起こったときには、ここまで事後処理に手間取り余波が長引くとは想像もしなかった。

事故直後は多くの妊婦や母子が東京から避難した。けれど、春休みが終わるのを機に戻ってきた母子も多い。

政府や電力会社の言っていることに君が不審感を抱くのはわかる。しかし、もう大丈夫だろうと僕は感じている。少なくとも、僕らが住んでいる港区や中央区の周辺は絶対に大丈夫だと思う。

菜穂、そろそろ帰ってきてほしい。君のお腹《なか》が日々大きくなっていくのを、父親として僕も実感したい。いけないことじゃないだろう？

鷹野先生のところへは、君の気持ち次第だが、子供が生まれたあとも、月に一度くらいなら通ってもいいと思う。

夏場に動くのは体力を消耗するだろうから、九月いっぱいはそちらでお世話になって、十月になったら戻ってくる、というのではどうだろうか。

すぐに決めなくてもいい。けれど、気持ちの整理がついたら、返事を待っているよ――。


どういうわけだか、白根《しらね》樹《たつる》や睡蓮《すいれん》画の件には一切触れていなかった。注意深く話題にするのを避けている雰囲気すらあった。菜穂にはそこがいちばん不審であったし、不満でもあった。

「君と京都がただならぬ関係になってしまったことに、嫉妬している」などと書いているが、本当のところは、自分の妻が白根樹という才能を見出したことにこそ嫉妬しているのではないか。

これ以上、白根樹に深入りをさせまいとしているような感じさえ文面に読み取れて、菜穂は不愉快になった。

どうして「あの才能を東京に引っ張ってこい」くらいのことが言えないの？

母の克子《かつこ》からはもっと露骨なメールがきた。

巡行の日に母から何度も着信があった。暑さと疲れで体調が芳《かんば》しくなかったこともあるし、母との会話がおっくうに感じられたので、電話には出ずにいた。どうせ何かの小言に決まっているのだ。

すると、やはり長いメールを送ってきた。

――昨日、テレビで瀬島《せじま》さんのお宅が映されているのを見ました。飾ってあった「睡蓮」は、あの「青葉」の画家なのでしょう？

確かに見事な作品だけど、あなたがあの画家をどうにかしたいと言い出すんじゃないかと思って、私は心配しています。

もう何度も言ったけど、いま、たかむら画廊もパパの会社も経営難に苦しんでいるのよ。あなたの個人的な趣味で、悠長に若い画家を支援するなんていうことは、もうできない状況だってこと、肝《きも》に銘じてちょうだいね。

そういうわけだから、もういい加減東京に帰ってらっしゃい。いつまでも鷹野先生にお世話になるのは、いくらなんでもご迷惑でしょう。あなたも母親になるのだから、世間知らずの若いお嬢さんを気取って周りを振り回すのはそろそろおやめなさい。

あれこれ厳しいことを書いてしまったけど、あなたにこんなことを言えるのは私しかいないからよ。あなたも母親になったら、私がどんな思いで苦言を伝えているか、きっとわかるはずです。

あなたが引き上げるときには、パパも鷹野先生にご挨拶にいくと言っています。パパのスケジュールのことを考えると、早めに帰ってくる日を決めたほうがいいと思います。暑い中動くのはいやでしょうから、九月いっぱいはそっちにいるとして、十月の最初の土曜日あたりにしてはどうかしら。この件で、なるべく早く返事をくださいね――。


母からのメールを読むうちに、次第に気分が悪くなってきた。

扇風機をつけて、横になる。布団の上に敷いた蓙《ござ》が藺草《いぐさ》の青々とした匂いを放っている。目を閉じてその匂いに集中するうちに、ようやく気分が落ち着いてきた。

お腹の中で胎児が動いているのを感じる。最近は、活発に胎動があるのだ。

妊娠初期に覚えていた、あの薄気味悪さ——自分の中にもうひとり人間がいるという——はすっかりなくなったが、どこかしら自分は母親になる意識が薄い気がする。あと四ヶ月も経たないうちに、子供が生まれて、その日を境に、自分は母親として子供を中心に一日のスケジュールのすべてが決定されていくのだ。

ほんとうに、そんな毎日がやってくるのだろうか。

まるで実感がない。喜びどころか、疎ましい気さえする。

近くに夫がいたり、母親がいたりすれば、もっと違う気分になるのだろうか。

いまの自分は、そう、まるでシングルマザーになるような感じ。しかも、そうなることを望んだわけではないのに、なし崩しでそうなってしまったかのような。

けれど、一輝と母が近くにいたとして、毎日顔を合わせ、あれこれ世話を焼かれるのも、なんとなく面倒だ。一輝はまだしも、母から妊婦の心得や出産の準備について口うるさく言われるのは、たまらない。

いずれ東京へ戻らなければならない。その現実がときおり濃霧のごとく立ち上り、ふいに菜穂を憂鬱にした。

自分にはなんの実感もない。東京はもう大丈夫だということも、一輝の画廊や父の会社が経営難に直面しているということも。有吉《ありよし》美術館にもはやモネの「睡蓮」

がないということも。

すべてが希薄で、現実味を欠き、噂話《うわさ》のような、昨夜見た夢を誰かに語られているような——聞き流してしまえる薄っぺらな感じ。

だから、いずれ東京へ戻らなければならない、というのが現実なのだとは思えないし、思いたくなかった。しかし思い出せば、それはたちまち濃い霧となって菜穂の心を曇らせるのだった。


せんの自宅での書道教室にやってきた瀬島美幸《みゆき》に、貴船《きぶね》の川床《かわどこ》に誘われた。

「屏風祭《びょうぶまつり》のときには、ほんまにお世話になりまして……どんなお礼をしたらええやろと、考えまして。こんな季節やし、涼しいとこへ菜穂さんをお連れしたらええのんとちゃうかて、主人も言うてます」

川床とは京の夏の風物詩である。五月から九月くらいのあいだ、川沿いの飲食店が川の上に床をしつらえ、その上で飲食ができるようになる。鴨川《かもがわ》、貴船、高雄《たかお》などが有名で、多くの飲食店が納涼の場を提供している。

菜穂は京都で川床を楽しんだことはあるが、貴船は行ったことがない。むろん、興味を持った。

美幸が言うには、鴨川の納涼床《ゆか》――鴨川では「川床《かわどこ》」ではなく「納涼床《ゆか》」と呼ぶのだそうだ――は騒がしく、夜になっても蒸し暑くて、実際には「納涼」ではない。本物の涼を求めるのであれば、京都の北、貴船山にある料理屋へ行くのがよい。主人の車でお連れしますので是非ともいらしてください、と熱心に誘われた。

「行ってみたいですが、ここのところ体調にむらがあるので、約束しておいて伺えなくなってしまったらご迷惑でしょう」

菜穂が遠慮すると、美幸は、

「そんなこと、あらしません。ご無理やったら、どうぞ、遠慮なく言うてくれはったら」

そう前置きしてから、

「実はね。志村照山《しむらしょうざん》先生と、白根樹さん。ご一緒にお招きしてますねん」

もう断る理由はないでしょうと言わんばかりだった。

「え、樹さんも？」思わず訊き返すと、

「ええ。照山先生は、最初、ちょっとしぶってはったけど、承知してくれはったし」

美幸がにこやかに答えるので、「ほんとに」と菜穂は咄嗟《とっさ》に胸をなで下ろす素振りをした。

屏風祭のあと、照山のところへ挨拶に行かねばならないとわかっていたのだが、体調が優れなかったこともあって、出かけられなかった。菜穂は鳩居堂《きゅうきょどう》の美濃和紙の便箋に毛筆で礼状をしたためた。照山と樹、両方に一通ずつ出したうえ、樹にはメールも送った。屏風祭が無事に終わって何よりだった、会えなかったのは残念だったけれど、近々食事にでも行きませんか、お礼をさせていただきたい、と書き送ったが、一向に返信がなかったので、ずっと気になっていたのだ。

「是非、行かせていただきます」

菜穂は思わず声を弾ませた。

「ほな、決まりやね。そやけど、しんどかったら無理せんといてくださいな」

今度は美幸が逆に念を押した。が、もう参加しないわけにはいかなかった。

週末の夕刻、瀬島正臣《まさおみ》の運転するマグネタイトブラックのメルセデスが、鷹野邸の前に到着した。

正臣は白い麻のシャツに濃紺の麻のスラックス、美幸は藍地の浴衣、波に若鮎の模様が清々《すがすが》しい。菜穂も浴衣を着たいところだったが、お腹が窮屈なので、白い木綿のワンピースにした。

「照山先生も、ようよう樹さんを連れてきはる気持ちにならはって、私らもほっとしましたわ」

車を出してまもなく、運転席の正臣が後部座席の菜穂に語りかけた。

「なんやら、屏風祭の際には、先生ご機嫌悪かったでしょう。まさか、瀬島のところに娘の作品を飾ることになろうとは、思いも寄らはらへんかったようでね……」

「え？」菜穂は、身を乗り出した。

「娘……って、どなたのことですか？」

「あれ、菜穂さん、知らはらへんかったんですか。樹さんのことですよ」

そう答えて、バックミラーの中で菜穂の顔を見た。よほど驚いた顔をしていたのだろう、正臣が苦笑した。

「ああ、そうか。先生は、そないなこと、わざわざ言わはらへんやろな」

菜穂は絶句して、なかなか言葉がつなげなかった。

照山と樹のあいだには師弟以上の何かがありそうだ、と菜穂にもわかっていた。樹は端整な容姿をしている。髪も、腕も、指も、ほっそりとはかなげである。加えて、しゃべることができない。すべての要素が彼女をより神秘的に見せている。師である照山が彼女を必要以上に人目に触れさせまいとするのは、彼女を匿《かくま》って、ひっそりと自分だけのものにしておきたいからではないか――と勘ぐっていた。

妻とは別居中であり、家の中の一切は家政婦が切り盛りし、照山は創作に没頭して暮らしているようだと、初めて照山邸を訪問するときに、鷹野せんが教えてくれた。そんなこともあって、本音を言えば、白根樹は京都画壇の大家に飼い殺しにされているような、ひどく歪《ゆが》んだ先入観さえ持ってもいた。

まさか、娘だったとは。

「私らも、照山先生の作品はいくつか持たせてもろてますし、もともと交流もさせてもろてましたけど……樹さんのことが先生の口から出てきたことは、いっぺんもありませんな。まあ、かわいいの半分、怖いの半分で……」

「ちょっと、余計なこと言わんといて。菜穂さん、びっくりしてはるやんか」

正臣が何ごとか言いかけるのを、美幸がたしなめた。

「怖いの半分、って……どういう意味でしょうか」

菜穂は、再び身を乗り出して尋ねた。

「大げさなんよ、この人は」美幸が皮肉を込めて言うと、

「大げさなことあるかいな。京都画壇では、有名な話やで」

正臣がそう言って、いっそう菜穂の関心を引きつけた。

「菜穂さん、多川《たがわ》鳳声《ほうせい》、ゆう画家をご存知ですか」

その名を聞いて、菜穂は、すぐにうなずいた。

誰の門下にも入らず、後ろ盾もないまま、京都画壇に彗星《すいせい》のごとく現れた画家である。もう二十年近くまえに他界しており、もちろん菜穂は直接知り合いではなかったが、その作品の稀少性ゆえ名前はよく知っていた。

四十歳そこそこで夭折《ようせつ》したため、遺《のこ》された作品は非常に少ない。ゆえに、市場に出てくればたちまち数千万の値段がつく。一度だけ、京都国立博物館で目にする機会があった。海上の空高く飛ぶ雁の絵で、竹内栖鳳《たけうちせいほう》の再来とも言われていた通り、生き生きとした渡り鳥の飛翔の姿は、確かに栖鳳を彷彿とさせた。また、水鳥の胸毛の一枚一枚までをもていねいに描き込む手法は伊藤若冲《いとうじやくちゆう》に近いものを感じさせた。作品は、菜穂の胸の内に強く残り、その名も記憶していたのだった。

「一度、京博で見たことがあります。……多川鳳声が、何か関係あるのですか」

菜穂が訊くと、まあ聞いてくれと言わんばかりの口調で正臣が応えた。

「それがね。樹さんは、もともと、鳳声の娘やったんですよ。で、彼の死後、画壇のライバル的存在だった照山先生が、養女にして引き取らはったんです」

えっ、と菜穂は声を上げた。

「じゃあ、ふたりは……血縁関係のない親子、ということ?」

「そういうことですわ」と正臣はうなずいた。

多川鳳声は、創作に行き詰まりを感じてか、なんの前触れもなく自ら命を絶った。彼の死後、病床にあった妻は、自分の余命がいくばくもないことを悟り、照山に娘を預ける決意をしたという。

絵を描く才能に恵まれた娘。身寄りのない子供にするにはあまりに惜しい。志半ばでこの世を去った夫の遺志を娘に継いでもらいたい。それが、樹の母の願いだった。

照山は、確かに鳳声のライバルだったが、同時に、彼の作品を誰よりも高く評価してもいた。互いの家に出入りしては激しい議論を闘わせていたという。

樹の母は照山に泣きながら頼んだという。どうかこの子を一人前の画家にしてやってほしい、それだけが夫の死を無駄にしないことである――と。

照山はそれを受け入れて、樹を養女に迎えたという。彼女が十歳になるかならないかのときのことだ。

それがもとで、照山は妻と別居することになり、また、樹は心に深い傷を負ってしゃべれなくなってしまったのではないかと、噂されてもいる。

「まあ、いろんな人の口を経てきた話ですさかい、どこまでがほんまのことか、ようわからへんけどね」

そう言って、正臣は話を結んだ。

菜穂は、またしても言葉をなくしてしまった。

白根樹に血を分けた父は、多川鳳声。そして、彼女の才能を伸ばしつつも、その才能の開花を隠蔽《いんぺい》しようとしている義父は、志村照山。

思いも寄らぬ立ち位置に、樹はいたのだ。

なるほどそうだったのかと合点がいく部分と、何かがおかしいと靄《もや》がかかる部分と、菜穂にはその両方があった。それでいて、自分が何に納得し、何に不審を覚えているのか、明確に線引きができなかった。

にもかかわらず、菜穂は、自分の中でせき止められていた水が勢いよくほとばしり始めるのを感じていた。

いけない。このままでは。

あの人を、このままにしていては。

連れ出さなければ。――私が。必ず。

車は山中の細い道を走っていた。眼下に、白波を作って勢いよく流れゆく川が見えていた。

15 送り火

八月十五日、一輝《かずき》は、克子《かつこ》と席を並べて、東海道新幹線「のぞみ」のグリーン車内にいた。

ここのところ、経費節減のため、出張の際にグリーン車に乗ることもなくなっていた。しかし、克子と一緒に京都へ出向くのに自分だけ普通席に座るわけにもいかない。ひさしぶりのグリーン車はお盆の帰省客や夏休みの観光客で満席だった。

これから向かう京都は、明日、五山の送り火だった。せんだっての祇園祭《ぎおんまつり》のときのように大変な人出なのだろう。できれば京都には祭りや行事のないときに行きたかったが、身重の妻が暮らしているのに夏期休暇中に訪ねないわけにはいかない。

たかむら画廊は、八月十四日から二十一日までの一週間を夏期休暇としていた。

去年までは、夏休みともなると、軽井沢にある有吉《ありよし》家の別荘で過ごしたり、たかむら画廊の社長である父や顧客とともに河口湖あたりのゴルフ場へ出かけたりしたものだ。だがこの夏、父はゴルフにもリゾートホテルにも行かず、ただ家にこもる構えだった。一輝には言わないが、何やら思案を巡らす案件があるらしい。

　この半年あまりであらゆる状況が劇的に変化した、と思わざるを得ない。

東日本大震災が起こってからの数ヶ月はまさしく急展開であった。菜穂《なほ》の妊娠がわかり、京都へ単身移り住んだ。経営の悪化と倒産の危機。菜穂がこよなく愛したモネの「睡蓮《すいれん》」の売却。そして克子との関係の変化……。

克子は、夏の京都は暑くて行く気になれないと言っていたのだが、菜穂があまりにもつれないので様子を見にいきたい、ついでに五山の送り火も見たいと言い出し、休暇中には京都を訪問すると決めていた一輝についてきたのだった。

「それで、結局、『火』は安全なのよね？」

名古屋を過ぎた頃、唐突に克子が言った。

見るともなしに、座席のポケットに入っていた雑誌をめくっていた一輝は、

「え？」と顔を上げた。

「なんの『ひ』ですか？」

「五山の火よ。送り火」と克子が言った。

「ニュースで見たけど、今年、送り火を焚《た》く薪《たきぎ》に被災地の松を使うって話があった

じゃない？　でも、そんなの燃やしたら放射能が出るんじゃないかって、京都市民が反対して、取りやめになったんでしょ」

「そういえば、そんなニュースがありましたね」と一輝は返した。

「そうしたら、主催者のところに『被災地に対する思いやりがない』って抗議の声が殺到したとかで、取りやめを取りやめにしたのよね。で、被災地の松を取り寄せて、念のために放射能を測定したら、セシウムが出たとかで。結局、取りやめになったってことだけど」

「そうですか。ややこしい話だな」一輝は眉根を寄せた。

「つまり、被災地の松はやっぱり使わないということで、最終的に結論したわけですか」

「ええ、そういうことらしいわね。だからまあ、結局『火』は安全、ってことなんだって思うけど」

克子は釈然としない表情を作って、

「でもほんとうのところはどうなのかしらね。安全なのよね？」

そんなことを訊《き》かれたところで答えようがなかったが、

「ええ、まあ、そうなんじゃないですかね」

いちおう相づちを打った。

「東京だろうと京都だろうと、どこだって放射能問題があるんだったら、どこにいたっていっしょじゃないの。そうでしょう?」

送り火の話をしているうちに、克子は菜穂のことを思い出したようだ。一輝は、今度は相づちを打たなかった。

祇園祭からこのかた、ほぼ毎日菜穂に連絡していると克子は言った。いますぐじゃなくてもいいから、十月になったら必ず東京へ戻るようにと、ほとんど督促しているかのようだった。

それに対して、菜穂は、子供が生まれてしばらくするまでは、やはり東京へは戻りたくないと言い張っていた。一輝にも同じように訴えていた。もうしばらく京都にいさせてほしい、東京のことを考えると不安で仕方がないと。

一輝としては、菜穂がいやがるのを無理矢理に東京へ連れ戻すのは気が引けたし、永遠にというのでは困るけれど、「もうしばらく」というのであれば、そうさせてやりたい気持ちもあった。一方で、菜穂がそこまで京都に固執するのは、もはや放射能の問題ではなくなっていることもわかっていた。

菜穂を引きつけてやまない強力な磁力が、あの街にはある。そして、その磁力を発している人物がいるのだ。

「なかなかあきらめが悪い子なのよね。あんなふうで、母親になって大丈夫なのかしらね」

心配しているというよりも、どこか呆れた調子で克子がつぶやいた。

こんなふうに、克子は、ときおり菜穂を突き放して眺めるようなところがあった。世間では「一卵性親子」などと言われて、双子の姉妹のようにべったりと仲のいい母娘《おやこ》がいるようだが、克子と菜穂は互いをライバル視しているようなところがあった。克子は母親という立場で菜穂を支配しようとする。菜穂はずば抜けた審美眼で美術作品を手に入れ、母を凌駕《りょうが》しようとする。

「まあとにかく、是が非でも秋には東京に戻ってもらうよう、今回は話をつけなくちゃね。じゃなきゃ、こんな暑いさなかに会いにいく意味がないわよ」

一輝はもはや何も言わなかった。克子は、手にした扇子を、膝の上で、ぱちん、ぱちんと開いたり閉じたりして、弄《もてあそ》んでいた。


鷹野《たかの》せん宅の玄関先はしっとりと打ち水が撒《ま》かれ、踏み石を囲んで密集する苔《こけ》を青々と濡らしていた。

真昼の溶けてしまいそうな暑さだったが、鷹野家の敷地に入ったとたん、ひんやりと涼やかな空気にすり替わるのが不思議だった。

吉田山《よしだやま》のほうではツクツク法師が狂ったように鳴いている。表通りの車の騒音をかき消すほどの勢いだった。

「まあ、ずいぶん大きくなったわねえ、お腹《なか》」

玄関先へ朝子《あさこ》とともに迎えに出た菜穂をひと目見て、克子が言った。菜穂は、照れ笑いのような、どこか決まりの悪そうな笑みを浮かべて、

「だって、もう七ヶ月だもん。大きくなってくれなくちゃ困るでしょ」

と言った。

「順調なんだね」一輝が尋ねると、

「おかげさまで……」と、妙に他人行儀に応えた。

客間で、鷹野せんがふたりを迎えた。克子と一輝は、正座をして畳に低頭し、風呂敷《ほど》を解いて手土産を渡した。克子は、芝居がかっているほどに感謝の意を切々と伝えた。

「わたくしからお願いしたこととはいえ、まさかこんなに長々と娘がお世話になろうとは思いもよりませんでした。普通の身体ならまだしも、身重の娘をお預けしてしまって、さぞやご面倒をおかけしておりますでしょう」

「なんにも、面倒なことやあらしまへん」

いかにも鷹揚《おうよう》に、せんが言った。

「あては菜穂さんに書を教えさせてもろてますけどな。書ばっかりやない、菜穂さんは京のあれこれをようお勉強してはります。お若いのに、ご立派なことどす。我が家《うっとこ》も、菜穂さんが来てくれはってからは、えらい華やいで、楽しゅうおす」

思いやりのこもったせんの言葉を聞いて、一輝は安堵《あんど》した。が、克子は作り笑いを浮かべた。

「そうは言っていただきましても、これ以上はご厄介になりますのも、母親としては気が引けますわ。できるだけ早く東京へ帰らせますので、どうぞもうしばらくご辛抱くださいませ」

菜穂はうつむいたままで顔を上げない。よく磨かれた紫檀《したん》の座卓にさかさまに映っている顔には表情がなかった。

当たり障りのない話題で、四人はしばらく談笑していたが、タクシーが来たと朝子が告げた。せんは盆の法要があって出かけるという。皆で玄関先でせんを見送ってのち、克子が菜穂に言った。

「『青葉』の絵を見せてくれる？　あなたの部屋に飾っているのよね」

一輝と克子は菜穂に続いて書院の部屋に入った。そして、床の間に、青葉の小品ではなく、睡蓮《すいれん》の小さな絵が額に入れて飾られているのをみつけた。

紫がかった青い池にぽつぽつと花弁を開く睡蓮。みずみずしい真珠の粒のような花が日差しに輝いている。一見すると、油彩の作品のようにも見えるが、繊細な色の岩絵の具で緻密に描き込んでいるがゆえである。小さいながらも、ぐっと引きつける磁力がある。白根樹《しらねたつる》の筆だ、とすぐにわかった。

「あら、『青葉』じゃないのね」

克子が吸い寄せられるように床の間へ歩み寄った。一輝もその後ろに立って、隣の菜穂に言った。

「白根樹の新作だね、これは」

菜穂は黙ってうなずいた。そして、どこか挑戦的な口調で言った。

「ほかの人に取られちゃうまえに、買ったの」

克子が振り向いた。菜穂と目を合わせて、何か言いたげだったが、ぐっと飲み込んだ様子で「そう」とだけ言った。

「ちょうどいいわ。そのことで、あなたと話をしようと思って来たのよ。ちょっとそこへお座りなさい」

これはいきなり気まずい場面になったと、一輝は緊張した。席を外すべきかと考えたが、なりゆきを見守ったほうがよいと思い直して、菜穂とともに正座をした。

克子は床の間の睡蓮の絵を背にして座ると、

「あなたに相談せずにモネの『睡蓮』を売却したことは、悪かったと思っているわ。いまさらだけど……ごめんなさいね」

菜穂の目をみつめて、詫《わ》びた。一輝には、意外だった。あの子はいまの私たちが置かれている状況がちっともわかってないのよと、一輝には文句ばかり言っていたのに。

菜穂は何も言わずに、やはり無表情で視線を畳に落としていた。克子は続けて言った。

「でもね、仕方がなかったの。あなたの想像以上に、いま、パパの会社の財務状況が悪化しているのよ。一輝さんのところもそう。両方の会社を助けるためには、そうする必要があったの。わかってくれるわね」

やさしい口調ではあったが、わがままな娘に有無を言わせない強さがあった。菜穂は、畳の目を数えているかのように、ぴくりともせず、うつむいたままだ。

克子は娘の表情の変化を探るかのようだったが、眉も頰《ほお》も微動だにしない様子を確認して、小さくため息をついた。そして、さりげなく話題を切り替えた。

「そこに掛かってる『睡蓮』、買ったって、さっき言ってたわね。……新人のものだし、そのサイズなら、たいした金額じゃないかもしれないけど、いまは、たとえ十万円だって、私や一輝さんに無断で、必要のないものを買われるのは困るのよ。実際、美術館のほうだって、新収蔵品は買わない方針なのよ。それなのに……」

「違うわよ、ママ」

突然顔を上げて、菜穂がさえぎった。その声の明朗さに、一輝は、はっとした。

菜穂は不思議に力に満ちた目を母に向けていた。

「いま、ママが言ったことにはふたつ、間違いがある」

菜穂は、再び挑戦的な口調になって、言った。

「ひとつは、これは必要のないものじゃない。私には必要なものなの。それに、もうひとつ。これは、十万円の作品じゃないわ」

克子は、一瞬、黙り込んだ。が、すぐに「いくら払ったの」と尋ねた。菜穂はすんなりと答えた。

「百万円よ」

一輝は息をのんだ。

まったく無名の画家の、六号サイズの作品に支払う金額としては法外なものだった。克子は言葉をすっかりなくして固まってしまっている。

「それは……ずいぶん高値で買ったんだな。美《み》のやま画廊から買ったの？」

奇妙な寒気が背筋を走った。が、一輝は、できるだけ落ち着いた声で問いかけた。菜穂は、少女のような邪気のない素振りで首を横に振った。

「樹さんから、直接買ったの」

この作品を誰の目にも触れさせない。自分だけのものにしたい。

そうできるなら、百万円なんて安いものでしょう？　それだけの価値があるのよ、この作品には。

そう言って、菜穂は、不敵な笑みを浮かべたのだった。


翌日、五山の送り火を見るために、菜穂たちは北山《きたやま》にある瀬島《せじま》夫妻の知人、大妻《おおつま》直彦《なおひこ》別邸に招かれて、出かけていった。

大妻家は、京都屈指の老舗《しにせ》の呉服商で、三百余年の歴史を持つ。先代、当代の直彦、その息子、孫と、四代続いて祇園祭の「お稚児《ちご》さん」を務めたという名門である。本宅は下鴨《しもがも》神社の付近にあるのだが、「送り火を見る夏の家」として、また、お茶席や蒐集《しゅうしゅう》品を陳列する場所として、北山の別邸を持っている——と、瀬島美《み》幸《ゆき》が教えてくれた。

日本全体が不況にあえいでいる中で、いかに老舗企業だとて楽ではないはずなのだが、何があろうと三百年以上も続いてきた看板はそうやすやすと下げられるものではないと、一輝にしてみれば、京都の企業の底力が垣間見えた気がするのであった。

正臣《まさおみ》と美幸がタクシーで鷹野家に迎えにやってきた。鷹野せんは、「ご家族で行かはったら」と家に残ることになった。もう一台タクシーを呼んで、助手席に一輝が、後部座席に克子と菜穂が乗った。

克子はずっと不機嫌だった。もちろん、菜穂が自分になんの相談もなく「とんでもない買い物」をしたからである。一方、菜穂は何か清々《せいせい》した様子で、初めて見る送り火にはしゃいでいるようですらある。相反する母娘の様子が、一輝の目には奇妙に映った。

昨日、白根樹の「百万円の睡蓮」の一件で、すっかり気分を害した克子は、早々にホテルへと引き上げてしまった。一輝はどうするべきか戸惑ったが、自分は菜穂の部屋に泊めてもらうことになっていたし、いずれにしても、もっとよく菜穂の話を聞こうと、そのまま留まった。そして、いくらなんでも百万円は高すぎるのではないか、そんなことをしたら白根樹の師である志村照山《しむらしょうざん》の手前まずいだろうと、言ってみたのだが、

「いいの。この作品の価値は、私が決めたんだから」

実にあっさりと、そんなふうに応えた。

そして、「お願いがあるの」と、目を輝かせて、一輝の間近に顔を寄せてきた。

「たかむら画廊で樹さんの個展を開いてほしいの。同時に、有吉美術館でも展覧会

を企画するから」

思いがけない提案に、一輝は驚きを隠せなかった。

「そんな……無理だよ。あまりにも急すぎる」

「わかってる。いますぐじゃなくていいから。でも、一年以内がいいわ」

一輝は、思わず苦笑した。

「性急だよ。だいいち、彼女、そんな短期間じゃ作品制作が間に合わないじゃないか」

「あるのよ。もう、作品は」ぴしゃりと菜穂が言った。

「発表してないだけ。私、見せてもらったんだもの」

それから、一輝の目を一点に見据えて、言った。

「私、白根樹を、志村照山から引き離そうと思うの」

あまりにも思いがけない菜穂の言葉に、一輝は何も言えなくなってしまった。

菜穂の目、挑戦的で、どこか蠱惑《こわく》的なほど妖しく光る目は、いままでに見たことがなかった。まるで獲物を狙う女豹《めひょう》のまなざしだった。恐ろしくもあり、ぞくりとするほど美しくもあった。

一輝はすぐに悟った。いま、菜穂を説得しようとしても無理である。状況がよく見えないし、菜穂の心情はもっと見えない。白根樹とのあいだに何が起こったのかも定かではない。わかっているのは、菜穂が本気で白根樹を——彼女の作品ではなく、彼女自身を——「我がもの」にしようとしていること——。

美のやま画廊の社長、美濃山《みのやま》に偶然教えられた樹と照山との関係、そして樹が多川鳳声《がわほうせい》の遺児であること。それらの事実を菜穂は知っているのだろうか。

引き離す、と菜穂が言った意味の真意を問えぬまま、翌日を迎えたのだった。

むっつりと黙り込んだままの克子と、どうにか浴衣を着込んだ菜穂を伴って、一輝は大妻邸に到着した。

どんな日本家屋であろうと想像していたのだが、モダンな三階建ての建築で、その屋上で送り火を見るとのことだった。大妻夫妻が玄関で、瀬島夫妻、一輝たち一行を出迎えた。

「ようこそ、お暑い中おいでくださいました」

銀鼠《ぎんねず》の浴衣を小粋に着こなした大妻直彦がにこやかに挨拶をした。克子は急に笑顔を作り、

「有吉でございます。本日はお招きいただきまして、ありがとうございます」

そつなく挨拶を返した。一輝と菜穂はそれぞれに自己紹介して辞儀をした。

ふと、玄関先に、男物の桐の下駄と女物の下駄がきちんと並んでいるのが目に入った。

先客があるのだな、と思いながら、一輝たちは屋上へと導かれていった。

屋上は竹を植え込んだ小さな庭になっていた。目の前がぱっと開けて、京都の街の明かりが眼下に見えている。

視線を左に移すと、薄明るい夜空に黒い山影が浮かび上がっていた。そこに「大」というかたちの焔《ほむら》が妖しく揺れていた。

竹の近くに置かれた縁台に座っていたふたつの人影が立ち上がった。一輝は、目を凝らしてその人影を見た。

「これは、篁《たかむら》さん。またお目にかかれましたな」

そう声をかけてきた人物は、志村照山。そして、彼の背後に隠れるようにしてこちらを窺《うかが》っているのは、白根樹だった。

16 蛍

送り火を見るため、大妻直彦《おおつまなおひこ》別邸の屋上に次々に来客が到着しつつあった。二、三十人ほどだろうか、いずれも京都の名士ばかりである。

菜穂《なほ》は、一輝《かずき》、克子《かつこ》とともに、次々に大妻直彦に来客の紹介を受けた。道々のタクシーの中では不機嫌だった克子は、すっかり社交上手なマダムに戻っている。冷えたシャンパンを片手に、老舗《しにせ》企業の社長夫妻と談笑していた。

菜穂は一輝と一緒に、竹の植え込み近くに佇《たたず》んで、志村照山《しむらしょうざん》、そして白根樹《しらねたつる》と向き合っていた。

照山は薄雲鼠《うすくもねず》の麻の浴衣《ゆかた》に藍鉄《あいてつ》の帯を締めていた。隣に立つ樹は紺地に朝顔の涼しげな意匠の浴衣姿だった。薄闇の中、みずみずしく潤んだ瞳をじっとこちらに向けている。

「最近、ご商売はいかがですか。震災の影響なんぞはあったんですやろか」

シャンパンを飲み干して、照山が一輝に向かって訊《き》いた。一輝が、「ええ、まあ……」とあやふやに答える。

「この業界では、震災の影響があるなしはそれぞれでしょうが、うちはどちらかというと影響を受けたようですね。売上も落ちていますが……」

「いっときのことだと思います」と菜穂が口を挟んだ。

「たかむら画廊の顧客はどなたも本物の美術愛好家ばかりですから。震災がどうの、ということは、さして関係ありません」

そんなことを言えば一輝があわてるとわかっていて、菜穂は言わずにはいられなかった。最近の一輝の商売に対する及び腰がどうにも気に食わない。画家に対峙《たいじ》するときくらい虚勢を張らなくてどうするのだと、菜穂は密かに腹を立てていた。

一輝は何か言いたげではあったが、言葉にはせずに苦笑しただけだった。照山はふたりの様子を窺いながら、一輝に言う。

「私も、ここのところ東京にはあまりご縁がありませんで……まあ、美濃山《みのやま》さんがようしてくれてはりますし、こっちではあんじょうやっとりますが。東京のお人には、京都の画描きはさほどなじまへんゆうことでしょうかな」

照山は、東京で個展を開く機会がないとさかんに嘆いていた。せんだって、貴船《きぶね》の川床《かわどこ》の会へ瀬島《せじま》夫妻とともに赴いたときのことである。宵山《よいやま》の際には、瀬島邸に照山ひとりで現れたのだが、そのときには樹を伴って来ていた。

京都では照山は確かに大御所の部類に入るのだろうが、いかんせん、東京ではなかなか発表の場がないことに不満を抱いているようだった。それ以外にも、照山を苦しめるさまざまな負の連鎖が起こっているらしい。宮内庁から舞い込んだ注文も、実は震災後、緊急を要さない出費は避けてほしいという上からのお達しがあり、凍結されてしまったという。その一件を菜穂は美濃山に聞かされていた。宵山で不機嫌だったのはそのせいだったのかもしれないと、合点がいった。

照山は東京に活路を見出そうとしている。それが菜穂にはありありと感じられた。その足がかりとして、銀座の老舗であるたかむら画廊と、西洋・東洋美術のコレクターとして個人美術館を有している有吉《ありよし》家は、老獪《ろうかい》な画家にとっては好ましいターゲットであるに違いない。

照山は、菜穂が自分ではなく、白根樹のほうに大いに興味を持っていることを、もちろん察している。弟子——実は養女——を取り込みたいとあらば、そのまえに師である自分を通すべきだと言いたげなのだった。

「お宅さまは頼もしいことですな。今年の後半は、どんな作家のものを見せはるご予定ですか」

たかむら画廊の今後の予定に照山は興味津々《きょうみしんしん》のようである。一輝は少し言いよ

どんで、

「秋には羽根井《はねい》晃《あきら》先生の個展を予定しています。そのあとは……」

「来春までは内々決まっているんですが、まだはっきりと申し上げる段階ではないので」

菜穂は、また口を挟んだ。本当は、どんな企画を用意しているのか、あるいは何も決まっていないのか、菜穂自身は何も知らなかった。けれど、一輝のひと言次第では、照山に攻め入る隙を与えてしまうような気がしたのだ。

一輝は一瞬、神妙な顔をしたが、

「先生のほうの個展のご予定は、どのようになっているのですか」

さりげなく話題を変えた。

照山は、「まあ、そうですなあ……いろいろとありますんやが」ともったいぶった言い回しをして、

「関西では秋、冬と続けてあります。そのほかにも、方々から依頼された作品の仕上げにかかりっきりでして、まあ当面は忙しくしているようなことですわ」

虚勢を張っている、と思ったが、菜穂は、そうですか、と受け止めた。一輝も「ご活躍で、何よりですね」と当たり障りのない相づちを打った。

三人が白々《しらじら》しい会話を交わしているあいだ、白根樹は、薄闇の中に月のように白

い顔を浮かべて、唇を閉じたままだった。彼女が無言なのは、身体的にそうせざるを得ないからなのだが、こんなとき、しゃしゃり出て何かを言う必要のない樹が、菜穂はいっそうらやましかった。

樹は、意識的に誰の顔も見ないようにしているようだったが、ときおり濡れたように光る瞳をちらと菜穂のほうへ向けた。そして口の端をほんの少し緩めて微笑を浮かべるのだった。

「いい夜ですこと。日中の暑さが嘘《うそ》のようね」

ふと、背後で克子の声がした。シャンパングラスを片手に、菜穂と一輝に近づいてきたのだった。菜穂は感情のない声で、「先生。こちら、母です」と照山に向かって紹介をした。

「これはこれは、はじめまして。志村照山です。お目もじかないまして光栄です」

照山は少々おおげさに挨拶をした。克子は満足そうな目つきで照山を眺め、「有吉でございます。こちらこそ、お目にかかれまして光栄ですわ」と返した。

「娘が、いつもお世話になっておりまして……風流を気取って、京都で芸術の修業をしているつもりのようですの。この街には、志村先生のようなすばらしい先生がいらっしゃるわけですから、娘の気持ちもわからなくはありませんけれど……」

母の言葉に菜穂は胸中でうんざりした。歯の浮くようなお世辞を平気で口にすることができる。それが母の特性だった。

「いや、それにしても菜穂さんはお目が鋭い。私が描きました紅葉《もみじ》の小品を、何年もまえに買《こ》うていただいたと伺っとります」

「ええ、存じておりますわ。私も拝見しました。小品ではありますけれど、見事にあでやかな紅葉の絵でしたわね。まあこの子も、画家を見る目だけは確かなようで……」

「天下の目利き、有吉家のご令嬢ですからな。当然でしょう。お母さまの感性が娘さんにも受け継がれたんでしょうな」

「あら、お上手」

克子と照山は、歯の浮くような台詞《せりふ》をかけ合って、白々と笑い合っている。一輝は愛想笑いを顔に貼り付けて、何も口を挟めずにいる。菜穂はじりじりとして、樹に目配せをした。

――あっちへ行きましょう、樹さん。この人たち、うるさいから。

心の中で話しかけた。樹のきらめく瞳が菜穂をみつめ返す。

――動けないの、いまは。

その瞳がそう答えた気がした。

――どうして？

――だって、先生が……。

菜穂は、ふと、照山の手を見た。

右手はシャンパングラスを持っている。そして、左手は、隣に立っている樹の太もものあたりを、浴衣の上から触っていた。

絶対にそばを離れるなと、照山の手が語っている。突然、菜穂は、耳たぶまでかっと熱くなるのを感じた。

苦酸っぱい嫌悪感がこみ上げてきた。まるで自分が照山にいたぶられ、拘束されているような気がした。

照山の手は見えない鎖のようだった。おとなしく従順な飼い犬がふいに逃げ出さぬよう、縛り付けておく鎖。

「ところで先生、そちらの方は？」

克子が、樹にちらりと目線を送って尋ねた。菜穂は、はっとして我に返った。照山の手を振り払い、その場から樹とふたり、抜け出すことを想像していたのだ。

ああ、と照山は、まったく気のない様子で、

「内弟子の、白根樹です」

そっけなく言った。樹は、克子に向かって小さく頭を下げた。

「あら、あなたが……」

克子は無遠慮に樹を眺め回した。菜穂は、いたたまれないような気持ちになった。母が余計なことを口にする予感が走った。

「拝見しましたわ。『睡蓮《すいれん》』の新作。小さな作品ですけれど、魅力的な……」

照山が、「小さな作品？」とすぐさま訊き返した。

「それは、初耳ですな。新作ゆうても、宵山からこっちは、樹はどこにも作品を出しとりませんが……」

「あら、そうですの」

克子が、しれっと言った。そして、菜穂を横目で見遣《みや》ってから、

「失礼しました。わたくしの思い違いでしたわ」

そう言って、何気なさそうに笑った。

樹の白い顔からは表情が消えていた。菜穂は、樹の顔をみつめるうちに、いつしか鏡を覗き込んでいるような気分になった。

樹の背後に黒々とした如意ヶ嶽《にょいがたけ》、その闇の中に、「大」の一文字がちらちらと浮かび上がっていた。

瀬島夫妻とともに貴船の川床料理店に行った際、瀬島夫妻の客人として、志村照

山と白根樹も招かれていた。送り火を見た十日ほどまえのことである。

宵山の折、瀬島家の「屏風祭《びょうぶまつり》」に樹が描いた「睡蓮」の屏風を提供してくれた礼というのが、招待の名目だった。

肝心の宵山のときには、ついに樹は現れなかった。照山だけがやってきて、客人に囲まれていたのだった。

瀬島家での展示を演出した菜穂にしてみれば、樹が姿を現さなかったことにひどく意気消沈した。照山が樹の前に立ちはだかって、表に出すまいとしているのではないかとうすうす感じ取ってはいたものの、そのときにはまだ、樹が照山の養女であるとは夢にも思い描かなかった。

もっとも、樹と師である照山のあいだには他者には簡単に立ち入れない空気があることには気づいていた。

男女の仲であるかというと、そういう感じでもない。もっと何か、異様な空気である。いってみれば、「支配するもの」と「されるもの」というような……。

宵山後にはしばらく連絡がつかなかった樹だったが、ようやく会えると知って、菜穂は喜んで貴船へ出かけていった。そしてその道中で、瀬島正臣《まさおみ》に、実は樹は照山の養女であると知らされたのだった。

しかも、彼女の実父は、京都画壇の風雲児、夭折《ようせつ》の画家・多川鳳声《たがわほうせい》。生前は、志村照山のライバルであった。

照山は院展などにたびたび出展していたのに対して、鳳声は公的な展覧会には一切出展せず、それでいて竹内栖鳳《たけうちせいほう》の再来との呼び声も高く、数多くの美術愛好家に支持されていた。何かにつけて比較されていたふたりであったが、照山は鳳声の後塵《こうじん》を拝す位置にあるというのが一般的な見方であった。

そのライバルの遺児を照山が引き取ったとは。

菜穂の中で、もやもやとしてつながらなかった符号がようやく合致した。樹に対する支配者然とした照山の態度。ライバルの遺児を養育することで、ついに打ち勝ったような気分でいるのだ――というのは、穿《うが》った見方かもしれないが。

照山は、樹が天分の画才を有していることを認めまいとしているようにも見える。菜穂の樹への急接近を、当然、快く思っていないだろう。しかし屏風祭に「睡蓮」の大作を出展することを許諾した。加えて、川床にも樹と連れ立ってやってきた。その理由は、ただひとつ。照山は、樹を足場に東京進出を図っているのだ。

照山は、自分を――いや、正確にいえば、自分の背後にあるたかむら画廊と有吉家の財力を狙っているのだ。

瀬島夫妻が予約をしていた貴船の料理屋は、日本家屋の店舗の真向かいを流れている貴船川に川床をしつらえていた。貴船の川床は、まさしく渓流の真上に支柱を組んで板を張り、座敷をしつらえる。さわやかな音を立てて清流が座敷の真下を流れていき、しぶきがかかりそうなほど水面が近い。座敷の上には紅葉の青葉が屋根を作り、蚊遣《かや》り線香の細い煙がそのあいだをゆらゆらとくぐっていく。

照山は樹を伴って、菜穂たち一行を待ち構えていた。樹は麻の白いワンピースを着て、青柳の精のように、しんと静まり返っていた。

瀬島夫妻と菜穂とは、会ってすぐに照山と樹の両方に宵山の礼を述べたものの、そのあとはあの「睡蓮」について、あるいは樹自身の創作について、話題をふることはしなかった。

瀬島夫妻は芸術家をもてなすのもそつがなく、和やかな会話で食事が進んだ。菜穂は何かと照山に話しかけられて、愛想笑いで相づちを打つものの、樹の様子が気になって仕方がなかった。

話すことがかなわない樹は、終始微笑を浮かべているばかりだったが、その場を楽しんでいるわけではないのが一目瞭然であった。そういう癖がついているのだと菜穂にはわかった。照山の隣にあっては、ただただ微笑んでいるに限る、という癖が。

食事がひと通りすんだところで、菜穂はおもむろに席を立った。

「ちょっと失礼します。お腹《なか》がきつくて……」と美幸《みゆき》にひと声かけた。

「大丈夫？　中のテーブル席に移りましょか」

美幸が言うと、

「ええ、ちょっとひとりであちらへ行っています。大丈夫ですから」

座敷の上がり口に揃えたサンダルを履いて、通り向かいの店内へと向かおうとしたが、ふと、川面《かわも》にちらちらと光るものをみつけて、吸い寄せられるように川縁《かわべり》へと歩み寄った。

青白く光るのは、蛍《ほたる》であった。菜穂は、生まれてこのかた、野生の蛍など見たことがなかったので、最初は何かわからず訝《いぶか》しんだが、ぼうっと明滅する光をじっと見据えて、これは蛍ではないかと気がついた。

光は薄明るい闇の中の方々で点《とも》っては消え、点っては消えしている。あたりは渓流の流れる音と、日が落ちても懸命に鳴く蟬《せみ》の声が充ち満ちていた。

菜穂はそのまま、無心で蛍の光に見入っていたが、ふいに背後に人の気配を感じた。振り向くと、白根樹が立っていた。薄闇の中で、瞳を青白く輝かせ、菜穂をみつめている。

背筋がぞくりと蠢《うごめ》くのを感じた。樹が妙に透き通って見える。物《もの》の怪《け》じみた美しさだった。

菜穂は何か言おうとして、なぜだか言葉がうまく出てこなかった。樹は菜穂から目を離さずに、白いワンピースのポケットから、スマートフォンを取り出した。それから、それを指差して見せた。

「……私に、メールを送ったの？」

菜穂が尋ねると、樹がそっとうなずいた。菜穂も、ワンピースのポケットからスマートフォンを取り出した。画面がまぶしく点り、「メール受信」の通知が浮かび上がった。

五分まえに樹からメールがきている。菜穂は、指先で画面に触れて、そのメールを開けた。

助けて

菜穂は顔を上げて樹を見た。能面のように表情のない白い顔が一心に菜穂をみつめている。

「どういう意味？」

菜穂は不安を覚えて問いかけた。

樹は手の中のスマートフォンに指を走らせた。数秒後、菜穂のスマートフォンがメール受信の音を鳴らした。

もっと描きたい　自由に

菜穂は画面にしばらく視線を落としていた。それから、もう一度、樹を見た。樹の周りに、宵闇が色濃く立ち上っていた。その背後で蛍が妖《あや》しく明滅していた。

17　残暑

九月に入っても、東京はうだるような残暑が続いていた。

関東一円は春先の大震災の影響で電力不足の危機に直面した夏だった。電力を使いすぎると大停電が起こる可能性が高まる。各企業はもちろんのこと、各家庭にも省エネの意識を徹底してほしいと、政府が必死になって訴えていた。国民はこれによく応え、特に騒ぎにもならずに、どうにか夏を過ごし得た。

結果的に停電を招くこともなかった。原発がなくてもじゅうぶんやっていけると、原発に懐疑的な人々は、いよいよ原子力政策を見直すべきだとの見方を強くする夏となった。

一輝《かずき》にとっては、ことさらに厳しい夏だった。

妻と離ればなれで味気ない生活になってしまったことに加え、たかむら画廊の売上は伸び悩んだままだった。即時倒産の危機は脱したものの、このままでいくと、いずれ閉廊に追い込まれる可能性があった。

銀座の一等地に店を開き続けることは、老舗《しにせ》画廊としての最後のこだわりであり、矜持《きょうじ》でもあったが、そうとばかりも言っていられないような雰囲気が漂い始めていた。

社長である父と、専務である自分の給与は二割カットされ、夏のボーナスも支給されなかった。アルバイトのスタッフも解雇された。たかむら画廊は徹底的なリストラを敢行し、財務状況を見直さなければ、もはや立ち行かない状況になりつつあった。

そんな中、一輝としては、身重の妻をいつまでも京都で遊ばせているわけにはいかない。早々に帰宅してもらって、会社の状況をきちんと説明し、家計の見直しも図るように協力を求めなければならない。

裕福な家庭に生まれ育った菜穂《なほ》が無駄な出費を抑える努力をするものかどうか、疑わしくはあったが、いつまでも現状を認識せずに浮世離れした暮らしを楽しんでいる場合でもない。克子《かつこ》によれば、菜穂の実家も業績がかなり悪化していて、なんら楽観視できないということだ。

いずれにせよ、菜穂が京都から引き上げる潮時だろう。

遅くとも秋には帰京するように説得するつもりで、一輝は送り火を見に出かけた。しかしながら、結局、ろくな説得ができなかった。菜穂の京都への執着は一輝の想像をはるかに超えていたからである。

「原発事故後の東京の空気が胎児に影響を与えるから」という一時的避難をするにあたっての当初の理由は、もはや機能していない。

菜穂は、とにかく京都にいたいのだ。家庭とか出産とかは二の次である。京都に対する異様なほどの執着が頑として菜穂を帰京に向かわせないのだと、一輝は悟った。

京都への執着――それはつまり、未だ誰も見出《みいだ》していない画家、「白根樹《しらねたつる》」という美の化身への執着でもあった。

菜穂と樹、ふたりのあいだに何が起こったのか、あるいは何も起こらなかったのか、わからない。しかし、ふたりのあいだには、一輝が立ち入ることのできないような不可思議な結びつきが生まれているように思えてならなかった。

友情というのとは違う。かといって、同性愛的なものでもない。もっと抽象的な――支配欲の表れ、とでもいえばよいのだろうか、自分が見出した「美」を我がものにし、他者にひけらかしつつも、誰にも譲らない――樹に対するエゴイスティックな女王のごとき欲望が菜穂の中に生まれているような気配があった。

樹は、静謐《せいひつ》で豊かな美を秘めた女であった。木綿の無垢《むく》ではない。白絹である。

天然の素養を備え、絢爛《けんらん》たる織物に仕上がる可能性が彼女にはある。その可能性にこそ、菜穂は鋭く反応しているのだ。

一輝は、菜穂がそれほどまでに執着する白根樹という器にいっそ新たに興味が湧いた。

送り火を見るために京都の名士の別邸に集まった際、樹も、師であり義父である志村照山《しむらしょうざん》に連れられてやってきた。妖《あや》しい光を宿した瞳を一心に菜穂に向けていた。菜穂も、何も言わずに彼女の目をみつめ返していた。ふたりのまなざしの交差は何人《なんぴと》にも理解不能な会話のようでもあった。

それにしても白根樹は目を引く存在であった。朝顔の浴衣《ゆかた》を着たすんなりとした立ち姿も、涼しげに結い上げた黒髪も、薄ら明るい闇の中できらめくみずみずしい瞳も――彼女の容姿と佇《たたず》まいが周囲の関心を引き寄せ、また、言葉を発することができないということも重なって、彼女という存在を妖しく際立たせていた。

志村照山が、樹に対してなかなか発表の機会を与えないのは、師として厳しく弟子を律しているから、というような単純な理由ではないだろう。天賦《てんぷ》の才を持っていたかつてのライバルの遺児。師として、義父として、男として、また、ひとりの画家として、屈折した目で彼女を見ているに違いない。

その志村照山から樹を引き離す――と菜穂は言った。言ったというよりも、宣言に近かった。

照山のそばにいてはいつまで経っても才能を完全に開花させるのは難しいと、菜穂は踏んだのだろう。引き離す、というのは、精神的にという意味か、物理的にということなのか。

菜穂に問えば、そのどちらも、と答えるような気がした。

照山から独立させるためのステップとして、菜穂はたかむら画廊と有吉《ありよし》美術館で、白根樹の個展を同時開催するというアイデアを持ち出した。

お義父《とう》さまにこのアイデアを伝えてくれる？　私からも連絡するから。

菜穂は真剣に検討を迫った。一輝は驚きを隠せなかった。

菜穂の提案は常軌を逸している気がした。たかむら画廊も有吉美術館も、ぽっと出の新人の個展など、まず開いたことがない。画廊と美術館という立ち位置の違いはあれど、きわめて保守的なのである。両方とも、取り上げる画家の格式と定評を重んじることでは一致しているのだ。

それは……難しいと思うよ。院展にも日展にも入賞もしていない画家を、うちも有吉美術館も、そうそうは取り上げないじゃないか。いくら才能があるとはいっても、いきなりうちからデビューというのは、ちょっと……。

一輝の及び腰な様子に、菜穂は険しい顔つきになった。

そう。だったらいいわ。美濃山《みのやま》さんと、立志堂《りつしどう》美術館の保坂《ほさか》館長に相談して、京都でデビューさせるから。そうね、きっとそのほうがいいわ。そうすれば私、東京に帰らなくてすむもの。

菜穂が言い放ったので、一輝は一瞬、言葉を失ってしまった。

美濃山は樹の作品を最初にみつけた人物であり、立志堂美術館は竹内栖鳳《たけうちせいほう》や樹の父・多川鳳声《たがわほうせい》の作品を数多く所蔵する京都の個人美術館である。その両方で樹がデビューできればおそらく最善であろうが、京都でそんなことを仕掛けようとしてもうまくいくはずがない。

美濃山も立志堂美術館の館長も、志村照山との関係の悪化を恐れて、樹に手出しができないだろう。何より、それが実現してしまったら、樹自身が京都で暮らしていけなくなる。照山の目が黒いうちは、京都画壇で成功することなど、まずあり得ないだろう。

しかし、それより何より、一輝は、東京に帰らなくてすむ、というひと言に戸惑いを隠せなかった。

さらには、自分の存在が完全に無視されている気がして、無性に腹が立ってきた。一輝は、いままでにないほど声を荒らげて言った。

何を言ってるんだよ、君は？　東京へ帰ってこないほうがいいって言うのか？

僕らの家は東京にあるんだぞ。君が勤めてる美術館だってそうだ。……君は、お腹《なか》の子供の父親である僕を無視して、京都でひとりでその子を産んで育てるつもりなのか？

菜穂の顔からは色が失《う》せていた。いままで一度たりともそんなに激しい口調で夫に責められたことがなかったからか、菜穂は見る見る意気消沈していった。

彼女の白い顔に重苦しい雲がかかるのを認めて、一輝は、はっとした。

ごめん。言いすぎた。でも、僕は……君に早く帰ってきてほしくて……。ただ、それだけなんだ。

すぐに詫《わ》びた。が、菜穂は、暗い表情のままだった。固く唇を結んで、もう何も言わなかった。

残暑が続く九月初めの週末、一輝は、父の智昭《ともあき》とともに、田園調布にある有吉家に招かれて出かけていった。

菜穂と結婚してから、盆や正月など、たまに夫婦揃《そろ》って出かけていたが、菜穂が不在のあいだに、自分の父とともに招かれるのは初めてだった。

もとより、菜穂の父・有吉喜一《よしかず》は、たかむら画廊の顧客であったし、母の克子とは智昭も一輝も頻繁《ひんぱん》に交流しているのは言うまでもない。会うこと自体は珍しいことではないが、「菜穂抜きで」四人で会う場をセットされた――しかも有吉家側の希望で――ということに、一輝は言いがたく不穏な予感を募らせた。

菜穂の実家は田園調布の中でも古くからの邸宅が軒を連ねる一角にあり、瀟洒《しょうしゃ》な洋風の戸建てで、昔ながらの「屋敷」と呼ぶにふさわしい風情が漂う家であった。手入れの行き届いた芝生の庭にはバラがこんもりと植えられており、つるバラで飾られたテラスもある。野草なども取り入れたイギリス式庭園よりは、管理されたフランス式庭園を好む克子の趣味で造られた庭だ。

その庭に向かって大きな開口部のあるリビングで、一輝は父とともに有吉夫妻に向き合っていた。

「菜穂がずいぶんと長いあいだ京都へ行ったきりで、一輝君にはご不便をかけますね」

有吉喜一は、ワイングラスを片手に、企業のオーナー社長らしく恰幅のいい身体をソファに預けていた。グラスの中には智昭が手土産に持参したブルゴーニュ産特級《グラン・クリュ》の赤ワインが揺れている。運転をしなければならない一輝は、ペリエの入ったグラスを口にして、「いえいえ、不便なんてことは……」と恐縮した。

「まあ、こいつも寂しいでしょうが、いっときのことですからね。子供が生まれたらサポートしなければならんでしょうし、それまでのあいだということで、もうしばらくは仕事に集中してもらいます」

　智昭がそつなく返した。

「そうですわね。『睡蓮《すいれん》』も売ってくださったし……あの一件は、ほんとうに一輝さんのお手柄だわね」

　喜一の隣の克子が、じっとりとした目線を一輝に送りながら言った。一輝はその視線から逃れるようにして、

「いや……こちらこそ、ご協力いただきまして。おかげさまで大変いい取引ができました」

　喜一のほうを向いて、極力にこやかにそう言った。

「うちは弱小個人美術館ですからね。あんな名作を持っていたところで、宝の持ち腐れだろうから……まあ、いい時期に処分できたと満足してますよ」

　喜一が何気なく応えた。

「処分」という言葉に、一輝はふいに嫌悪感を感じたが、それは顔に出さずに、

「それは何よりです」とだけ返しておいた。

「私たちでお役に立てることがありましたら、いつでもお声がけくだされば、喜んでお手伝いさせていただきます」

智昭が言った。

有吉邸におれとお前と揃って招かれるということは、何か大物が出てくるかもしれないぞ。車で向かう道中、智昭がつぶやいていた。有吉不動産の経営状況が悪化しているだけに、父のつぶやきは現実味を帯びていた。

「睡蓮」の一件が一輝の脳裡をかすめた。

もしまた、似たようなことが起こったとしたら――菜穂の悲嘆はどれほどのものだろうか。

喜一は、手にしていたワイングラスをガラスのテーブルの上に置くと、

「実は、折り入って相談がありましてね……」

そう切り出した。

「うちの美術館を、閉めようと思うんです」

思いがけない言葉に、一輝は耳を疑った。

――美術館を閉める？

「それは、どういう……」

思わず訊き返すと、

「文字通りですよ。美術館を閉館する、もうあきらめたということです」

喜一が平然と言った。

一輝はつなぐ言葉を探して、克子を見た。克子は表情のない顔で、テーブルの上のワイングラスに視線を落としている。

——まさか。

じゃあ、菜穂はどうなるんだ。

菜穂が帰ってくる場所が、なくなってしまうじゃないか。

現在産休中の菜穂は、そう遠くないうちに専属のベビーシッターを雇って、美術館の副館長兼学芸員として復職するつもりでいた。

いまでこそ京都に固執している菜穂ではあるが、それはいっときのことだろうと一輝が心のどこかで思っていたのは、東京には家庭があるからとか、出産するからとか、そういうことより何より、有吉美術館があるからだった。

東京には菜穂が愛してやまない美術館があり、子供の頃から親しんだコレクションがある。だから、どんなに京都に魅入られようと帰ってくる。そう信じていたのだ。

「それは……突然ですね。もう、決定されたことなのですか」

智昭もさすがに驚いて、そう尋ねた。喜一は「そうです。決定です」と無慈悲な声で答えた。

「お宅はうちの親戚でもあるわけだし、今日は包み隠さずに話すつもりですが……

いまから話す件は、ご内密にお願いできますか」

そう前置きして、喜一は話し始めた。

有吉不動産の財務状況がかなり深刻な状態に陥っている。今年度の決算の結果次第では、自分は社長職を退かざるを得ないというところまできている。

銀行からも大幅なリストラ断行を進言されており、ボーナスカットや人員削減、所有不動産の売却などを進めてはいるが、まだ生温《なまぬる》いと言われる始末である。

所有財産の売却を急ぐようにと銀行にはせっつかれている。その筆頭が父の代から蒐集《しゅうしゅう》してきた美術品の数々である。かくなるうえは、美術館を閉館し、常設展示していた作品を可能な限り売却したい。

もとより、年間数億円もランニングコストのかかる美術館をいつまでも維持していては、リストラを強《し》いられている社員の手前、いかにもまずい。実際、美術館を手放してしまえば、会社としても楽になる。

美術館の運営形態は一般財団法人だが、土地建物、所蔵品のすべては、有吉不動産の所有となっており、それを財団に貸与するかたちになっている。閉館については、財団の理事会メンバーにも内々に承諾を得ている――。

「残念ではありますが……うちも、ついに進退窮《きわ》まったということです」

喜一は、お手上げだ、というように、ため息をついた。

「そんなわけで、お宅のご協力を賜りたい。よろしいですか」

一輝は岩のように固まって動かなかった。脳裡には、菜穂の悲しげな顔が浮かんでいた。

「睡蓮」の一件で、菜穂は相当落胆したはずだ。そして、今回もまた、菜穂不在で話が進んでしまっている。

自分の知らないうちに、美術館の閉館が決まってしまったら——菜穂は、いったい、どうなるのだ？

「作品の売却の一切を、弊社にお任せいただけるのですか」

智昭が色めきたった。

有吉美術館には、古今東西の名物、良作が数百点も所蔵されている。すべての売却が決まれば相当な売上高になる。たかむら画廊としては、業績を挽回するまたとないチャンスである。

「ええ、もちろんそのつもりです。できれば、あまり騒ぎにならないようにお願いしたい。複数の画商に依頼すれば、何かとうるさいでしょうからな」

喜一が落ち着き払って言った。そして、隣の克子に目配せした。

克子は無表情のまま、足下に置いてあったエルメスのバーキンの中から、美術館の収蔵品カタログを取り出した。それをテーブルの上に置いて、

「これが去年の年度末に作った最新の目録です」

無感情な声で言った。さっそく智昭が手に取ろうとすると、

「ちょっと待ってください」

一輝が声を放った。三人は、はっとしたように一輝のほうへ顔を向けた。

「菜穂は、どうなるんですか。菜穂の意見は聞かれたのですか」

「あの子のことは、もういいのよ」

克子が憮然《ぶぜん》とした顔つきで返した。

「せんだって、あなたと一緒に京都へ行ったときに、このこともちゃんと話そうと思ったのよ。それなのにあの子ったら、勝手なことばかりして……無名の画家のどうってことないちっぽけな作品に、大金払ったりしていたじゃないの。ちっともわかってないんだから……主人にも話して、もう菜穂のことは放っておこうと決めたのよ」

一輝はむっとした。

まるで縁切りでもするような言い方だ。これが母親の言葉だろうか。

「菜穂は有吉美術館の副館長ですし、学芸部門のまとめ役です。彼女の意見を聞かずに本件を進めることは……できかねます」

克子はじろりと一輝を見た。

——あの子に相談せずに「睡蓮」の売却を持ちかけたのは、あなたじゃないの。

冷たい視線がそう言っているようだった。一輝はいたたまれない気持ちになった。

「……まあ、とにかく。娘に相談しようとしまいと、本件はもう決定事項なのでね」

喜一が言った。

「君が菜穂を思いやってくれるのはありがたいが……君のところも家族が増えることだし、何かと物入りだろう。売却を進めて、その足しにしてもらったほうが、親としても安心だからね」

微妙な言い回しではあったが、要するに、いつまでも菜穂を遊ばせておくな、うちもそっちもそんな余裕はもうないのだ——ということのようだ。一輝は、口を結んで、うつむいた。

——なんと冷たい親子関係なのだろうか。

喜一も克子も、菜穂の感情は二の次なのだ。出産を控えていっそう多感になっている娘の心身を思いやる余裕すらも、いまのふたりにはないのだろうか。

「そういうわけで、一輝さん。美術館を閉めることは、あなたから菜穂に伝えてくださる？　——そのくらいのことはしていただけるわよね？」

克子の問いかけに、一輝は答えなかった。

テーブルの上に置かれた目録の表紙にあの「睡蓮」の絵があった。モネの筆による傑作。つい先頃まで、有吉美術館の至宝であった作品。

あの「睡蓮」に、もう二度と、会えないの——。

悲しそうな菜穂の顔が、「睡蓮」の図版の中に浮かんだ。そこに、ふと、白根樹が——睡蓮の花のように白い顔が重なった。ふたつの女の顔は、重なり合ったまま、暗い池の中に消えた。

18 焔《ほむら》

桂川《かつらがわ》の上に架かる渡月橋《とげつきょう》の真ん中で、菜穂《なほ》は白いパラソルを広げて佇《たたず》んでいた。

夕暮れである。中之島《なかのしま》の松に留まっているのか、ゆく夏をなごり惜しむかのように、ツクツク法師が鳴いている。

嵐電《らんでん》の終点、嵐山《あらしやま》駅で電車を降りて南へ少し下ると、ゆったりとした橋が見えてくる。桂川を跨《また》いで、西に嵐山の渓谷、東に遠く京都市街を望む橋の上で、菜穂は小さく深呼吸をした。

渡月橋とは、いかにも美しい名前の橋である。夕べにこの橋に佇めば、頭上高く月が浮かんで見えるのだろうか。

その日、中秋の名月が夜空に浮かぶ日であった。

いま視界にあるのは、強い西日に照りつけられて少し疲れたように見える嵐山の緑とさんざめく川面《かわも》ばかりだ。

菜穂は、手持ち無沙汰《ぶさた》に、ふと、北大路魯山人《きたおおじろさんじん》の逸話を思い出した。

美と美食の巨匠であった魯山人は、自身が経営していた永田町の料亭「星岡茶寮《ほしがおかさりょう》」で提供する鮎《あゆ》料理には桂川上流で獲れた鮎をわざわざ汽車で取り寄せていたとかいう話を、何かの本で読んだことがある。

魯山人がそれほどまでに固執した桂川の鮎を、京都にいるあいだに是非にも食べてみたいと思っていたのだが、なんだかんだしているうちに、すっかり時季を逃してしまった。

京の夏の風物詩、鱧《はも》や賀茂茄子《かもなす》は食べたし、貴船《きぶね》の川床《かわどこ》料理も堪能《たんのう》したけれど、桂川の鮎ばかりを逃してしまったのが、急に悔やまれた。仕方がない、来年こそは——と思いかけて、ふいに、心に霞《かすみ》がかかるのを感じた。

次の夏が巡りくる頃、私は果たして、この街にいるのだろうか？

来年の夏のことを思いながら、去年の夏のことを思い出す。何もかもが、この夏とは違っていた。

一輝《かずき》とともに、軽井沢の有吉《ありよし》の別荘へ出かけた。避暑地にある美術館に行き、近隣に別荘を持つ裕福な人々——企業のオーナーや、美術蒐集家《しゅうしゅうか》や、小説家もいた——と、毎日ランチに出かけたり、ホームパーティーに招き合ったり……。有吉美術館で秋に始まる展覧会の準備にも精を出していた。紀ノ国屋《きのくにや》へ車で出かけて、食材を調達し、フィナンシェを焼いたり……。オープニングレセプションのための新しいワンピースを買いに、東京ミッドタウンへ行ったり……。

そうだ。あの頃はまだ、日本中の原発が「正常に」動いていた。東京の人々は、自分たちが無尽蔵に使う電力がはるかな東北方面から送られてきていることを、微《み》塵《じん》も意識したことなどない。自分も、もちろん、そのひとりだった。

あの大震災で、あの事故で、何もかもが変わった。

あの夏が、ほんの一年まえの夏が、あでやかな奇跡に思えるほど、世の中は一変してしまった。少なくとも、自分が中心になって生きてきたこの世界は。

いまの自分が呼吸をしているこの世界は、いったい、どうなってしまったのだろう。

自分の中にはもうひとつの命がある。まもなく、この子供が生まれてくる。その瞬間から、私は別の性を生きるのだ。母親という、まったく別の性を。

自分と家族のあいだには、奇妙な距離が——いや、もはや、決定的な溝ができてしまった。一輝とも、父とも、母とも、以前のように自然に笑い合ったり、甘えたり、話しかけたり、容易にできないような目に見えぬ膜《まく》が介在している。破れそうで簡単には破れない。自分はもはや、この膜を意識せずには彼らと接触することはできない。愛していないわけじゃないし、頼りにせずには立ち行かないこともわかっていた。

けれど、いまはもう、違う。

つい一週間まえに、一輝からの電話を受けて、何もかもが一変したのだ。目には見えなかったこの隔たりは、気が遠くなるほど厚く硬い壁になり、もはや超えられないと悟ってしまった。

自分の中に宿った憎悪にも似た焔を、いったいどうしたらいいのか——。

肩先に触れる指があって、菜穂は、はっと顔を上げた。

振り向くと、樹《たつる》が立っている。黒いレースの日傘をさして、紺色の長袖のワンピースを着ている。涼やかな風が一瞬、立ち上って、甘やかな花の香りが菜穂の鼻腔をくすぐった。

「樹さん。もう、秋の装いね。キンモクセイの匂いがする」

秋物のワンピースは、クローゼットの中で衣類用の香りと一緒に眠っていたのだろう。樹がやってくるまで、ずっと緊張していた菜穂だったが、さわやかな香りでようやくほっと気が緩んだ。

菜穂の言葉に、樹は微笑を浮かべた。

「どう、制作は？　捗《はかど》っている？」

菜穂の問いに、樹は、人差し指と親指のあいだに微妙な隙間を作ってみせた。

『少し』ということのようだ。

「そう……」

菜穂の声がかすかに曇った。樹は、下げていたバッグからスマートフォンを取り出して、画面に指を走らせた。

菜穂のバッグの中のスマートフォンが着信の音を鳴らした。樹からのメールが届いている。

いつも先生が見張ってるみたいで

菜穂は顔を上げて樹を見た。訴えるようなまなざしで樹がみつめ返している。

「それでも、どうにか描いてるのね？」

また、メールがきた。

描いてる　それぱかりは先生も止められないから

「そう。でも、ご機嫌悪いんでしょう?」

ええ　とても

「今日も、家にいらっしゃるのね」

樹がうなずいた。

息が詰まりそう

「出てくるときは、どこに行くんだとか、うるさく訊かれないの?」

目を盗んで　勝手に出ちゃうから　いいの

でも　あとから　ひどいことされるけど

「ひどいこと?」

樹はうなずいた。

「どんなこと?　よかったら、教えてくれない?」

頭を横に振る。

教えられない　とても

そして、細い首の周りに、右手の指をそっと重ねた。

菜穂は、目を凝らして樹の白い首の周りを見た。うっすらと、紫色に肌が変色している。

気のせいかと思って、菜穂は樹のほうへ身体をぐっと寄せた。その拍子に、白と黒のパラソルがぶつかり合って、やわらかく反発した。

「ねえ。首、どうかしたの？」

首筋をみつめながら、菜穂が問うた。樹は目線をつま先に落としていたが、またスマートフォンの画面を指で叩いた。

別に　どうもしない

「嘘《うそ》。痣《あざ》ができてるじゃない。まるで……」

菜穂は、樹がかばうように白い指で痣を隠すのをみつめて言った。

「まるで、首を絞められたみたいに」

樹は妖《あや》しい光をたたえた瞳で菜穂を見た。氷のように冷たく澄んだ瞳の奥に何ごとかを訴えかけるような切実な色があった。

そのとき、樹の左手の中にあったスマートフォンが震えた。画面に視線を落としてから、樹は、それを菜穂に向かって差し出した。

画面にはたったいま届いたメッセージが表示してあった。

先生が観月会へお出かけにならはりました。夜半まで戻って来はりません。重松
志村照山《しむらしょうざん》邸に通いで勤務している家政婦の重松《しげまつ》やよいからだった。

菜穂は黙って樹の目を見た。樹は、ふいと菜穂に背中を向けると、橋の上を家のある方角に向かって歩き始めた。樹の影を細長く延ばして、背面から西日が照りつけている。

菜穂は、黙って、橋の上を遠ざかる薄い背中についていった。

三日まえ、やはり白い日傘をさして、菜穂は新門前通《しんもんぜんどおり》にある美《み》のやま画廊へ出かけていった。

九月になって、朝夕は多少過ごしやすくなってきたものの、日中の日差しはまだ夏の強さが残っていた。

「ようこそ、菜穂さん。しばらくぶりで。お加減はいかがですか」

画廊主の美濃山《みのやま》は、愛想のいい顔で菜穂を気遣った。「おかげさまで」と、菜穂も愛想よく返した。

ふたりは、あの「青葉」の小品が掛かっていた奥の応接室に座った。女性スタッフが濃茶《こいちゃ》を漆《うるし》の盆に載せて運んできた。夏のあいだはなかなか熱い飲み物を口に入れる気持ちになれなかったが、ひさしぶりに口にした濃茶で、菜穂はふいに目が覚める思いがした。

「ご予定日はいつでしたか」

美濃山が訊いた。

「十一月十日です」

菜穂が答えると、

「そうですか。ほな、二ヶ月ちゅうとこですな。しっかり養生なさってください。ご主人も、ご両親も、さぞかし楽しみにしてはることでしょう」

いかにも慇懃《いんぎん》に、美濃山が話題を作った。が、菜穂はそれには答えずに、

「今日は、折り入ってご相談がありまして、お邪魔しました」

まっすぐに向き合って言った。美濃山は、清水焼の茶碗をテーブルの上に置いて姿勢を正した。

「菜穂さんが『折り入って』とおっしゃるとなると、たいそうなことでっしゃろな」

笑いを誘うように言ったが、菜穂は笑わなかった。

「白根《しらね》樹の個展を、こちらでなさいませんか」

なんの前置きもなく提案されて、美濃山は身体を硬くした。

「白根さんの？　それはまた、どういう……」

そこで、菜穂はようやくかすかな笑みを口元に寄せた。不敵な微笑であった。

「彼女はいま、大作に取り組んでいます。筆のペースは想像を絶する速さです」

「大作……」

美濃山が、興味の窓をほんの少し開けた。

「いかほどの大きさで」

「六曲です」

「屏風《びょうぶ》ですか。あの『睡蓮《すいれん》』と同じような……」

「ええ。ただし、高さは六尺《ろくしゃく》」

美濃山は、ほう、と興味深そうな声を出した。六尺とは、一・八二メートルで、屏風の作りの中でもかなり大きい。

「『睡蓮』は、確か、高さ五尺、巾《はば》一尺七寸でしたな。あれよりも大物ですか」

菜穂は、ええ、とうなずいた。ふむ、と美濃山は、顎に手をやって、

「しかし、菜穂さん。あんさんが白根樹にご執心なのは、もうわかっとります。余計なおせっかいでっしゃろけど、それほどまでにあのお人を買《こ》うてはるんやったら、たかむら画廊で個展を開かはったらどないですか。正直に申し上げますけど、そやったら、そうしはるんが筋やと思います」

もっともなことを言った。菜穂は白い顔をして黙っている。

「それに、この際やから申し上げますが……菜穂さんは、京都画壇と京都画商のややこしい関係も、もうわかっておいでですやろ。うちは、照山先生を取り扱わせていただいてる画廊でっさかい、先生のご許可なしで、お弟子《でっ》さんの個展をやるわけにはいかへんのです。先生をさしおき、勝手に白根樹を売り出したりしたら、金輪際、うちは嵐山へ出入りできひんようになってしまいます」

畳み掛けるように美濃山は続けた。菜穂は、「ええ、わかっています」と、落ち着き払って返した。

「ややこしい関係を水面下に沈めて、表立っては絶対に波風を立てない。それが京

都画壇と画商のやり方なんでしょう。……だからこそ、私は、一石を投じてみたいのです。白根樹という石ころを」

挑むような視線を美濃山に向けた。

志村照山は苔《こけ》むした巨石である。それに対して、白根樹はほんの小石にすぎない。ただし、途方もない価値を生むダイヤモンドの原石である。それを投じたら、どうなることか……。

「いいえ、あきません。なんぼ有吉のお嬢さんが、樹さんの才能を買っておいででも、こればっかりは……」

美濃山はあくまでも及び腰である。しかし菜穂は特に表情を変えるでもなく、

「美濃山さんに損はさせません」

さらに圧《お》した。

「白根樹を売り出していただけるのであれば、オプションをつけます。——これを、ご覧になってください」

バッグの中から、有吉美術館の所蔵品目録を取り出した。モネの睡蓮画が表紙になっている。美濃山は、水に浮かぶ白い花の上に視線を落とした。

「これは、お宅さんの美術館の……」

「ええ。最新の所蔵品目録です」

美濃山の視線が、表紙の睡蓮と菜穂の顔とをいったりきたりした。菜穂が何を言わんとしているのか、まったく想像もつかないのだろう。その様子をじゅうぶんに眺めてから、菜穂は切り出した。

「有吉美術館は所蔵品のほとんどの売却を検討しています。けれど、所蔵品のうちもっとも価値のあるものは、私の名義になっています。それらの売却の優先権を美濃山さんにお委《ゆだ》ねしてもいい、と思っています」

えっ、と美濃山は驚きの声を漏らした。

「目録を見てください。赤い丸がついているのが、私名義の作品です」

美濃山は、あわててページを繰《く》った。指が震えている。それを見た菜穂の口元に再び不敵な微笑が点《とも》った。

「セザンヌ……ゴッホ……ピカソ……マティス……竹内栖鳳《たけうちせいほう》……上村松園《うえむらしょうえん》……」

声が、完全にうわずっている。美濃山は、驚きと戸惑いが複雑に入り混じったまなざしを菜穂に向けた。

「なんでですか？　……有吉美術館の至宝を、なんで……？　たかむら画廊とちごて、なんでうちに売却の権利を……？」

菜穂は冷ややかな微笑を口元に貼り付けたまま、その問いには答えなかった。

志村照山邸の裏山はうっそうとした竹林である。

夏のあいだ勢いよく伸び育った若竹は、その葉色を濃くして、冴《さ》え渡る緑を凜々《りんりん》と響かせている。夕風を孕《はら》んで、竹林は巨大な生き物のように蠢《うごめ》いていた。

「ようこそおこしやす、篁《たかむら》さま」

玄関に正座して、やよいが出迎えた。

「お邪魔いたします」

菜穂も挨拶をした。やよいとは照山邸を訪問するたびに顔を合わせていたが、一向に無駄口をきかないこの老年の家政婦に菜穂は好感を持っていた。さきほどの樹へのメールの内容からすると、やよいは自分たちを静かに見守ってくれているのだろう、と考えられた。

樹は廊下を奥へと歩いていった。菜穂は黙ってそのあとについていった。

――いまから私が目にする作品が、あの「睡蓮」を超えるものでなかったら。

菜穂は胸の内が苦しいくらいに高鳴るのを感じていた。

――この賭《か》けは、私の負けになる。

鼓膜の奥に一輝の声が蘇る。一週間まえにかかってきた、あの電話。憐《あわ》れみを誘うように訴えかける電話の声が。

――菜穂、お願いだ。心を強くして聞いてほしい。

いよいよ、有吉不動産は正念場を迎えたようだ。このまえ、お義父《とう》さんとお義母《かあ》さんに呼び出されて、父と一緒に行ってきたんだけど……リストラの一環で、有吉美術館を閉鎖する、と言われたよ。

ついては、所蔵作品の一切を売却してほしい、と頼まれたんだ。

君もわかっているとは思うけど、正直、うちの画廊もいま苦しい。だから、ある意味、渡りに舟の提案ではあるんだけど……。

いま京都にひとりでいて、これから子供を産むという矢先に、こんなニュースを伝えてもいいものかどうか、かなり悩んだ。

けれど、もう動かない事実なんだから、いつまでもいたずらに引き延ばしてはいけない、と決心したんだ。

モネの「睡蓮」の一件で、ずいぶん君を傷つけた。その傷口をさらに広げるようなこんな取引は、ほんとうに気が引ける。

けれど、君の夫として言わせてもらえるなら……そして、子供の父親として言わせてもらえるなら……この取引があるのとないのじゃ、これからさきの僕らの生活は、一八〇度違うものになる。

だから、菜穂。わかってほしいんだ。

それで、さっそく、所蔵作品の目録をざっと調べたんだけど……もっとも高値で売却できそうな作品の所有名義が、君になっていると知って驚いた。

お義母さんは、所蔵作品は全部、有吉不動産の会社名義になっているって、以前言っていたんだが……。

とにかく、君名義の作品が、もっとも僕らが売却を優先したいものなんだよ。

言うまでもないことだけど、菜穂、君名義のものに関しては、君の許可が必要になる。まずは、君から有吉不動産へ、名義変更の手続きを踏まなければならない。

お義父さんもお義母さんも、君は当然、同意してくれるものと思っている。

僕は、そんなに簡単なことではないと、わかっているよ。だから、こうして電話をしたんだ。

必要ならば、すぐにでも飛んでいくから。

お願いだ、菜穂。どうか、わかって――。

そこまで聞いて、電話を切った。

あれから、何度電話がかかってきても、メールがきても、一切応対していない。

当然だ。

いったい、私をなんだと思っているんだろう。

実家が困っているから、画廊の経営が傾きかけているから、娘であり妻であるならば、それは困ったわね、さあどんどん売ってちょうだいと、すぐにでも許すと思ったのだろうか。

肚《はら》の底から黒い焔のような怒りが吹き上げた。その怒りは、驚いたことに、笑い声に変わった。

菜穂は、自室で、スマートフォンを握りしめたまま、あはは、と声を上げて笑った。

馬鹿馬鹿しい。

何をしているの、私は。

こんなところで、大きなお腹《なか》を抱えて。

父も母も、そして夫も、私を蚊帳《かや》の外へ追い出したんだわ。私のいないところで、何もかも勝手に決めた。

私の宝物を、全部、私の手の届かないところへと持ち出そうとしている。

私の命に等しい宝物を。

ならば――ならば。

私の新しい宝物に、私の新しい命を入れてみせる。

どんな作品より価値を持った、新しい絵を、きっと彼女に描かせてみせる――。

廊下の突き当たりにある部屋のドアを樹が音もなく開けた。菜穂は、息を殺して、そのドアの向こう側へと入っていった。

その場所で菜穂が目にしたのは――燃え上がる焔。

床一面に広げられた黒い地色に、深紅の絵の具と金粉が舞う、炎の絵であった。

19　魔物

京都駅構内は、十月の行楽シーズン最初の週末を迎え、ごった返していた。新幹線の改札口から駅の北側にある中央口へと向かう人波の中に一輝《かずき》はもまれていた。ようやく夏の暑さも一段落したものの、混雑する駅構内ではジャケットを着ていると汗が噴き出す。京都タワーを仰ぐ中央口にたどり着いて、たまらず上着を脱いでから、一輝はタクシーに乗り込んだ。

「近衛通《このえどおり》つきあたり、吉田下大路町《よしだしもおおじちょう》まで」

運転手に告げた。しかし、車が走り出してすぐ、

「すみません。吉田ではなくて、新門前通《しんもんぜんどおり》の美《み》のやま画廊へお願いします」

行き先を変えた。それから、上着の内ポケットからスマートフォンを取り出し、画面を見た。

やはり、電話の着信もメールの着信も、ない。一輝は思わずため息をついた。

十月最初の土曜日にとにかく迎えにいく。鷹野《たかの》先生にも別途電話をしてその旨《むね》話しておいたから、全部の荷物をまとめるのは大変かもしれないので、当面、必要なものだけ持って帰れるように準備しておいてほしい。

三週間ほどまえから、一輝は菜穂《なほ》にメールを送り続けていた。文面はいつも同じだった。

とにかく会って話をしたい。十月最初の土曜日には帰京するようにと、お義父《とう》さん、お義母《かあ》さん両方が言っている。自分が迎えにいくから、そのつもりでいてほしい。こっちに帰ってきてからのことは、何も心配はいらない。だから安心して帰ってきてほしい。出産の準備は万全に整えるから。

何度も何度も、同じ文面を送りながら、まるで家出してしまった妻を必死で説得して連れ戻そうとしているようだなと、苦い笑いがこみ上げてもきた。

電話もした。何度かけても留守番電話になってしまう。最初は「電話をください」とメッセージを残し続けたが、それを聞いているのかどうかも怪しかった。かけては切り、かけては切りしていたものの、あまりしつこくかけ続けていると、そのうちに着信拒否されかねないと思って、電話をかけるのは控えることにした。

そこで、とにかくメールを送り続けた。一日に三、四回。いつも同じ文面で。

次第に、自分のやっていることが馬鹿馬鹿しくなってきた。

ほとんどストーカーだな、これじゃ。

こんなことをすればするほど菜穂の心は離れていく。こういうことをする男が、自分の妻は世の中でいちばん嫌いなのだと、わかっている。

それでも、ほかに方法がなかった。

完全に彼女が自分から離れていくことはないと、どうにか考えられたのは、妻が身重であることだった。それが唯一の「救い」である。

まさか、これから子供が生まれてくるというときに、別れるなどというようなことはあり得ない。何より世間体を考えるだろうし、自分から進んでシングルマザーになろうなどとは、菜穂が考えるはずはないのだ。

だいいち、夫として自分にはなんら落ち度はないはずだ。妻を思いやり、これから生まれてくる子供の将来のことを慮《おもんぱか》っている。菜穂の実家の会社も、自分の画廊も、経営難に陥ってはいるものの、それは自分に落ち度があるわけではない。むしろ、菜穂がいままで通りの何不自由ない生活をこれからも送れるように、生まれてくる子供の将来になんら心配がないように、心を砕いている。

そして有吉《ありよし》不動産とたかむら画廊の両方を救うためにも――それだとてなんら自分のせいではない――手持ちの資産を売るだけのことではないか。

それなのに、なぜこうも自分を拒絶するのか。一輝は自分の内側いっぱいに苛立《いらだ》ちが募るのを覚えた。

タクシーの後部座席でせわしなく何度も足を組み替えながら、落ち着け、落ち着けと、一輝は自分に言い聞かせた。

出産予定日まであと一ヶ月と少し。臨月を迎えて、菜穂は気持ちが昂《たかぶ》っているのだ。普通の状態ではないのだ。だから、いつも以上にすべてに対して敏感になっているに違いないのだ。

体調も心情もただでさえ普通とは違う時期に、しかも、家族から遠く離れて京都にひとりで暮らしているあいだに、運悪く、有吉美術館を閉鎖するというニュースを伝えざるを得なかった。菜穂はその現実を受け入れられなくて抗《あらが》っている。何も夫である自分を拒絶しているわけではない。

そうだ。会いさえすれば、きっとわかってくれる。心を開いてくれる。

いままで通りの生活をするためには、自分名義になっている有吉美術館の至宝を売却するほかはないと納得すれば、きっとそうしてくれるはずだ――。

タクシーが美のやま画廊の前に到着した。一輝はジャケットを着直すと、意を決して画廊のドアを開いた。

スタッフの女性が出てきて、一輝の顔を見ると、おや、という表情になった。

「いらっしゃいませ、篁《たかむら》さま。美濃山《みのやま》にご用事でございますか？」

「ええ、そうです」と、一輝は応えた。

「社長はご在廊でいらっしゃいますか」

「あいにく、出かけてまして……お約束でしょうか」

「いえ、約束はないんですが……少し待たせていただいてもよろしいでしょうか」

一輝は奥の応接室に通された。美濃山は小一時間ほどで戻るということだった。

供された濃茶を啜《すす》って、壁に掛けられてある二十号ほどの大きさの作品を眺める。山の端にいましも満月が顔を出しかかって、青い宵空《よいぞら》に白い光を放っている絵だ。作者は誰であろうか、一輝の知らぬ京都画壇の画家なのだろう。

まえに来たときは祇園祭《ぎおんまつり》の絵が掛かっていた。そしてその前は、あの不思議にみずみずしい青葉の小品が下がっていた。

あの、何気ない一枚の絵。

それが、こんなにも遠く妻を連れ去ってしまうことになるとは。

そうだ。あの画家、白根樹《しらねたつる》。

もとはといえば、白根樹がすべての元凶なのだ。菜穂が奇妙なパトロン欲を出して、あのぽっと出の新人画家に入れあげようとしているから、余計に事態がややこしくなってしまったんじゃないか。

もっと言えば、この街すらも、自分には忌《い》まわしい。ここにはなくて東京にあるじゃないか。いや、ここにはなくて東京にはあるもののほうが、ずっと多いじゃないか。

それなのに、なぜこうまで菜穂を惹《ひ》き付けるんだ。

この街は、ぞっとするほど魅力的だ。それは認めざるを得ない。けれど同時に、近寄りがたいほど気高《けだか》い。

まるで、運命の女《ファム・ファタル》のように、魔物のように、美しい。

底なしの湖のように奥が知れぬ。冷たく、そら恐ろしい。

余所者《よそもの》は、到底この街には受け入れられないだろう。

菜穂は、それに気づいていない。

この街では、自分が永遠の異邦人《いりびと》であることを。

ドアをノックする音がして、はっと顔を上げた。扉の向こうから、美濃山の顔が覗《のぞ》いた。一輝は急いで立ち上がった。

「篁さん。……これはまた、急なお越しで」

言いながら美濃山が入ってきた。心なしか、笑顔が強《こわ》ばっている。一輝も作り笑いを返した。

「すみません、お忙しいところ……菜穂を迎えにきたのですが、美濃山社長に、まずはご挨拶《あいさつ》とお礼を申し上げなければと思いまして」

「ほお、そうですか。菜穂さんは、今日、お帰りにならはるんですか？」

いかにも意外というように、美濃山が言った。一輝は「ええ、そうです」と答えたが、何かおかしいと感じた。

美濃山の態度は、夏に一輝がここを訪れたときと明らかに違っていた。

美濃山は柔らかな物腰の好人物である。京都の文化人との付き合いも長く、また、気難しい富裕層を常々相手にしている老舗《しにせ》画廊の経営者ならではの人あしらいのうまさも持ち得ている。多少の無理は黙って聞き入れてくれる構えのこの画廊主を、幾多の顧客が頼りにし、また肩入れをしてきたことだろうか。

一輝に対しても、東京の老舗画廊の専務として、じゅうぶんに礼をもって接していた。また、有吉家の令嬢を夫人に持っているという立場も重んじてくれていたことだろう。

白根樹が、実は伝説の画家・多川鳳声《たがわほうせい》の遺児であること、志村照山《しむらしょうざん》の養女であることをこっそりと教えてくれもした。

樹を菜穂に紹介した手前もあって、京都画壇のあれこれを――その奥深さや難しさなどについても、おそらく菜穂に伝えているはずだ。

志村照山作品を扱っている画廊として、菜穂が、養女であり弟子である樹にこれ以上深入りしないよう、忠告のひとつもしてくれていればいいと、一輝は期待していた。

もはや待ち続けるのは限界であると、菜穂の両親に強く要請され、菜穂からの返事がないままに彼女を迎えにきた一輝であったが、鷹野せんの家に出向くまえに、菜穂の現況を――正確には、菜穂と白根樹との現況を、まずは美濃山に尋ねておくのが賢明であろうと、急きょ新門前通に立ち寄ったのであった。

臨月の妻を迎えにきた一輝に、美濃山はいつもの通り慇懃《いんぎん》に接してくれるはずだった。そして、ここだけの話ですがと前置きして、菜穂と樹がいまどんな状況にあるか、こっそりと聞かせてくれるはずだった。

その美濃山の態度がおかしい。何か、よそよそしい感じがする。

美濃山は作り笑いを浮かべたまま、ごく穏やかな口調で、意外なことを言った。

「東京へお帰りにならはるとは、菜穂さん、ちっとも言うてはりませんでしたが……こちらにええ医師《せんせ》がいてはるんで、このまま京都で出産しはるいうて、私はお聞きしとりましたけど」

ぎょっとした。

京都で出産？

そんなことは一度だって聞いたことはない。だいいち、夫である自分が聞いていないことを、なぜ美濃山が知っているのか。

一輝は動揺を隠せなかった。

美濃山は、観察するように乾いた視線をじっと注いでいる。一輝は取り繕って苦笑いしながら言った。

「そうですか。そんなことを、家内が……美濃山社長に申し上げるようなことでもないでしょうに、まったく、どうかしていますね。いくら京都が気に入ったからって……周りに迷惑をかけていることにも気づかずに……とにかく、彼女は世間知らずなものですから」

美濃山は何も言わずに一輝をみつめている。一輝はその視線から逃れたくなったが、どうにかこらえて尋ねてみた。

「今日は、ご挨拶がてら、社長にお伺いしようと思っていたのですが……その……菜穂と、白根樹さんは、いま、どんな感じなのでしょうか」

「と申しますと？」

間髪《かんはつ》を容《い》れずに訊《き》き返された。一輝は、一瞬、言葉に詰まったが、思い切って話した。

「祇園祭以来、ふたりは急接近をしているようで……すでにご存知かと思いますが、菜穂は、どうやら、白根さんを支援したいと考えているようなんです。とはいっても、正式に画壇デビューをしていない新人画家を支援するのは時期尚早であると、私は思っています。それに、白根さんは、志村照山先生のお弟子《でし》さんですし……照山先生を飛び越えて、過分な支援をするのは、京都画壇のルールに反するのではないかと、心配をしている次第でして……」

美濃山は黙って聞いていたが、口の端に微笑を寄せると、言った。

「その件でしたら、ご心配には及びません。白根さんの公式デビューは内々に決まりましたよって」

えっ、と一輝は声に出して驚いた。

「何かの公募展に入選したのですか。それとも……」

「個展の開催です。京都市内、二ヶ所で、来春に同時開催です」

「同時開催……」

一輝には、にわかには信じられなかった。

いつのまに、そんなことになったのだろうか。

確かに、自分も菜穂に迫られた。たかむら画廊と有吉美術館の二ヶ所で、白根樹の個展を開催してほしいと。しかし自分は、評価の定まらない新人画家の個展を開催するのは拙速《せっそく》であると、取り合わなかった。

ならば京都でやる、と菜穂はあのとき言った。なんであれ、菜穂は自分の思い通りにことを進めたがる。ことに美術に関しては、絶対に譲らない。その気性はもちろんわかっていた。しかし、このことばかりはそう簡単には進まない、菜穂もそれを知らぬはずはないだろうと考えていた。まさか実現するとは……。

余所者《よそもの》がまともに切り込んだとて、歯が立つはずがない。それが京都という街ではないか。余所者を排除して独自の伝統と因習を守り抜いてきたからこそ、千二百年もの歴史を生き延びてきたのではないか。

自分たち一介の「通行人」は、決して深入りすることのできない幽遠なる都。その扉は固く閉ざされて、開くことなどないのだ。

菜穂は、京都を甘く見すぎている。

そうたかをくっていた。

それなのに――。

「それは意外ですね。いったいどこの物好きが、そんな大胆な挑戦をしようというのですか」

つい語気が強まった。美濃山は特に表情を変えるでもなく、すらりと答えた。

「立志堂美術館さんと、うちですわ。言わはる通りで、どちらも、えらい物好きでっさかいに……」

――すぐにでも京都へ行って、菜穂を連れ戻してきてちょうだい。

予告なくたかむら画廊を克子《かつこ》が訪れたのは九月半ばのことである。

その日、東京の夜空にも中秋の名月が上っていた。日中はまだ真夏同様の残暑が続いており、夜になっても蒸し暑さは消えなかった。

省エネ推進の夏を過ごし、銀座の街はいままでになく寂しい夜が続いていた。ネオンの点灯は極力抑えられ、高級クラブも閑古鳥《かんこどり》が鳴いていた。たかむら画廊を訪れる顧客もめっきり減った。老舗画廊の顧客たちは寂しい銀座を嫌う人々でもあるのだ。

閉店間際に受付のスタッフが一輝を呼びにきた。有吉の奥さまがお見えです、と。店へ出ると、克子が憤然とした表情を隠しもせず、両腕を組んで待ち構えていた。

奥の応接室へ通すなり、

「あの子に一杯食わされたわ」

克子は怒り心頭に発したように切り出した。

「今度こちらで売却していただくことになったうちの館の所蔵品の詳細を、あなた調べてくださったでしょう。それで、もっとも価値のある作品、十点が全部、菜穂名義になってるって、おっしゃったわね」

一輝は、うなずいた。

「有吉不動産の管財部に連絡してチェックしていただきましたが、間違いないと言われました。全部会社名義になっているはずだと伺っていたので、何かの手違いではないかと思ったのですが……」

克子は、ふうっと息をついた。

「そのからくりがわかったの。今日は、それを伝えにきたのよ」


二百点以上にも及ぶ有吉美術館の所蔵品を、たかむら画廊が窓口となって、すべて売却してほしい。

一輝は、父とともに菜穂の両親からとてつもない依頼を受けた。大商いができるのは、経営危機に立たされているたかむら画廊にとってはまたとないチャンスであったが、一輝は、それ以上に、有吉美術館がそんなにもあっさりと閉鎖されてしまうことのほうに驚きを覚えた。

有吉美術館は、有吉不動産の先代社長であった喜三郎《きさぶろう》が、つまりは菜穂の祖父が、こつこつと蒐集《しゅうしゅう》してきた個人コレクションをもとに開館した。運営母体は当初から有吉不動産であり、株式会社の一部門として存続してきた。その運営費は親会社から「文化事業費」「広告宣伝費」として支給され、副館長と学芸員を兼務していた菜穂の給与も有吉不動産から支払われていた。

　そして、コレクションの所有者は、ほぼすべてが有吉不動産の子会社、アール・モデルネとなっていた。この会社の社長は、設立当初は菜穂の祖父が、祖父が他界したのちは菜穂の父・喜一《よしかず》が兼務していた。会社の資産として作品を購入しているが、実質的には購入したい作品は菜穂や克子が自由に選んでおり、アール・モデルネは、美術館の財布――つまりは、克子と菜穂母子の「美術品限定の財布」のような役割を果たしていた。

　リストラの一環として、有吉不動産は利益の上がらない有吉美術＝有吉美術館の閉鎖を決定した。資産であるコレクションは売却し、売却益は有吉不動産の収益に組み込む算段である。さらには美術館の従業員も全員解雇となる。優れた学芸員もいたのだが、労働組合もないので突然の閉鎖にも逆らえず、泣き寝入りするほかないようだった。

　一輝は閉鎖を決めるまえに、菜穂の同意を得るべきだと繰り返し主張したが、菜穂の父・喜一も、克子も、その必要はないと、ぴしゃりと言い切った。会社の決めたことだからというのがその理由だったが、京都にいつまでもぐずぐずと居座り続けて、有吉家と篁家、双方の一大事だというのに、自分は関係ないといわんばかりの娘の態度に制裁を加えようとの意志があると、一輝には感じられた。

——それではひどすぎます。菜穂がもっとも大切にしているものを奪うおつもりですか。

ふたりのあまりの冷徹さに、一輝は色めきたった。ところが、その場に同席していた一輝の父・智昭《ともあき》があっさりと言った。

——馬鹿だな、お前は。菜穂ちゃんには、お前という夫と、これから生まれてくる子供がいるんだ。どんなものよりそれが大切だろう。

——ええ、その通りですわ。と克子が薄ら笑いを浮かべて言った。

——まもなく母親になるんだから、あの子にはもっとしっかりしてもらわなくちゃ。美術館なんていうお金のかかるおもちゃは、もう必要ないでしょう?

菜穂への説得は一輝の責任で為《な》されることとなった。同時に、菜穂が同意しようが反対しようが関係なく、粛々《しゅくしゅく》と作品の売却の段取りも進めなければならない。

——菜穂を守り切れなかった。

一輝は慚愧《ざんき》の念に堪えなかった。いっそ、もう何もかも打棄《うっちゃ》って、自分も京都へ逃げ込みたかった。

そうだ。自分も京都へ行けばいいんじゃないか。

菜穂が望むなら、あの街で親子三人、暮らしたっていいじゃないか。

なんなら、たかむら画廊から独立して、京都に新しく画廊を開いたっていい。そこでなら、菜穂があれほどまでに執心している白根樹を売り出してもおかしくはないだろう。菜穂はその画廊でディレクターをして、自分がどんどん営業を仕掛ければ、なんとかなるんじゃないか。

そうだ。——今度菜穂に会ったら、そんな話をしてみよう。

いったんは東京に帰ってもらう必要があるものの、出産して、落ち着いたら、また一緒に京都へ行けばいい。住居も、画廊の場所探しも、ふたりで一緒にやるんだ。

かすかな希望の灯火《ともしび》を胸の裡《うち》に点《とも》して、一輝は、有吉美術館の収蔵品の所有者の確認を始めた。

そして、意外な事実に行き着いたのである。

全収蔵品の九五パーセントとなる百九十三点が、確かに有吉美術の所有となっていた。しかしながら、残りの五パーセント、もっとも価値がある十点——セザンヌ、ゴッホ、ゴーギャン、ルノワール、ドガ、ピカソ、マティス、竹内栖鳳《たけうちせいほう》、上村《うえむら》松園《しょうえん》、東山魁夷《ひがしやまかいい》——は、驚くべきことに、菜穂がその所有者となっていたのだ。

まさかと思って有吉不動産の管財部に問い合わせてみると、間違いないとの返答だった。

——どういうことだ？

菜穂の両親はコレクションはすべて会社の所有だと言っていた。まさか、知らないはずはないのだが——。

ところが、喜一も克子も、この事実をまったく知らなかったのだ。

「あの十点の作品に限っては、お義父さまが……先代の有吉不動産社長が、会社の資金で購入したものだったのよ。それは、私たちも知っていた。知らなかったのは……先代があの十点を菜穂名義にするために、内密で会社に指示して、菜穂に買わせたことにしていた、ってこと」

たかむら画廊の応接室で、克子が一輝に打ち明けたのは、「祖父と孫娘の企み」だった。

有吉美術は、二十歳になった菜穂とのあいだで金銭消費貸借契約を締結し、菜穂に十億円を貸し付けた。そして、有吉美術がすでに購入していた十点を、菜穂に総額十億円で——これは市場価格の五分の一以下の金額であった——売却した。つまり、菜穂は、有吉美術から借りた資金で、有吉美術が所有していた美術作品を購入したわけである。これにより、十点の所有者は菜穂となった。すべて、喜三郎の指示によって行われたことである。

菜穂は美術館から給与を得ていたが、これも喜三郎の指示により引き上げられた。菜穂は高額の給与の中から、借入金に対する返済を行っていたが、いずれ十点のうち二、三点の作品を売却して、繰り上げで一括返済するように、これも祖父が取りはからっていた。

先代は息子である喜一が芸術に疎《うと》いことを嘆《なげ》き、嫁である克子も審美眼を持っていないと見切っていた。菜穂だけが尋常ならぬ美的感覚を持っていると重々わかっていた。

自分が創設した有吉美術館は、ひょっとすると息子の代に閉鎖されるときがくるかもしれぬ。先代はそれすらも予見していた。

ゆえに、もっとも価値のある十点はなんとしても菜穂の手元に残すよう、段取っておかねばなるまい。喜一や克子に知れれば騒ぎになるだけだ。いずれ知られる日がくるまで、自分と菜穂、ふたりきりの秘密としておこう——。

そして、その十点の価値はとてつもなく跳ね上がる結果となったのだ。

「まさか、こんなことになっていたとはね。……ほんとうに、とんでもない娘だわ」

肩で息をついて、忌々しそうに克子が言った。

「情け容赦なくて、ごうつくばりで、強情で……わがままで、自分本位で、秘密主義で。どうしようもないわ、ほんとうに」

克子は、自分の娘の悪口をその夫の前で平然と並べ立てた。一輝は、そのいちいちに胸がただれる思いだった。

――その言葉は全部、あなた自身のことじゃないか。

「ところで、一輝さん。私の娘が所有者になっている十点の総額は、おいくらほどの計算なのかしら？」

皮肉をたっぷり込めて、克子が訊いた。一輝は極力感情を押し殺した声で答えた。

「……百億、です」

克子は膝の上に片肘をついて、その上に載せている白い顔を歪《ゆが》めた。笑っているような、怒っているような、奇妙な表情だった。

沈黙が流れた。強ばった空気は容易に緩みそうにはなかった。

一輝は両腕を組み、ガラスのテーブルの上に載せられた有吉美術館の目録の表紙、モネの「睡蓮《すいれん》」に目線を落としていた。そうしながらも、頭の中では、たったひとつのことだけを、繰り返し繰り返し、考えていた。

京都に行こう。

京都に行って、菜穂に会おう。そうして、言おう。

この街で、親子三人で暮らそう。

ほかには、何もいらないから――。

「……ずいぶん高額なお小遣いじゃなくって?」

しばらくして、克子の乾いた声がした。

「一輝さん。すぐにでも京都へ行って、菜穂を連れ戻してきてちょうだい。そして、高額すぎるお小遣いを、そっくりお渡しなさいと言ってくれるわよね?」

一輝は顔を上げた。息がかかるほど克子の顔が間近にあった。その白い顔の中に邪悪な微笑が点るのが見えた。

――さもなければ、全部、あの子に話すわ。

あの夜のことを。あなたが私にしたことの、すべてを。

20　落涙

萩《はぎ》が乱れ咲く庭の小径《こみち》を、菜穂《なほ》はひとり、進んでゆく。

みごとな庭である。しっとりと苔《こけ》むした園は秋の午後の陽光を弾いてビロードのごとく輝いている。あちこちにかたちよく配された岩々も、苔の着物をまとい、木漏れ日を受けて濡れたように光っている。幾層にも影を落としている枝はすべて紅葉《もみじ》の木々である。もう一、二ヶ月もすれば、紅葉の赤が明るい緑の苔の園に映え、よほど美しい彩りになるに違いないと、その風景を想像して、菜穂は嘆息した。

南禅寺《なんぜんじ》界隈の別荘群のひとつ、「無尽居《むじんきょ》」と呼ばれる屋敷を初めて訪れていた。

もとは南禅寺の敷地であった場所に十数邸の別荘が居並んでいる。明治になってから、経済的に逼迫《ひっぱく》した南禅寺がその所有地の一部を売り出し、当時の名家、財閥が競って別荘を建築した。純和風の屋敷も素晴らしいが、何より琵琶湖《びわこ》の疎水《そすい》を利用して作られた庭の数々がいずれ劣らぬ見事な景勝を作り出している。庭の多くは、名人として名高い庭師、七代目小川治兵衛《おがわじへえ》が手掛けていた。

別荘群はほとんどが非公開で、いまも日本有数の名士の所有となっている。一般公開されている山縣有朋《やまがたありとも》の別荘・無鄰菴《むりんあん》へは、菜穂も何度か訪れたことはあった。しかし、個人所有の別荘へはよほどの縁故がなければ足を踏み入れることはできない。

一度入ってみたいとかねてから思っていたのだが、ついにその日がやってきた。菜穂は、輝くように美しい庭のすべてを我が身に吸収したいとばかりに、つい何度も足を止め、こころゆくまで眺め愛《め》でずにはいられなかった。

「菜穂さん、お庭を堪能したはるんですか」

金色と墨色の鯉《こい》がゆったりと泳ぐ池のほとりに佇《たたず》んでいると、背後から声をかけられた。振り向くと、飛び石の三つ四つ向こうに美濃山《みのやま》が立っていた。

「ご門のインターフォンで呼び出さはってから、えらいごゆっくりりやな、と。……お庭が広すぎて、途中で遭難しはったんやないか思うて、お迎えに上がりました」

冗談を言って、笑っている。菜穂がこの屋敷の表門をくぐってから五分以上が経過していた。この屋敷の主、立野政志《たつのまさし》が待っているというのに、あまりの庭の美しさに吸い寄せられて、なかなか足が先に進んでくれなかったのだ。

「すみません。聞きしに勝る見事なお庭だったもので……。立野理事長はご立腹でしょうか」

菜穂が訊《き》くと、「とんでもない」と、美濃山が返した。

「菜穂さんの慧眼《けいがん》にこの庭が留まったんやったら、理事長も喜ばはります。さあ、こちらへ」

美濃山に導かれて、菜穂は瀟洒《しょうしゃ》な屋敷へと入っていった。

玄関では香《こう》が焚《た》かれ馥郁《ふくいく》とした香りが立ち込め、床に置かれた柿右衛門《かきえもん》の壺《つぼ》には、萩、コムラサキ、吾亦紅《われもこう》など、秋の草花が品よく生けられてある。顔が映り込むほどに磨かれた上がり框《がまち》で、和装の家政婦が二名、床に三つ指をつき、深々と頭を下げて出迎えてくれた。

庭を眺める回廊を進んでゆくと、やがて客間に到った。ぴっちりと閉じられた北向きの襖《ふすま》には、金地に秋の百草が描かれており、菜穂はこれに目を見張った。

生き生きとのびやかな花々は、目の前に花園が広がっているかと錯覚するほど、ごく自然であり、それでいて豪奢《ごうしゃ》、緻密《ちみつ》な描写であった。これはもしや、と菜穂は、後ろからついてきた美濃山を振り返って、思わず、

「この襖絵は、多川鳳声《たがわほうせい》ですか」

小声で尋ねた。美濃山は目をきらりとさせて、黙ってうなずいた。

――やはり。

菜穂は高まる期待にじっとしていられない気分になった。

――立野理事長にならば、すべてを委《ゆだ》ねてもいい。

この襖の向こうにいる人物、立志堂美術館理事長、立野政志は、京都――いや、日本屈指の美の巨人なのである。

菜穂と美濃山は廊下に正座した。それを潮に、ふたりの家政婦が両側からすらりと襖を開けた。

三十畳ほどもあろうかという座敷の上座に、立野政志が座していた。

京都に本拠地を持つ財閥系企業グループ「タツノ」の経営一族、立野家の当主であり、「タツノ」グループの総裁を三十年以上務めた人物である。七十歳になったのを機に経営の一線からは退いたが、いまなおグループに絶大な影響力を持っている。

若い頃から書画骨董《こっとう》に親しみ、二十年ほどまえに、自らのコレクションを基《もと》に美術館を創設し、その運営母体となる美術財団の理事長に就任した。岡崎《おかざき》公園にほど近い場所に建てられた立志堂美術館は、すぐれたコレクションもさることながら、国際的に著名な日本人建築家に設計を依頼したこともあって話題を呼んだ。年六回の企画展も、近代日本画家から印象派、現代アートまで幅広く取り上げ、京都における必見のアートスポットとして、いまや年間十万人の来館者数を誇っている。

菜穂の祖父、有吉喜三郎《ありよしきさぶろう》は、生前に立野政志と交流があり、京都へ書や茶の湯を習いにきていた際には、立野を水先案内人としていたようであった。立志堂美術館の開館時には、少女だった菜穂は祖父に連れられてレセプションに参列してもいる。立野も、有吉美術館には祖父の生前に数回来訪していた。ゆえに、立野と菜穂は知らぬ間柄ではなかった。

しかし、今回の京都滞在については、菜穂は立野に知らせてはいなかった。気軽に連絡できる相手ではなかったし、妊娠中で原発事故の影響を慮《おもんぱか》って京都へ避難しているというのは、立野に積極的に教えたい理由ではなかった。

現在七十五歳の立野は、恰幅《かっぷく》のよい身体つきに和装で、懐手をした様子はいかにも風雅人然としている。紫檀《したん》の座卓の上には有吉美術館の目録が広げられてあった。

菜穂は臨月のお腹《なか》が窮屈ではあったが、廊下に両手をついて低頭した。

「大変ご無沙汰をいたしました。到着が遅れてしまいまして、申し訳ございませんでした」

「あまりにもお庭がお見事で、お屋敷へ到着するまでに、すっかり魅入られてしまわはった、ゆうことです。ご勘弁を」

美濃山が菜穂の代わりに言い訳をしてくれた。

美濃山は立野の古くからの知己《ちき》であり、立野は美《み》のやま画廊にとって最重要顧客であった。立野が美濃山から購入した名画の数々は立志堂美術館の展示室を長らく飾り続けていた。

「おひさしぶりですな、菜穂さん。まあ、お入んなさい」

立野は鷹揚《おうよう》な口調で入室を勧めた。菜穂は立野の真向かいに座った。

「なんでも、鷹野《たかの》先生のところに長いこと滞在してはるて、美濃山さんから伺いましたが」

自分も鷹野せんに書の手ほどきを受けたのだと打ち明けてから、

「あんさんのおじいさまより、ずっとできの悪い生徒でしたがな」

と言って、笑った。

「正座は、窮屈でしょ。あっちに移りましょか。椅子のほうがええわ。おい玉置《たまき》、洋間へ移るで」

次の間に控えていた秘書らしき男性がすぐにやってきて、卓上の目録を取り上げると、こちらへどうぞ、と菜穂を再び廊下へ誘った。ふたつ隣の部屋が洋間であった。

マホガニーのドアを開けると、暖炉がしつらえられた明治期らしい洋間で、天井からは品よくクリスタルのシャンデリアが下がっており、壁には青みがかった山と杉林の風景画が掛けてあった。ひと目でセザンヌの「サン゠ヴィクトワール山」であるとわかった。それ以外にも、ポール・シニャックの作らしき港町の風景画の小品、梅原龍三郎《うめはらりゅうざぶろう》の薔薇《ばら》の静物画が掛かっていた。

椅子席に落ち着くと、「予定日はいつですか」と立野が訊いた。

「十一月十日です」菜穂が答えた。

「ほう。ほな、もうあとひと月ほどですな。男のお子ですか、女のお子ですか」

「女の子です」

「ほう、そら、ええな。きょうびは、男のお子よりも、女のお子のほうがええ。あなたによう似た、感性の豊かな女のお子にならはるやろ」

まるで自分の孫が生まれるかのように、立野はにこやかに言った。

菜穂は、掌中の珠《たま》のごとく自分を可愛《かわい》がり、大切にしてくれた祖父のことをふいに思い出し、甘酸っぱいような、懐かしい気持ちが胸にこみ上げるのを覚えた。

立野と菜穂は、当たり障りのない世間話をしばらく続けたが、濃茶《こいちゃ》に続いて番茶が供されたのを機に、立野が卓上の目録を手に取り、言った。

「それにしても、また、思い切ったことですな。有吉美術館の至宝を売却しようとは……」

自分名義になっている有吉美術館所蔵品の十点を売却したい、できることならば立志堂美術館のコレクションに加えてほしい、という菜穂の意向は、すでに美濃山が内々に立野へ伝え済みであった。美濃山によれば、その提案を最初に持ちかけたとき、立野は前のめりになって聴き入ったということであった。

菜穂の祖父と立野は、美術品蒐集《しゅうしゅう》という点においては、互いに持っているものを褒《ほ》め合い、また妬《ねた》み合う仲であった。有吉至宝の十点はまちがいなく立野には垂涎《すいぜん》のものばかりである。

個人資産一千億円ともいわれる立野は、いずれ自分亡きあと、莫大《ばくだい》な相続税が遺族に課せられることを憂慮し、いまから資産を整理しておかなければならないと考えていた矢先であった。

株式、証券、不動産等を売却して得た資金を自分の美術財団に寄付し、それによって美術品を購入して、コレクションの充実を図ることも視野に入れていた。

遺産は多すぎればかえって遺族に面倒をかけるが、資産を財団所有の美術品に換えておけば、それは永遠に残り、次世代へ伝えられる。そのほうが自分にとっては好ましいと、立野は考えていたのだった。

作品十点の合計額は百億円を下らない、と美濃山に言われても、立野は眉《まゆ》ひとつ動かさなかった。名物、傑作と呼ばれる美術品への彼の執着は、有吉喜三郎に劣らず、菜穂を超えるものがあるかもしれなかった。

立野は、目録を開いて、〇印がつけられているゴッホやセザンヌの作品の写真にしげしげと見入っていたが、

「なんで喜三郎さんがこないな名作をみつけて、そんでなんの迷いもなく買わはったんか、わしには長いこと謎《なぞ》やったが……ようやく、謎が解けました」

つぶやくようにそう言ってから、顔を上げて菜穂を正面に見た。

「全部、あんさんのためやったんや」

立野の言葉に、菜穂は不意をつかれた。

胸の中で懸命に抑えていた感情の扉が開いて、そこから波がざあっと押し寄せてきた。知らず知らず、涙がひと筋、菜穂の頰《ほお》を伝って落ちた。

立野は菜穂が静かに涙を流すのを見守っていたが、やがて言った。

「美濃山さんに聞きました。有吉美術館が閉鎖やと……その理由も」

菜穂は涙をこらえて、うなずいた。

「はい……」

「惜しいですな。喜三郎さんとあんさんとが、一緒になって築いてきはったものを……」

菜穂の目に新しい涙が溢《あふ》れた。言葉を継《つ》ぐことができず、あとは嗚咽《おえつ》になった。

美濃山はズボンのポケットからハンカチを出して、目頭を押さえていた。

ひとしきり泣いたあと、菜穂は、すみません、と小さくつぶやいて、ハンカチで涙を拭いた。それから、すっくと立ち上がると、立野の目をまっすぐに見て言った。

「私の命にも等しいこの十人の画家たちの作品をお譲りできるのは、立野理事長をおいてほかにはいません。どうか、有吉菜穂の命を預かったとお思いになって、立志堂美術館にお収めください」

そして、萩の花が朝露《あさつゆ》に頭を下げるように、一礼をした。美濃山も立ち上がると、菜穂と同様に深く頭を下げた。

「……あんさんのお気持ちは、ようわかりました」

しばらくして、立野のおごそかな声が響いた。

「いまのあんさんの言葉は、有吉喜三郎の言葉として受け止めときましょ。ぜったい悪いようにはしません。ほんまご安心しといてください」

菜穂は顔を上げた。そこには安堵《あんど》の光はなかった。立野が何か言うまえに、菜穂は、真剣な面持《おもも》ちを崩さずに、畳み掛けるように口を開いた。

「さきほど『十人の画家』と申し上げました。……十一人に訂正いたします」

立野の顔に不思議そうな表情が浮かんだ。菜穂は、そこで初めてかすかな笑みを口元に寄せた。

「……白根樹《しらねたつる》、という画家を加えさせていただきます」

京都大学医学部附属病院の玄関口へ出て、スマートフォンの電源を入れると、すぐに着信があった。美濃山からだった。

『さきほど、篁《たかむら》さんが画廊のほうへお見えにならはりました』

菜穂を連れ帰りにきた、そのまえに礼を言うために美のやま画廊に立ち寄ったのだと、美濃山は一輝《かずき》とのやり取りをつぶさに報告した。

「そうですか」

菜穂は感情のない声で応えた。

『菜穂さんと樹さん、最近、どないかと訊かれましたんで……せんだっての打ち合わせさせてもろた通り、樹さんの個展を、来年、立志堂さんとうちで開催することになったと、申し上げておきました』

「わかりました。ありがとうございます」

やはり無感情に、菜穂は言った。

『それから……これはお詫《わ》びせなならんのですが、奥さまは京都でご出産のおつもりのようだと、つい、余計なことまで口走ってしもて……』

美濃山はいかにもすまなそうな口調になった。

「いえ、いいんです」と菜穂はすぐに返した。

「今日明日にでも言おうと思っていたことですので。手間がはぶけました」

はあ、と美濃山は気の抜けた声を出したが、

『ご主人はまもなく鷹野邸にお見えにならはるはずです。余計なお世話や思いますが、お話し合いの中でなんぞむつかしいことになったら、なんなりとご相談くださったら』

慇懃《いんぎん》に言ってから、

『立野理事長が後ろ盾です。なんも、恐れることあらしません』

そう結んだ。

「ええ、わかっています」

通話を終えると、菜穂は前を向いて、病院の入り口前に停まっていたタクシーに乗り込んだ。


鷹野邸の玄関の引き戸を開けると、黒御影《くろみかげ》の沓脱石《くつぬぎいし》の上によく磨かれた男物の靴

が揃《そろ》えてあるのが目に入った。

おかえりやす、と家政婦の朝子《あさこ》が小走りにやってきて、上がり框に膝をついて言った。

「菜穂さん、旦那《だん》さんがお越しでっせ」

「ええ、知っています」菜穂は表情を変えずに框へ上がった。

「ご存じやったんどすか。早《は》よ言《ゆ》うといてくれはったら、なんなとお昼を用意させてもらいましたのに……」

朝子の声を背に、菜穂は自室へ向かった。すらりと襖を開けると、書院の床の間の前に一輝が立っていた。

一輝は、菜穂の顔を見るなり、「帰ろう」と言った。

「いろいろ言いたいことがあるだろう。僕も、言いたいことがたくさんある。でも、ここで言い争いをしても仕方がない。とにかく帰ろう。荷物は僕があとでまとめにくるから、今日のところは手ぶらでもいい」

静かな声ではあったが、明らかに怒気《どき》が含まれていた。菜穂は、黙ったままでバッグを置いてジャケットを脱ぎ、座卓の前に正座すると、

「あなただけ帰ったら？」

氷のように冷たい声で言った。

「ここへ来るまえに、美濃山さんから聞いたんでしょう？　私は京都《ここ》で出産します。今日、かかりつけの病院で、出産のための手続きもしてきたの。全部整ったから、心配はいらないわ」

一輝は、両手に握りこぶしを作って立ち尽くしていたが、

「……いったい、なんなんだ。いったい、何が京都にあるっていうんだ」

かすれた声を絞り出した。

「東京で何不自由ない生活を送っていたじゃないか。東京でだって、君が何より好きなアートに囲まれて暮らしていたじゃないか。京都でなくちゃならない理由は、何もないじゃないか。なんでそんなに京都にこだわるんだよ君は！」

一輝はひどく興奮し、苛《いら》立《だ》ちを隠せない様子だった。一方、菜穂は、無風の湖のように平らかに静まり返っていた。

焦燥《しょうそう》を募らせた一輝は、もうがまんならないというように、一気にまくし立てた。

「君はまるでお腹の子供は自分ひとりのもののように振る舞っているけど、そうじゃないだろう。その子供の父親は、僕なんだ。君の出産に立ち会う権利がある。君のご両親も、僕の両親も、孫の誕生をどれほど楽しみにしているか……君は考えたことがあるのか？　京都で出産なんてことになったら、僕は仕事を休まなくちゃな

らなくなるし、お義母《かあ》さんも、僕の母も、孫の面倒を見に、わざわざこっちまで来なくちゃならなくなるんだぞ。周りに面倒をかけるってことがわからないのか？ 非常識にもほどがある！」

菜穂は微動だにせず、夫の言葉の嵐が通り過ぎるのを、ただ石になって待っているかのようだった。

一輝は、落ち着きなく、「青葉」が掛かった床の間の前を行ったり来たりしていたが、ふいに菜穂の目の前に座り込んだ。そして、暗いまなざしを菜穂に向けると、

「……美濃山と、どういう関係なんだ」

と言った。

菜穂は一輝を正面に見た。夫の目は血走っていた。

「どういうこと？」と訊くと、

「美濃山がいるから、京都にこだわってるんじゃないのか」

一輝がくぐもった声で言った。

「美濃山とできてるんだろう。そうだ、だから君は京都で出産するつもりなんだ。僕と別れて、美濃山と一緒になるつもりなんだ。……でなけりゃ、おかしいよ。美濃山も、絶対おかしい。君に言われたからって、ぽっと出の新人画家の個展をいき

なり開催するだなんて……」

菜穂が青ざめた唇を開いた。そして、怒りの焔《ほむら》を揺らめかせた目を、一輝に向けた。

「よくもそんなことが言えるわね。……私の母とあやまちを犯しておきながら」

たちまち一輝の顔が驚愕《きょうがく》で固まった。雷に打たれたかのように動かなくなってしまった夫に向かって、菜穂は言い放った。

「『睡蓮《すいれん》』の取引と引き換えに、母と関係したことを、私が知らなかったとでも思ってるの。自分でそんなことをしておきながら、私と美濃山さんの関係を疑うなんて……」

語尾が震えて、涙声になった。

「最低だわ。あなたって人は」

菜穂の頬を幾筋もの涙が伝った。一輝の顔には驚きを通り越して恐怖の表情が広がっていた。彼は何かを言おうとして懸命に口を動かしたが、言葉にならない。やがて、観念したかのように、がっくりと肩を落とした。

「なぜ、知っていたんだ……」

絞り出すように一輝が問うた。菜穂は、指先で涙を拭うと、

「そんなおもしろいことを、あの人が私に言わずにいられるわけないでしょう」

あの人とは、もちろん、母・克子《かつこ》のことだった。一輝は、信じられない、というように、力なく頭を左右に振った。

「君の母親なのに……娘が傷つくようなことを、どうして……」

「母親じゃないわ」

きっぱりと、菜穂が言った。氷結した水面にぴしりと石を投げ入れるように。

一輝の顔を、再び、驚きと恐怖が入り混じった靄《もや》が覆《おお》い尽くした。

――あの人は、私の母親なんかじゃない。

私の母親は、もうとっくに死んでしまったのよ。――この街で。

21 夕闇

嵐山の木々は、暑かった夏を過ごし、初秋を迎えて、輝きを放っていた緑が少しずつ黄変し始めていた。

渡月橋《とげつきょう》のたもとに佇《たたず》んで、一輝《かずき》は抜け殻のように虚ろな視線を川面《かわも》に放っていた。

夕日をまぶしく弾きながら、桂川《かつらがわ》が滔々《とうとう》と流れていく。橋の上を車が行き交い、観光客のグループが何組もにぎやかに話しながら通り過ぎる。ゆりかもめが宙を舞い、ときおり急降下しては川面を叩いている。

豊かな秋の京都の風景。しかし、その一切は一輝の瞳には映っていなかった。

――どうしたらいいんだ。

――もう、どうすることもできないのか。

――どうしようもないじゃないか。あんなことをしておいて。

――菜穂《なほ》に相談もせずに、自分は「睡蓮《すいれん》」を売り飛ばした。会社を救うためだったと言い訳をしても、もう遅い。そして――。

――あの名画を引き出すために、自分は、菜穂の母親と密通したのだ。

――そして、菜穂は、すでにそれを知っていた……。

――さらには、信じられない事実を聞かされた。菜穂の出生の秘密を。

――自分は、そんなことは露ほども知らなかった。菜穂が抱え込んでいた苦しみも悲しみも分かち合うことなく、今日まで生きてきたのだ。

――どうしたらいい。いったい、どうしたらいいんだ?

情けない自問が頭の中でぐるぐる回っている。橋の欄干《らんかん》にもたれて、一輝は夕焼け空に向かって息を吐いた。

上空の低いところを一羽の白鷺《しらさぎ》がゆったりと飛んでいくのが視界に入った。一輝はその清らかな翼が無心に動くのをじっとみつめた。白鷺は悠々と茜空《あかねぞら》を横切り、川下のほうへと消えていった。

一輝は身体を起こして白鷺が飛び去った方向をしばらく眺めていたが、ふいに夢から醒めたような心地を覚えた。

――どうしようもないんだ、ここにこうしているだけじゃ。

――とにかく、行こう。会って、話そう。

……白根樹《しらねたつる》と。

ひょっとすると挨拶にいくかもしれないからと、志村照山《しむらしょうざん》の名刺を持ってきていた。その住所をスマートフォンのマップに入力すると、一輝はようやく歩き始めた。

「出ていって。いま、すぐに」

鷹野《たかの》邸の一室で一輝と向き合っていた菜穂は、流れる涙をそのままに、暗くくぐもった声でそう言った。

「もう、あなたには会いたくない。父にも、母にも。東京の誰にも。……たとえ、もう東京に戻らなかったとしても、そういう運命なんだと思ってほしいの」

菜穂に突き放されて、一輝は石のように固まってしまった。

――菜穂は本気だ。これは、別れ話だ。

そう悟ったとたん、波が引くように身体じゅうの血の気がさあっと引いた。

――冗談じゃない。もうすぐ子供が生まれるっていうのに。いったい何を考えてるんだ。

そう言いたかったが、口の中がすっかり渇《かわ》き、舌がもつれて、どうしても言葉にならない。

菜穂は、うつむいて指先で涙をぬぐうと、何かを決心したかのように、きっぱりと顔を上げ、一輝を見た。そして、言った。

「母は、私の実の母じゃない。父も、私の実の父じゃないわ」

一輝は耳を疑った。菜穂の言っていることの意味がにわかには理解できなかった。

おろおろと目を泳がせながら、一輝は、ようやく震える小声で訊《き》き返した。

「どういう……ことなんだ？　お義父《とう》さんもお義母《かあ》さんも、君の実の両親じゃないなんて……そんなこと、あり得ないだろう？」

菜穂は、冷たい口調で応えた。

「そう思われても当然よね。あなたは、婚姻届を出すときも私の戸籍を見ていないんだから」

その瞬間、一輝は、あっと思い出した。

そういえば、入籍するとき、区役所に婚姻届を出すのに自分は立ち会わなかったのだ。

前もって菜穂が準備した婚姻届に署名、捺印をした。菜穂は自分の戸籍を取り寄せていたはずだが、目にしてはいない。役所への届け出の一切を一輝は菜穂に託した。

婚姻届は休日でも受け付けてくれるらしいから、自分も一緒に行くと言ったのだが、菜穂は、休日にはほかにやらなければならないことがいろいろあるし、平日に私がひとりで行ってくる、と言った。――いや、言い張った。

何か奇妙な空気を感じたのだが、そんなに言うならと、任せたのだ。

「戸籍には、ほんとうの母親の名前が記されてあったわ。もうそのときには、いまの両親が血を分けた両親じゃないことを知っていたけど、母親の名前を見るのは初めてだった……」

「ちょ……ちょっと待ってくれよ。母親の名前って……」

一輝は、混乱する頭を冷まそうとして、口を挟んだ。実際、熱が出てきそうだった。

「君は、お義父さんもほんとうの父じゃない、と言ったけど……そうしたら、君は、養子ということになる。となれば、戸籍には、実の父親の名前も記載されているんじゃないのか」

「戸籍上では、私は父の『婚外子』ということになっているのよ。……ほんとうの父親が誰なのかは、母も知らないようだけどね」

菜穂は、何かあきらめたように言い捨てた。

一輝はますます混乱した。

――どういうことだ。有吉喜一《ありよしよしかず》の子供じゃないのに、彼の婚外子になっている？　しかもその事実を有吉克子も知らない？

では、なぜ、菜穂はすべてを知っているのだ？

そう訊きたかったが口が動かない。訊いてはいけない気がした。その答えを知ってはいけない気がした。

菜穂は、しばらくのあいだ黙りこくって、一輝の背後の壁に掛かっている「青葉」の絵をみつめていた。その瞳は、いまはもう揺らめいてはおらず、しんと静まり返った古刹《こさつ》の池のようだった。

やがて、菜穂は、夫の目を見ると、きっぱりと言った。

「――私の父は、有吉喜三郎《きさぶろう》よ」

一輝は、息をのんだ。

そのまま言葉をなくして、菜穂の冴え渡った瞳をみつめ返した。信じようにも、到底、信じられなかった。

たったいま聞いてしまった、菜穂の「父」の名前。それは――菜穂の「祖父」の名前だったのだから。

菜穂は、ふと目を逸らして坪庭の石灯籠《いしどうろう》の影を映している障子を見遣った。それから、静かな声で話し始めた。

「母は、祇園《ぎおん》の芸妓《げいぎ》だったらしいわ。真樹乃《まきの》、という名前の……戸籍の名前は、真《ま》樹子《きこ》、だったけどね」

菜穂が自分の出生の秘密を知ったのは、二十二歳のとき。大学の卒業を控えた早春のことだった。

大学で美術史を学び、卒業後の進路は有吉美術館の学芸部に決まっていた。ちょうどその頃、闘病中だった祖父の喜三郎が、入院先の個室に菜穂を呼び、言ったのだった。

私はもう、そう長くはない。逝ってしまうまえに、お前だけに話しておきたいことがある――と。

――長いあいだ、秘密にしていて悪かった。私を、許しておくれ。

お前のほんとうの父は――この私だったのだ。

そして、お前のほんとうの母は、京都の美しい芸妓。真樹乃、という名だった。書や茶事《ちゃじ》の手習いで京都通いを続けるうちに、私は真樹乃と出会い、彼女はお前を身ごもった。

私には家庭があったし、会社の経営者という立場もあったから、彼女と結婚することはどう考えてもできない。それでも、彼女には子供を生んで育ててほしかった。いま思えば、ずいぶん身勝手な考え方だったよ。

けれど、彼女は清々《せいせい》として言ったんだ。

へえ、生みますえ。そやけど、この子は、有吉家のお子として育てておくれやす。うちは、一生、そのお子の母やとは名乗らしまへん。あんさんの息子さんのお子として、息子さんご夫婦にお育てもろておくれやす。

私はこの提案に驚き、途方にくれたが、彼女の中に宿った命の灯火《ともしび》に、とてつもない可能性を感じたんだ。この子を自分の「孫」として、自分の築き上げた美術館とコレクションを引き継がせよう、とな。喜一は、残念ながら、私の美意識を微塵《みじん》も踏襲しない野暮な男に育ってしまった。私は、あれに失望していた。だからこそ、この子は、美に対して人一倍敏感で、妥協を許さぬ情熱を持った人物に育て上げよう、と。

喜一は、それはもう、驚いていた。七ヶ月ののちに、とある女が赤ん坊を抱いて訪ねてくるから、その子供を黙って引き取って、お前の非嫡出子にしてほしい。そう父親に頼まれたのだから、驚かないはずはない。

嫁の克子には、自分の子だと思って育ててくれとだけ伝えればいい、とも言った。当然、克子は怒るだろうが、有吉家の財産をみすみす捨ててまで、離婚を申し入れはしないだろう。喜一の長男の由喜《よしき》は二歳だ、弟か妹ができれば喜ぶだろう。

そして、私は、喜一が赤ん坊を自分の子として受け入れるのと引き換えに、一年以内に社長の座を譲る、と約束した。

喜一は、結局、それをのんだのだ。

克子は「夫の不義の子供」を受け入れた。喜一と克子のあいだにどのようなやり取りがあったのか、私は知らない。しかし、誰が生んだのであれ、あなたの子であれば愛情をかけて育ててゆくと、喜一に誓ったらしい。実際、克子はよくやってくれたと思う。私の想像以上に。

ふたりとも、お前を実の子供と思って育ててくれているのだと、はたで見て感じていた。お前には、結果的にひどいことをしたとは思うが、こうなってよかったと、私は心から思っている。

もしも、お前が、真樹乃に育てられたならば——お前の運命は、もっと過酷なものになっていたはずだ。

真樹乃は、お前を生んでのち、芸妓をやめて結婚したらしいが、夫に先立たれ、苦労続きの果てに命果てたと、噂に聞いている。

お前は、やはり、有吉家で育てられるべくして生まれてきたのだ。

できることなら、このさきもずっと、お前の出生に関しては打ち明けずにおきたかった。しかし、いつか結婚が決まり、入籍のために戸籍謄本《とうほん》を見る日がくれば、少なくとも、克子はお前の実の母親ではないと知ることになる。そのときまで、残念ながら、私の命はもたないだろう。

お前に全部打ち明けて、詫《わ》びなければ、死ぬこともできないのだと悟ったんだ。

お前には、有吉美術館のコレクションの中でもっとも私が大切にしていた十点を譲ろう。――心配はいらない、もう手続きは済ませてある。

ひょっとすると、このさき、美術館は閉鎖の危機に直面するかもしれない。喜一の経営手腕は、私が期待していたようなものではなかった。あれは、まもなく、会社も美術館も、だめにするかもしれない。

もしも――もしも、そうなったとき。

菜穂。お前にだけは、どんな苦労もかけないように、すべて整えておこう。

約束するよ、菜穂。

どこにいても、いつも、お前を見守っている。お前だけを。

自分の感性を信じて、どこまでもそれを貫きなさい。

それが、死ぬまで自分勝手だったおじいさまの――お前の父の、遺言だ。


夕闇が竹林の向こうに迫っていた。

一輝は、重い足取りで竹林のあいだの細い路地を進んでいった。もはや菜穂とともに戻る道はない。進む道も見えない。一輝はいま、夕闇の中に次第に埋れていく路頭で迷う捨て犬だった。

なんでもいい、行き先を照らす灯りがないか。必死に思いを巡らせ、行き着いたのが、白根樹だった。

菜穂は、自分の出生の秘密を何もかも、すべて、一輝にぶちまけた。そのうえで、もう一度言った。私はもう、東京へは帰らない——と。

本気なのだと一輝は悟った。離婚の二文字こそ口にはしなかったが、菜穂は生まれてくる子供とともに京都に根を張るつもりなのだと。

そして、彼女に東京に背を向けさせる決定的な要因になっているのは、白根樹だった。

菜穂は、祖父の——血を分けた父親の——遺言通り、自分の感性に忠実に、どこまでもそれを貫く覚悟なのだ。喜三郎の遺産である傑作十点を売却し、経済的な基盤を作り、美《み》のやま画廊と立志堂《りっしどう》美術館の後押しを得て、白根樹を売り出そうとしている。——来月には初めての出産を控えている、肉体的にも精神的にも、もっとも大変なこの時期に。

驚異的な精神力だ。一輝には、それこそが空恐ろしかった。

もはや菜穂を止めることはできない。そして、自分がついていくことも許されない。

まもなくこのゲームは終了する。菜穂の圧倒的な勝利のもとに。

一輝は足掻《あが》いていた。どう足掻いても勝ち目はないとわかっていながら。そして、最後の最後にたどり着いたのが、白根樹だったのだ。

――白根樹に会って話をすれば、突破口がみつかるかもしれない。

白根樹が、自分と菜穂との崩壊しかけた関係を修復するのに力を貸してくれるのかどうか、なんの確証もなかった。一笑に付されてしまうだけかもしれない。……いや、むしろ、その確率のほうがずっと高い。

だとしたら――最後のカードを切るまでだ。

そうして、一輝は、藁《わら》をもつかむ思いで嵐山までやってきた。

――もう失うものは何もない。当たって砕けろ、だ。

志村照山邸には照山本人が在宅していた。一輝の突然の来訪に驚きつつも、快く受け入れてくれた。

照山には東京の画廊で個展を開きたいという強い思いがある。ゆえに、一輝の来訪を吉兆ととらえたようだ。

「なんの気の利いた用意もあらしませんけど、ちょうど、初ものの松茸《まつたけ》をもろたとこですわ。それを肴《さかな》に、まあ、一杯やりましょか」

家政婦の重松《しげまつ》やよいが、酒肴の準備を整えてテーブルの上に並べた。樹は不在なのか、姿を現さない。一輝は焦燥のあまり胃が爛《ただ》れそうだったが、照山と杯を重ねて、辛抱強く樹の登場を待った。

照山は上機嫌で、酒の力もあってか、一方的に話し続けた。そのうちに、京都画壇の噂話となり、だんだんと愚痴めいてきた。

美濃山《みのやま》の悪口も飛び出した。夏の屏風祭《びょうぶまつり》以降、樹のほうにだんだんと興味が傾いている、自分への遠慮もあってはっきりと口には出さないが、そのうちにきっと美のやま画廊から樹をデビューさせようと目論《もくろ》んでいるに違いないと、どこか憎々しげに語った。白根樹が、来年、美のやま画廊と立志堂美術館で同時に個展を開催することになっているとは、夢にも思っていないようだ。

今夜は、このさき、樹に会えないかもしれない。会ったとしても、ふたりきりで話すことは、もう不可能だろう。

そう悟った一輝は猪口《ちょこ》を持つ手に震えがきた。その内側はじっとりと汗ばんでいた。

「ところで、先生。……先生は、やはり、東京で個展をお開きになりたいと、いまもお思いでしょうか」

一輝は思い切って口を開いた。

――もう、最後のカードを切るしかない。

「そら、ま、そうですな。お宅さんあたりの、銀座の老舗《しにせ》画廊が引き受けてくれはるんやったら、考えんでもないですな」

案の定、食らいついてきた。ただし、あくまでも大家《たいか》らしく、鷹揚《おうよう》に構えて。

一輝は、くいっと猪口をあおると、いちかばちか、話し始めた。

「折り入って、ご相談なのですが……当画廊と、家内の実家である有吉美術館とで、同時に個展開催をなさいませんか。急な話で恐縮なのですが、来春にでも……予定していました作家の都合がつかなくなりまして……そのうちにお願い申し上げたいとかねてから考えておりました照山先生に、ここはひとつ、お願いしてはどうか、ということになりました。新作とは申しません、いま、お手元にある作品でじゅうぶんですので、お引き受けいただけまいかと……なにとぞ、切に、お願い申し上げます」

一気に言ってしまってから、深々と頭を下げた。

思いがけず個展の申し出を――しかもたかむら画廊と有吉美術館という、これ以上ない場所での同時開催の申し出をされた照山は、躍り上がりたい気分になったに違いない。しかし、それをぐっと抑えるように、和装の腕を組んで、うむ、と低く唸《うな》るにとどめた。それから、膝をぽんと叩いて、「や、ようわかりました。お引き受けいたします」と応えた。

「そないに言わはるんやったら、手持ちの作品だけやのうて、新作も準備せんならん。当然です。私も、京都画壇ではようやっと大家や言われるようになりましたが、東京は初めてですからな。篁《たかむら》さん、有吉さんに、恥かかすわけにはいかしません。そうとなったら、六曲一双の大物のひとつも新しく手がけましょ」

まるでもう準備を始めているんだと言わんばかりに、喜色満面で言った。

一輝は、それからしばらくのあいだ、照山が、あの作品がいい、これもあると、延々と自作の説明をするのを、愛想笑いを顔に貼り付けたまま、空《むな》しく聞き流していた。

もちろん、たかむら画廊でも、有吉美術館でも、志村照山の個展の企画を検討したことなどない。それどころか、有吉美術館は来年三月をもって閉館されるのだ。

それなのに、でっち上げの企画を持ちかけてしまった。不気味な震えが足下から上がってくるのを、一輝は必死にこらえていた。

――同じ時期に、白根樹の個展が美のやま画廊と立志堂美術館であると知ったら、照山は、烈火のごとく怒り、おそらく潰しにかかるだろう。

そうなれば、京都画壇は樹を認めず、美濃山は裏切り者となって、放逐《ほうちく》されるだろう。そのまま廃業することになるかもしれない。

立志堂とどのような話になっているのかわからないが、理事長は、経済界の大物にして有吉喜三郎と並び称される蒐集家《しゅうしゅうか》、立野政志《たつのまさし》だ。京都画壇とも志村照山とも通じているはずだから、照山が許さぬとなれば、樹の展覧会はあきらめるだろう。

そうだ。そうやって、まずなんとか志村照山展を東京で開催し、白根樹展は、そのあと、たかむら画廊でやればいい。

そうすれば、菜穂も東京に戻ってこざるを得ない――。

日本酒、ワインと飲み続け、すっかり酔いが回った照山は、焼き松茸を運んできた家政婦のやよいに、「おい、樹を呼んでくれ。バータイムや」と、言った。

樹の名前を耳にしただけで、一輝の胸がずしりと鉛を下ろしたように重くなった。

「毎晩、このくらいに酔っ払ってくると、我が家のバータイムなんですわ。いえね篁さん、樹が作る水割りは、なんやしらんけど、特別うまいですねん」

水と氷の配分がよろしいんやろうなと、もうろれつが回っていない。一輝は激しい動悸《どうき》でめまいがしそうなほどだった。

ぎい……と音を立てて、応接間のドアが開いた。黒い塗り盆を両手に持った白根樹が現れた。盆には、ウイスキーボトルと氷の入ったグラスが載せてある。一輝と目が合うと、そっと微笑した。

まっすぐな長い黒髪を垂らし、薄紫色のワンピースを着ている。うっすらと頬紅をさした白い顔は、夕闇に浮かぶくちなしのように妖《あや》しく、みずみずしい。樹は、ソファに座っている照山のすぐ隣に腰掛けると、手早く水割りを作り、しなを作って――一輝の目にはそう映った――照山に勧めた。

照山は水割りをごくごくと水のように飲むと、「ああ、沁《し》みるわ」と、いかにもうまそうに言った。

「樹、今日は祝いの酒や。私の個展が、東京で開かれることになったで。篁さんとこと、有吉さんとこで、同時開催や」

照山の言葉に一輝はひやりとした。冷や汗が背中にどっと噴き出る。

――白根樹に、知られてしまった。

これで、菜穂に伝わるのは時間の問題だろう……。

一輝は、ワイングラスに残っていた赤ワインを一気に飲み干した。

「おお、ええ飲みっぷりや。樹、篁さんにも水割りを作ったげて」

樹は、口元にふっと微笑を浮かべて、バカラのロックグラスにウイスキーを注いだ。そして、それを、ことり、と静かに一輝の目の前に置いた。

「どうです、慣れたもんでっしゃろ。この子は、もう十年以上も、こうして私専属のホステスしてくれてますねん。ま、この子の死んだ母親も、祇園の美人芸妓やったしな。血は争えませんな。ははは っ」

グラスの中で琥珀《こはく》色の液体がゆらゆらと揺らめいている。一輝は、奇妙な夢を見ているようなまなざしで、その液体に見入っていた。

22　紅葉《もみじ》散る

病室の窓から、燃えるように赤々と照り輝く紅葉が見えた。

その周辺の木々は、まだうっすらと黄ばみ始めているくらいであったが、不思議なことに、その紅葉だけが真っ赤に葉の色を変えている。日光の当たり具合がいいのか、一本だけ、突出して色づきが早い。

ベッドに横たわって、菜穂《なほ》は、ときおり痛みがやってくるたびに、その紅葉を眺めては気を紛《まぎ》らわしていた。

ベッドの傍《かたわ》らには、鷹野《たかの》家の家政婦、朝子《あさこ》が付き添っている。陣痛がくる間隔は、十分おきだったが、次第に狭《せば》まってくるようだった。

菜穂が苦痛に顔を歪《ゆが》めるたびに、朝子がやさしく手の甲をさすり、「大丈夫、大丈夫でっせ」「ゆーっくり息しておくれやす、ゆーっくりな」と、やわらかに声をかけた。ふたりの娘を出産し、その娘たちの出産にも立ち会った朝子であった。

「初めは、できるだけのんびり、ぼんやりしとくんがよろしおすえ。最後に、うんときばらんとあきまへん。力をためておきましょな。なんも怖いことあらしまへん。ちゃーんと生まれてきゃはります、そないにできてますねん」

そう言われて、菜穂はなんともいえぬ安堵感《あんどかん》を得た。

予定日より五日早く陣痛がきた。出産に同行してもらえるよう、朝子には事前に頼んでいた。朝子は承知しながらも、ご主人やご両親に知らせたほうがいい、ご主人に立ち会ってもらったほうが何かと心強いはずだと諭《さと》したが、菜穂は聞き入れなかった。

東京へ帰らない心づもりであることを、菜穂は鷹野せんにも朝子にも、すでに打ち明けていた。出産後すぐには無理かもしれないが、年が改まってからできるだけ早く引っ越しをしたい、もう住宅のあたりもつけてある――とも。鷹野邸からさほど離れていない、吉田《よしだ》神社の近くにある一軒家である。住居に関しては、菜穂の依頼を受けて、美濃山《みのやま》が密かに話を進めてくれていた。まもなく購入の契約の手はずが整う。美濃山は、菜穂名義になっている有吉《ありよし》美術館の至宝・十点の作品の売却手続きもぬかりなく進めつつあった。

数週間まえ、「妻を迎えにきた」と一輝《かずき》が突然やってきたものの、顔色《がんしょく》をなくして去っていったのを、鷹野邸の玄関先で朝子が見送った。そのすぐあと、稽古《けいこ》先から帰宅したせんの部屋に出向いた菜穂は、朝子も呼んで、ふたりに向かって決心を打ち明けた。

いずれ自分は一輝と別れることになると思う。そして有吉家に戻るつもりもない。生まれてくる子供とともに、京都で生きていくつもりである。こちらには大変な面倒をかけてしまったことを許してほしい。そして自分と子供をこれからも見守ってほしい——。

重大な決断にいたるまでの理由については、具体的には一切説明しなかった。せんは、小さな四角いかたちに正座をしたまま、菜穂の告白にじっと耳を傾けていた。全部聞き終わると、ようわかりました、とひと言、言った。

——あんさんのことは、よろしゅう頼むて、喜三郎《きさぶろう》さんから言われてまっさかいに。

わての命が続く限り、何があろうとお守り申しますえ。

物静かな口調、しかし力強い言葉だった。菜穂は、せんはすべてを知っているのかもしれない、と勘づいた。

せんの愛弟子《まなでし》であった祖父、喜三郎。祇園《ぎおん》の芸妓《げいぎ》と密通したこと、彼女がみごもったこと、そして出産した子を息子の非嫡出子として育てさせたこと、それが菜穂であること——ひょっとすると、そのすべてを知っているからこそ、菜穂が決心した真意について、何も訊《き》かないのかもしれない。

菜穂は畳に両手をついて低頭した。言葉にはならぬほど、せんの思いやりがありがたかった。

せんに倣《なら》って、朝子もまた何も問い質《ただ》しはしなかったが、菜穂の決心はいかにも不自然に感じたようだった。ご家族に連絡しにくいようやったら、わてが代わりに東京へ連絡しまひょか、と申し出たりもしたが、菜穂がかたくなにやめてほしいと頼んだので、しまいにはあきらめ、家族の代わりに自分が出産に付き添うことも承知してくれたのだった。

そして先週、なんの予告もなく、鷹野邸に母の克子《かつこ》が現れた。

菜穂の心には、もはやいかなるさざ波も立たなかった。ふたりは菜穂の自室で向き合った。重苦しい沈黙を破って、さきに口を開いたのは克子のほうだった。

――もう、東京へは戻らないのね。

菜穂は、三十年余りを自分の母として生きてきた女の顔を見た。あり余る財力に恵まれ、こびへつらう人々に囲まれて、燦然《さんぜん》と気高《けだか》かったはずの女王の顔は、焦《しよう》燥《そう》と疲労で、色をなくし、げっそりして見えた。目の下にできたたるみと口元の皺《しわ》が、彼女のいままでの人生が実は決して楽なことばかりではなかったのだと物語っているようだった。

菜穂が成人してからというものは、美術館の運営方針から結婚相手の選定まで、まるで娘に挑むかのごとき行為を繰り返していた克子だった。それでも、一滴の血すらも分けなかった菜穂を、三十年余り自分の娘として育て、接してきた。それは動かしがたい事実であった。

それに気づいたとき、湿った突風が菜穂の中に巻き起こった。心がぐらりと母に向かって傾いてしまいそうだった。それをすんでのところで止めて、菜穂は、克子に向かって言った。

——お引き取りください。私は、このさき、この地で、娘とともに生きてゆきます。

悲しげな色を瞳に浮かべて、克子は小さくつぶやいた。

——女の子なのね。

菜穂は、なんとも答えなかった。少し大きな声になって、克子が問うた。

——孫を抱かせてもらえないのね、私は?

感情のない声色《こわいろ》で、菜穂は答えた。

——この子は、あなたの孫ではありません。……有吉喜三郎の孫です。

「……菜穂さん。菜穂さん、大丈夫どすえ。もうちょっとの辛抱え。しっかりおしやす」

励ましながら、朝子が菜穂の背中をさする。菜穂は苦痛に顔を歪めて、菜穂は苦しい呼吸をつないでいた。

「そろそろ、陣痛室に移らはったほうがええかもしれまへんな。ちょっと待っておくれやす、看護師さん呼んできまっさかい」

そう言って、朝子は部屋を出ていった。菜穂の視界の中で、窓辺の紅葉が色をちりぢりに散らしている。鮮血のような赤いひと色を。その赤が、じっとりとにじんで、ぼやけて、遠ざかっていく。

常夜灯だけがついた薄暗い病室で、枕元のスマートフォンがぶるぶると震え、ふっと白い明かりを点した。

うつらうつらしていた菜穂は、スマートフォンを手に取ると、明るい画面を見た。白根樹《しらねたつる》から、メールが届いていた。

赤ちゃんは元気？

菜穂は、すぐに返信した。

とても元気よ。そちらはどう？

準備終わった。予定通り、先生は明日から二週間、イタリアへスケッチ旅行に出かけるから、そのあいだに全部、やっちゃいましょう。

そうね。私も予定通り、明日退院だし。あなたもばたばたしているでしょうから、落ち着いたところで、娘を連れて会いにいきます。

早く会いたいな。あなたに似て、かわいいんでしょうね。

かわいいわよ。どことなく、あなたに似ているような気もする……。

そこでしばらく返信が途絶《とだ》えた。五分ほどして、再び、スマートフォンの画面が、ふっと白い明かりを点した。

　ということは、つまり、私たちの母親に似ているということかな。

　十一月下旬、立野《たつの》家別邸「無尽居《むじんきょ》」の庭の紅葉はほとばしるような赤に染まっていた。

　庭いちめんに広がる豊かな杉苔《すぎごけ》の上のあちこちに赤い葉が散り落ちている。痺《しび》れるような彩色が、またしても菜穂の歩みを止めた。

　十月に来たときには、見事な萩《はぎ》の花に足を止められた。あのときはまだ緑濃かった紅葉が、こんなにも赤くなり、散り始めている。

　そして、あのとき、お腹《なか》にいた赤ん坊は、いま、菜穂の腕の中で安らかな寝息を立てていた。

　あのときと、いま。

　わずかふた月足らずのあいだに、すべてが変わった。――紅葉が緑から赤へ転じたように、すっかりと、何もかもが。

　その不思議を、菜穂は思わずにはいられなかった。

「菜穂さん。――また寄り道ですか」

声をかけられて振り向くと、美濃山が敷石の上をこちらへ近づいてくるところだった。

「おお、これはかわいいわ。ほんまええ赤子さんや、おお、おお。よう寝てはるわ」

菜穂の胸に抱かれている赤ん坊を覗《のぞ》き込んで、美濃山は思わず笑みをこぼした。

「お名前は、なんとつけはったんですか」

菜穂は、笑顔になって答えた。

「菜樹《なつき》です。菜穂の菜《な》、樹《たつる》の樹《き》。な、つ、き」

美濃山は、おや、と意外そうな顔をした。

「樹さんから一文字もらわはったんですか。……いや、そやないな。樹さんは、一文字しかあらへんか」

そう言って、朗らかに笑った。

初めての訪問時に通された洋間で、立野政志《まさし》が待っていた。

赤ん坊を抱いた菜穂が現れると、「おお、これはかわいい、ええお子や」と美濃山と同じように言って、顔をほころばせた。

「私の留守中に、いろいろと段取っていただきまして、なんとお礼を申し上げたらよいのでしょう。……ほんとうに、ありがとうございます」

菜穂がていねいに礼を述べると、

「いや、いや。礼には及びません。わても、おかげさんで、ひさしぶりに愉快《ゆかい》な思いをさせてもろてますさかいにな」

無尽居への再訪は、立野と美濃山と菜穂、三者間で作品の売買契約に調印するためであった。

有吉美術館の収蔵庫に保管されていた十点の傑作は、年内にも立志堂美術館に移管される。作品の購入代金は、契約後間を置かずして、美《み》のやま画廊経由で菜穂に支払われることになっていた。

立野はたいそう機嫌がよかった。長らく恋い焦《こ》がれていた有吉美術館の至宝をついに手中にすることができるのだ。快哉《かいさい》を叫びたい気持ちであるのだろう。すっかり勢いづいて、秋のオークションで立て続けに伊藤若冲《いとうじゃくちゅう》、黒田清輝《くろだせいき》、岸田劉生《きしだりゅうせい》を落としたと大喜びで菜穂に教えた。

「もう誰も理事長を止められしませんわ。立志堂さんは、そのうち、国立近代美術館を超えてしまわはるん違いますか」

美濃山が苦笑して言ったが、お追従《ついしょう》には聞こえなかった。立野は、下手に遺産を残すくらいなら生きているうちにすべて美術品に費やしてしまいたい、と本気で思っているようだった。

契約書が整ったところで、「さて、菜穂さん」と立野が明るい声で言った。

「あなたの画家が、大広間で待っとりますよ」

菜穂はうなずくと、菜樹を抱いて立ち上がった。立野は、いってらっしゃい、というように、口元に笑みを浮かべて菜穂を見送った。

つややかに磨かれた廊下を大広間へと進む。北向きの襖《ふすま》はぴっちりと閉じられていた。金地に咲き乱れる色とりどりの秋の百草。――多川鳳声《たがわほうせい》の絶筆であると立野に聞かされた。

「……樹。菜穂よ」

襖を開けずに、菜穂は声をかけた。

「――入って」

か細い声がした。鈴が震えるようなはかない声。菜穂は、左腕に菜樹を抱き、右手を引手にかけて、ゆっくりと襖を開けた。

目の前に、いちめんに紅葉が散る庭が現れた。

鮮やかな杉苔の緑、その上を覆う紅葉の落ち葉。その鮮烈な赤。その合間を縫って、一条の陽光が差し込む。光に照らされたところだけ、苔も、落ち葉も、黄色く、また白く輝いている。

紅葉散る庭の絵を畳に敷き詰め、その上に板を渡して、樹が立っていた。彼女の背後にある本物の庭では、燃え上がるような紅葉の木々がしんとして佇《たたず》んでいる。

広間の右手には、すでに完成している六曲一双《ろっきょくいっそう》の屛風《びょうぶ》、「焰《ほむら》」。左手には、祇園《ぎおん》祭《まつり》の際に瀬島《せじま》邸に飾られていた「睡蓮《すいれん》」。そのすべての中心で、小宇宙を支配する女神のように、樹が立ち尽くしていた。

菜穂は、橋を渡るようにして、菜樹を両手に抱いたまま、板の上を歩んでいった。樹の目の前までくると、赤ん坊の背中をやさしく叩いて、言った。

「この子が、菜樹よ」

樹は、白い顔に微笑をともして、一歩、母子へと近づいた。そっと菜樹の顔を覗き込むと、

「……ほんとうに」

と、小さくつぶやいた。

「あなたと、私に、似てる」

樹とともに、我が子の顔を覗き込んで、菜穂も微笑《ほほえ》んだ。

十月半ば、菜穂は、主が留守中の志村照山《しむらしょうざん》邸を訪れていた。

そのとき、樹に知らされた。一緒に東京へ戻ろうと言って自分のところへやって

きた一輝が、嵐山の照山邸に立ち寄って、何を思ったか、たかむら画廊と有吉美術館での展覧会の話を持ちかけた――と。

そう聞いて、菜穂は、滑稽《こっけい》なような、哀《あわ》れなような、薄ら寒い気持ちになった。よほど切羽《せっぱ》詰まっていたのだろう、照山を味方につけて樹の個展を阻止するほかはないと思い切ったに違いない。そうすれば、妻は京都にいられなくなり、あきらめて東京に帰ってくるかもしれないと。――そのために、もはや閉館の決まっている有吉美術館で個展をするなどと、嘘《うそ》までついて。

薄暗い怒りが身体の底からしんしんと湧き上がってきた。菜穂の表情に暗雲がかかる様子をみつめていた樹だったが、突然、口を開いた。そして、声を出したのだ。

――菜穂さん。私、しゃべれるの。

菜穂は、えっと驚いて顔を上げた。樹の白い顔は不思議に輝いていた。

――最初からしゃべれたの？……どうして、いままでしゃべらなかったの？

――しゃべったら殺すと、言われていたから。

――誰に？

――志村照山に。

そうして、樹は話し始めた。志村照山と、父と、母と、自分とを、がんじがらめに縛りつけた、重く錆《さ》びついた鎖について。

樹の物心がついたときには、父はすでに京都画壇の寵児《ちょうじ》であった。花鳥風月、美人画、動物画と、いかなるものも典雅に、また生き生きと活写することができた父は、竹内栖鳳《たけうちせいほう》の再来であるともてはやされ、多くの顧客を得て、順風満帆《じゅんぷうまんぱん》の人生を送っていた。

志村照山は、学生時代から父とは友人関係にあり、また、よきライバルであった。照山もまた竹内栖鳳の流れを汲《く》む独特の写実主義で、数々の賞に入選し、名声を高めていたが、いつでも一席は多川鳳声、次席が照山なのだった。

ふたりはよくつるんであちこちへ出かける仲であったが、モデルの奪い合いもした。祇園で評判の美人芸妓をモデルにしようと競い合ったが、彼女がモデルとなるのを承諾したのは鳳声のほうであった。その後、彼女は鳳声の子供をみごもり、ふたりは結婚することとなったのだが、このとき彼女の中に宿ったのが樹であった。

母は、結婚を機に花街を引退し、その後、何か難しい病気を患《わずら》って、入退院を繰り返すこととなった。

樹は幼い頃から父の指導で絵を学び、暇さえあれば筆を握って何か描いている子供だった。ときどき、照山が遊びにきては、樹が絵を描くのを楽しそうに眺め、ときおり父に代わって教えてくれもした。やさしいおじさんだと、樹は思っていた。酒の席で照山の膝に乗って遊んだりもした。

すべてが一変したのは、樹が十歳のときのことである。

真冬で、大雪が降った日の夜だった。

そのとき、樹は自宅二階の自室でベッドに入っていた。眠ってはおらず、布団を被《かぶ》って本を読んでいた。階下では、父と照山とが酒を酌《く》み交わして騒いでいた。

母はしばらくまえから入院中であり、家事の一切は通いの家政婦が引き受けていた。夜は父と樹のふたりきりのことが多かったが、ときおり客人が訪ねてきてはにぎやかに酒宴をするので、そんなとき、樹はさっさと自室にこもるようにしていた。

古い日本家屋で、階下の物音や声がよく聞こえた。その頃、照山がきて酒宴となると、最初は笑い声で始まっても、次第に何か言い合ったり、どなり合ったりすることが多くなっていた。お父さんと照山先生はあまりうまくいっていないのだろうと、樹はうすうす気づいていた。喧嘩《けんか》しないで、と思いながら、布団を頭から被って照山が帰るのを待つ、ということがよくあった。

しかし、その夜はいつもと少し違っていた。激しい罵《のの》り合いが起こり、どたん、ばたんと大きな音がして、やがてしんと静まり返った。何が起こったのかと、樹は息を殺して耳をそばだてた。

ずるずる、ずるずる、何か重いものを引きずる音がした。続いて、がたがたと雨戸を開ける音。どさり、と庭に何かが落下する音。

樹は、ベッドから起き出し、がらりと窓を開けて、階下を覗き見た。――その瞬間。

はっと上を向いた照山と、目が合った。その目が気味悪く光るのを、樹は確かに見た。

それは、父が――そのとき、すでに死んでいたのか、まだ息があったのか、わからない――雪が降り積もった凍《い》てつく庭に放り出された瞬間だった。樹は息をのんで、急いで窓を閉めた。そしてベッドに飛び込み、頭から布団を被った。布団ごと、がくがくと身体が震えた。

しばらくして、みしり、みしりと階段を足音が上ってきた。ぎい、と厭《いや》な音を立ててドアが開く。樹の心臓は止まりそうになった。いきなり布団を剝《は》がされたのだ。

ベッドのすぐ脇に、照山が立っていた。暗く光る目で樹を見下ろしている。恐怖のあまり、樹は声も出せなかった。

――さっき見たことを、誰にもしゃべるんやないで。

くぐもった声で、照山は言った。

——ええな。しゃべったら、どうにかうなずいた。照山は、樹を睨《にら》みつけると、部屋を去っていった。

樹は、震えながら、お前は死ぬことになるで。

翌朝、雪の中で息絶《た》えている父が、家政婦によって発見された。警察や、いろいろな人が家にやってきた。樹はいろいろなことを質問された。しかし、声が出なかった。どうしても、出せなかった。

しゃべったら、お前は死ぬことになる。そのひと言がいつまでも耳から離れなかった。

父の死因は凍死ということになった。酩酊《めいてい》した後、自ら庭へ出てそのまま息絶えた——という結論だった。

しかし、画壇では、多川鳳声は自らの限界を感じて自殺した——と、まことしやかに囁《ささや》かれた。

やがて、入院中だった母も他界し、樹は志村照山の養女となった。天涯孤独となった少女を父親の親友が見るに見かねて引き取る——という体《てい》で。

照山は、自分の娘となった樹が絵を描き続けるのを止めはしなかった。が、常に監視し、いちいち干渉した。その目はいつも光っていた。あの夜と同じように。

いつか、殺される。――もしも、しゃべってしまったら。

あの夜の、あのひと言が、いつも、いつまでも樹を苛《さいな》んだ。

けれど、いつか、きっと――この家を出る。

自由になって、あの男を踏みにじり、超えていくのだ。

そう思い続けて、口を固く閉ざし、そのときがくるのを辛抱強く待ち続けた。

長い、長い時間を持ちこたえられたのは、死の間際、母がこっそりと教えてくれた、たったひとつの真実に支えられていたから。

――かんにんな、樹。

お母さん、あんたにずっと言われへんかったけど、最後にひとつだけ、教えときたいことがあんねん。

あんたには、お父さんが違うお姉ちゃんがいてるんや。

その子の名前は、有吉菜穂。いろんな理由があってな……いま、東京で、ええとこのお嬢さんとして暮らしてはる。

その子は、お母さんのことも、あんたのことも知らんはずや。そやけど、いつか、あんたが大きゅうなって、なんぞ困ったことがあったら、きっと助けてくれはる。

あんたには、血のつながったお姉ちゃんがいてるゆうことを、忘れんときや。

あんたは、ひとりやない、ゆうことを——。

菜穂の腕に抱かれていた幼子《おさなご》が、うっすらと目を覚ました。みずみずしい瞳で、じっと樹の顔をみつめている。

「ねえ」と樹が、囁いた。「笑ってる」

ふふ、と菜穂が小さく笑い声を立てた。

「まだ生まれたばっかりよ。笑わないよ」

「ううん、笑ってるよ。ほら」

「あれ、ほんとだ」

さわさわと風が吹き渡る。庭の紅葉が一葉、迷い込んで、畳の上に広げられた描きかけの絵の苔の緑の上に静かに落ちた。

23 氷雨《ひさめ》

駅から乗ったタクシーが桂川《かつらがわ》沿いに北へと走っているときに、雪が降り始めた。地上に落ちるまえに、溶けてなくなる、はかない雪だ。

「降り始めましたなあ。えらい冷え込むな、思うてたら……」

後部座席のシートにもたれて、ぼんやりとしていた一輝《かずき》は、運転手のつぶやきを耳にして、身体を起こした。

曇った車窓を指先でこすってみる。宵闇《よいやみ》が迫り、色をなくした川沿いの風景に、点々と雪が灯《とも》っていた。

薄ら寒い冬の風景の中、一輝が向かっているのは嵐山《あらしやま》の志村照山《しむらしょうざん》邸である。そこで、その日、志村照山その人の通夜が行われていた。

突然の訃報《ふほう》は美濃山《みのやま》から寄せられた。昨晩の遅くのことだ。携帯に電話がかかってきて、志村照山が急逝《きゅうせい》したと言われた。

十一月末に、外遊先のイタリアから戻ってすぐ、身体の不調を訴え、緊急入院した。肝臓がんで、すでに全身に転移し、手の施しようがなかった――というような、簡単な経緯を説明して、明日お通夜であさってが告別式です、お通夜は先生のご自宅で行われます、告別式は――と、事務的に伝えて、ほなよろしゅうたのんます、と、流れるように話したのち、通話を終えた。あまりにもあっさりしていたので、担がれているのではないかと思ったくらいだ。

いやしかし、あり得ない、とはもう言えない。この世の中で、自分の人生で、あり得ないことが、この一年足らずのあいだに、実際、二度も起こったのだから。

原発事故と、妻との離別。

いったい、何をどうしたら、そんなことが起こり得たというのだろう。

何がどうなって、そうなってしまったのか。

もともと、そうなる運命だったのか。

一輝には、もうよくわからなかった。

十一月上旬、一輝にとって初めての子供が生まれた。女の子だった。その一報を知らせてくれたのは、菜穂《なほ》が寄宿している鷹野《たかの》家の家政婦、朝子《あさこ》であった。

菜穂が離婚を決意していることは事実だ。しかし、ひょっとすると、子供が生まれて気持ちが変わることもあるかもしれない。

我ながら未練がましいと思ったが、それでも一輝は菜穂に電話をした。案の定、何度かけても出てくれない。メールもした。子供に会いたいと、すなおに気持ちを綴《つづ》った。やはり、返事はなかった。

東京で志村照山展を企画していること――たかむら画廊ばかりか、閉館が決まっている有吉《ありよし》美術館でも同時開催するなどと、自分が照山に対して大風呂敷を広げたことは、もうとっくに白根樹《しらねたつる》から聞かされていることだろう。

その後、克子《かつこ》が、「これが最後」と言って、菜穂の説得のために京都へ出向いた。一輝は、藁《わら》にもすがる思いで、克子にすべてを託した。

あなたが篁《たかむら》家と有吉家に背中を向けて勝手なふるまいをしていること、何もかも許すから、子供を連れて東京へ帰ってらっしゃい。

そんなふうに、母は娘を思いやり深く諭すつもりでいたことだろう。何もかも許すと。

しかし、実際には、娘が母を許さなかったのだ。

克子は憔悴《しょうすい》しきって帰ってきた。

――もうあの子は帰ってこないわ。全部、あなたのせいよ。

克子の帰京を待ち切れずに東京駅まで迎えにいった一輝に向かって、克子は泥の玉を投げつけるように言った。

車で克子を自宅まで送っていく途中だった。車中で、克子は怒りを爆発させた。そして、一輝をくどくどとなじった。孫をこの腕に抱けないのはあなたのせいだ、菜穂をあなたと結婚させたのがそもそもの間違いだったと、言葉の刃で一輝をめった刺しにした。

——「睡蓮《すいれん》」の一件で、あなたが、あんなことを持ちかけたから……あんなこと、さえなければ、もっとどうにかなっていたでしょうに。

克子になじられるままになっていた一輝だったが、一瞬、かっと頭に血が上った。口の中が渇き、目がかすんできた。ハンドルを握る手は、怒りで指先まで熱くなった。

いっそ、このまま激突して、何もかもすべて終わりにしてしまえたら。

危うい思いに引き込まれそうだった。が、どうにか克子を田園調布《でんえんちょうふ》の自宅まで送り届けた。克子は無言で車を降りると、後ろ手にドアを閉め、振り向くこともなく有吉邸の中へ消えていった。

一輝はその足で実家へ向かった。父の智昭《ともあき》には、自分たちが離婚の危機に直面していることを相談していた。その日、智昭も、じりじりしながら一輝からの報告を待っていた。

——もう、おしまいだよ。

克子の説得が不発に終わったことを伝えると、あきらめの言葉が口をついて出た。

智昭は、両腕を組んで、苦渋に満ちた表情を作った。

一輝と菜穂の婚姻は、たかむら画廊が円滑な経営を続けていくうえでこれ以上ない強力な後ろ盾《だて》となっていた。有吉美術館のコレクションを売却する窓口を任されたのも、両家の強固な関係があったからこそである。

コレクションの中で、もっとも資産価値が高い十点が菜穂の名義になっていたのには、智昭も驚かされたが、それでも菜穂は篁家の嫁である、当然たかむら画廊のためにも売却に同意すべきだし、その窓口にたかむら画廊を指名するはずである。智昭はなんら不安を覚えなかった。

ところが、菜穂がコレクションの売却窓口に指名したのは、なんと京都の老舗《しにせ》画廊、美《み》のやま画廊だった。これには、さすがの智昭も激怒した。

それどころか、菜穂は、子供を産んでも東京へは戻らないと言い張っている。

――つまり、一輝と離婚をし、有吉家とも袂《たもと》を分かつと。もはや、菜穂の思考は智昭の想像の範疇《はんちゅう》を超えていた。

菜穂の両親と智昭と一輝は、数回にわたって協議を重ねた。いったいどうすれば菜穂を東京へ連れ戻すことができるのか。そこで一輝は、最後の切り札として、志村照山の個展をたかむら画廊と閉館直前の有吉美術館で同時に開催する計画を持ちかけたのだ。

菜穂は現在、照山の養女であり弟子《でし》の白根樹を正式に画壇デビューさせようと後押しをしており、照山には知らせずに、京都で彼女の個展を開催しようと目論《もくろ》んでいる。

しかし、師である照山の個展が東京で開催されるとなれば、それよりさきに京都で樹の個展を開催するのは、照山が承諾しないだろうし、画壇のルールにも反する。

照山は樹に自分の個展の手伝いをさせるはずだし、菜穂も、もともとはたかむら画廊で照山の個展を開くことを希望していたのだから、そのときばかりは東京に戻ってこざるを得ないだろう。

まずは照山をステップにして、すぐさま樹の個展もたかむら画廊で開催すれば、菜穂も東京で腰を据える気になるかもしれない。

この計画を聞いて、当然、智昭はすぐに志村照山の個展開催を承諾した。菜穂の父・喜一《よしかず》は、なぜそこまで菜穂が名もない女流画家に肩入れしているのか、納得がいかないようだったが、克子は、直感的に「その方法しかない」と悟ったようだった。

一度こうと決めてしまった菜穂を——特にアートやアーティストに関しては——翻意《ほんい》させるのは至難の業《わざ》であると、克子はわかっていたのだ。

有吉美術館の閉鎖を二ヶ月先送りにして、有終の美を飾る展覧会を開催するのは、コストがかかるとはいえ、やはりやるべきであろう。そして、志村照山展は、いかにもそれにふさわしかろう。

さらに、このわずか十ヶ月に満たないあいだにすっかり京都に魅せられてしまった娘を連れ戻すには、そのくらい大げさな仕掛けを作らなければもはや難しいのだと、克子は喜一を説得した。

東京での受け皿をどうにか整えて、一輝はひと息ついた。あとは、自分以外の誰かが、菜穂を説得するしかない。

私が行くわ、と克子が申し出た。

——孫を抱かせて、と言ってみるわ。

彼女は菜穂の実の母ではない、と一輝はすでに知っていた。それでもやはり、菜穂の母は克子以外にはいないのだ。

一輝は克子にすべてを託した。——が。

結果は、絶望的だった。

一輝の報告を聞いて、智昭はしばらく苦々しい表情のままで黙りこくっていたが、やがて言った。

──それでも、やるしかないだろう。志村照山展を。

一度作家に申し出てしまった以上、やり通さなければならない。それがギャラリストの仁義だと智昭は承知していた。

こうなったら、東京での照山展を京都での白根樹展にぶつけるしかない。吉と出るか凶と出るか、わからない。しかし、たかむら画廊の威信をかけて、成功させなければならない。

失望のただ中ではあったが、智昭と一輝はそう誓い合った。

その後まもなく、照山は、もともと予定していたというイタリア旅行へ画壇仲間とともに出かけていった。

約半年後に迫った展覧会の準備のことを一輝は懸念《けねん》したが、準備は全部樹が引き受けてくれたから心置きなく行ってくる、と言われてしまった。照山は、樹が菜穂と組んで個展を企画しているとは、露ほども知らぬようだった。

そして、照山が留守のあいだに、菜穂に子供が生まれた。

一輝は飛んでいきたかったが、どうにかこらえた。照山が帰ってきたら、打ち合わせを口実に照山邸へ赴き、樹をつかまえて現状を聞き出そうと決めたのだ。

ところが、照山から、緊急入院する、と連絡が入った。たいしたことはない、すぐに退院するから見舞いは不要だ、と。そして病院の名も告げずに電話を切った。

——いったい、何が起こったんだ？

一寸先も見えない濃霧の中に、いきなり放り出されたような気持ちになった。

とてつもなく悪い予感が胸に立ち込めた。よからぬことがまもなく起こる、そんな予感が。

そして、十二月下旬。

一輝の携帯に着信があった。美濃山からの、志村照山の訃報を告げる一報が。

数寄屋門《すきやもん》の銅板葺《ぶ》きの屋根の軒下《のきした》に白い提灯《ちょうちん》が下げられている。喪服を着た人々が、せわしなくその門をくぐってゆく。

一輝が照山邸に到着したのは、午後五時少しまえだった。ちょうど冬至の頃でもあり、あたりはすっかり暗くなっていた。

こんなときにそんなことを考えては不謹慎だとわかってはいたが、通夜の席に菜穂が来ているかもしれない、と考えると、胸がしびれるほど高鳴った。

まさか赤ん坊を連れては来るまいが……いや、生後二ヶ月に満たないのだし、置いてくるわけにはいかないだろう。ひょっとすると子供に会えるかもしれない、という期待が、知らずしらず高まった。

菜穂が連れてくるかもしれない赤ん坊。その子は「わが子」なのである。出産の場に立ち会ったわけでもなければ、生まれた子供をこの腕に抱いたわけでもない。一輝にとっての初めての子供なのに、まったく実感がなかった。それでも、血を分けた子供には違いない。菜穂が連れてくる赤ん坊は、半分は自分のものでもあるのだ。何も恐れることはない、と一輝は自分に言い聞かせた。それでいて、足下から震えが上がってくるほど、菜穂と赤ん坊に会うのが怖い気がした。

仏間に祭壇が設けられており、おびただしい弔問客《ちょうもんきゃく》が焼香に訪れていた。棺《ひつぎ》のすぐそばに白根樹が正座していた。一輝はいっそう動悸《どうき》がしたが、せわしなく視線を巡らせて、弔問客の中に菜穂の姿を探した。が、みつけられなかった。

樹の白い顔は喪服に映えていっそう透明感を増し、うっすらと輝いて見えるほどだった。その顔にはいかなる表情も浮かんでいなかった。悲しみも憔悴も疲れも、また安堵《あんど》も。一切の表情を消し去った顔は、冷えびえとして、それでいてどこか神々しいようだった。

「篁さん。……ようお越しいただきまして」

声をかけられて、はっとした。すぐ後ろに美濃山がいた。一輝は、小さく頭を下げて挨拶をした。

「このたびは、急なことで……驚きました」

美濃山は、ちょっとあちらへ、と一輝を廊下へ誘った。ふたりは廊下の隅で立ったまま、声を潜《ひそ》めて話をした。

「先生は、せんから、もうだいぶお悪かったようです。……とにかく病院がお嫌いで、健康診断もいっさい受けてはりませんでしたから、お悪うなってはったことにも気がつかんと……入院したときには、もう手遅れで」

長年の不摂生がたたったのだろう、と美濃山は言った。若い頃から酒好きだったが、最近はアルコールが入らないといても立ってもいられず、筆も握れないのが実状だったようだ。

一輝の脳裡《のうり》に、照山邸を訪問したときに耳にした照山の言葉がふいに浮かんだ。

――どうです、慣れたもんでっしゃろ。この子は、もう十年以上も、こうして私専属のホステスしてくれてますねん。

上機嫌で、樹が作った水割りを飲んでいた。いったい、この男と樹はどういう関係なのだと、あのとき、いぶかしく思ったのを覚えている。

――ま、この子の死んだ母親も、祇園《ぎおん》の美人芸妓《げいぎ》やったしな。血は争えませんな。

確か、そんなふうにも言っていた。

……死んだ母親は、祇園の芸妓だと？

それじゃまるで、先生は、菜穂の「実の母」のようではないか――。

「そういえば、先生は、おかしなことをおっしゃっていましたが……白根さんは、自分の専属ホステスなんだと……もう十年以上も、毎晩、白根さんが作る水割りを飲んでいるんだと」

心に浮かんだままを、一輝はつい口に出してしまった。

美濃山は眉間《みけん》に皺《しわ》を寄せた。何を言い出すのだ、という表情だった。――それじゃあなたは樹さんが先生を殺したとでも言うのですか？　と、そんなふうに言いたげな顔だった。

「ま、いまさら悔いても取り返しがつきませんな。……こんな場所《とこ》で申し上げるのもなんですが、ここのところ、もう志村照山はあかんやろ、ゆう噂《うわさ》がしきりでした。絵筆を持ったかて、手が震えてしもてまったく安定しはらへんほどでしたから……遅かれ早かれ、こうならはる運命やったんでしょうな。正直、私は、むしろ、これでよかったんと違うか、思てます。東京で展覧会なんぞしはったら、生き恥をかかはることになったかもしれませんわ」

一輝は耳を疑った。

温厚で慇懃《いんぎん》で人あしらいのうまい美濃山の言葉とは思えなかった。

美のやま画廊に少なからず貢献したであろう、関係の深い画家が亡くなったというのに、その通夜の席で批判を繰り出すとは。しかも、東京での照山の個展を計画中だった一輝に対して、である。

美濃山が、たかむら画廊と有吉美術館で照山の個展が計画されていることを知っていたかどうか、定かではない。しかし、美のやま画廊では菜穂と組んで樹の個展を計画中なのだから、菜穂か樹か、いずれかから聞かされていることだろう。

一輝は、自分の中にかすかに残っていた美濃山への信頼が急速に萎《しぼ》んでいくのを感じた。その信頼は、同業者への、京都の老舗画廊の主への、美術を愛し画家を支援する者への信頼であった。

それが、一瞬にして消え失せた。

「……お焼香を済ませて、もう東京へ帰らなければなりませんので。ここで失礼します」

いたたまれずに、一輝は美濃山のもとを離れた。もうこれ以上ここに留まるのは堪えがたかった。

焼香するとき、一輝は、そばに正座している樹に向かって一礼した。

樹は一輝をちらと見た。白い顔がかすかに笑っているように、一輝には見えた。

京都駅にタクシーが到着した。車から降りると、雪は雨に変わっていた。

駅前の車寄せから駅構内までの短い距離を、一輝は傘をささずに歩いていった。

ふと、昼間ではなく、初めて夜にこの駅に到着した日のことを思い出した。京都へ一時的に避難している妻を見舞うために、ここへ来たのだ。

あの夜、立ち上る冷気の中に春の宵《よい》のにおいがした。湿った花の香りにも似た、はかなげな青のにおいが。

もう何度、この駅に降り立ったかわからない。通い慣れているはずなのに、来るたびに、この街は遠くなる。近づこうとすればするほど、遠ざかる。

遠くて近きもの。極楽。舟の道。人のなか。

なんの脈絡もなく、『枕草子』の一節が浮かんだ。

雨に震える街の灯《あか》りに背を向けて、一輝は足早に改札口へと消えていった。

解説

大森《おおもり》 望《のぞみ》

「京都に、夜、到着したのはこれが初めてだった。春の宵《よい》の匂いがした。」

原田マハの長編小説『異邦人《いりびと》』は、こんな印象的な書き出しで始まる。言われてみれば、観光や商用で京都を訪れる場合、午前中か、遅くとも日のあるうちに現地に着く予定を組むことが多い気がする。僕自身、いまから三十五年前に京都の大学を卒業して東京に来て以来、年に一、二回はかならず京都に旅行しているけれど、その数十回のうち、夜、京都駅に着いたことは、たぶん一回しかない。

本書の主人公の片割れ、篁一輝《たかむらかずき》が京都にやってきたのは、四月上旬のある晩のこと。東海道新幹線「のぞみ」新大阪行きの最終に乗ったというから、京都着は二十三時半ごろ。深夜のJR京都駅は、昼間とはまったく違う顔を見せる。シドニィ・シェルダンの小説の邦題にならっていえば、まさに〝真夜中は別の顔〟だが、見慣れているはずのものの裏側に別の顔があるというのは、本書の隠れたテーマのひとつでもある。

あらためて紹介すると、原田マハ『異邦人』は、月刊文庫〈文蔵〉の二〇一二年五月号〜二〇一四年四月号に連載され、二〇一五年三月に四六判の単行本として刊行された。今回が初の文庫化ということになる。

原田マハと言えば、二〇一二年に満を持して発表した初の美術ミステリー長編『楽園のカンヴァス』が高く評価され、第25回山本周五郎賞、第5回R-40本屋さん大賞、「王様のブランチ」BOOKアワードなどを受賞。名実ともに代表作となったが、本書もまた、それと同じく美術を題材にしている。

ただし、『異邦人』では、『楽園のカンヴァス』のルソー、『暗幕のゲルニカ』のピカソ、『たゆたえども沈まず』のゴッホのように、西洋美術と実在した有名画家が焦点になるわけではない。作中には、（架空のキャラクターとして）無名の日本人女性画家が登場するものの、どちらかと言えば、美術に魅入られた人間のほうに主眼が置かれている。

最初に登場する篁一輝は、父親が経営する銀座の老舗《しにせ》ギャラリー「たかむら画廊」で専務をしている青年美術商。もうひとりの主人公は、一輝の妻の菜穂《なほ》。一代で財を成した祖父・有吉《ありよし》喜三郎《きさぶろう》が設立した個人美術館・有吉美術館の副館長を務め、こと美術に関しては、父母や夫をしのぐ鋭い鑑識眼を誇る。

以下、『異邦人』は、ともに美術に携わる夫と妻、双方の視点が章ごとに交替するかたちで語られてゆくのだが、この小説にはいくつもの顔がある。銀座の画廊と日本有数の美術コレクションと新進画家・白根樹《しらねたつる》をめぐる著者十八番の美術小説であると同時に、はじめての子どもが誕生するまでの男女の機微《きび》を描く夫婦小説であり、先に触れた書き出しの一行が示すように、なんとも繊細で魅惑的な京都小説でもある。

京都小説としての顔は、目次を見れば一目瞭然《りようぜん》。春から冬にかけての季節の移り変わりとともに、古都の日常が、〝異邦人〟の視点から細やかに描写される。岡崎公園の桜に始まって、平安の装束《しようぞく》に身を包んだ行列がのんびりと歩く葵祭《あおいまつり》、卯《う》の花腐《はなくた》しの長雨、コンチキチンの祇園囃子《ぎおんばやし》が鳴り響く祇園祭の宵山《よいやま》と旧家秘蔵の美術品が惜しげもなく公開される屛風祭《びようぶまつり》、祇園祭本番の山鉾巡行《やまほこじゆんこう》、貴船《きぶね》の川床《かわどこ》料理、五山の送り火、南禅寺界隈の庭園に咲き乱れる萩の花と、それに続く紅葉、そして嵐山《あらしやま》に舞う雪……。

異邦人と書いて〝いりびと〟(入り人)と読ませるタイトルも、京都ならではの言葉だろう。〝いりびと〟とは、京都以外の土地で生まれて、京都にやってきた人を指す。京都に何年住んでも、京都生まれの京都育ちでなければ、京都人にはなれない。と言うと、ずいぶん閉鎖的に聞こえるかもしれないが、学生時代の四年間を京都で〝入り人〟として過ごした経験からすると、〝入り人〟には〝入り人〟の京都があるから、その意味では非常に暮らしやすい。本気で京都人になろうとしたときに初めて、〝入り人〟としての壁につきあたるのではないか。森見登美彦《もりみとみひこ》の京都小説群が示すとおり、京都で数年間の下宿生活を送る大学生には大学生の京都があり、それは（同じ祇園祭を描いても）本書に出てくる京都とはまったく違う。京都にはいくつもの層があり、訪れる者の立場によって違う顔を見せてくれる。

本書単行本の刊行時に著者がインタビューで語っているところでは、京都小説としての『異邦人』がお手本として参照にしているのは、川端康成の名作『古都』（一九六二年）だったらしい。同書の主人公は、京都・中京《なかぎょう》にある由緒《ゆいしょ》正しい呉服問屋のひとり娘として何不自由なく育った千重子と、北山杉《きたやますぎ》の村で丸太の加工をして働く苗子。生き別れになった双子の姉妹が大人になって偶然めぐりあったとき、物語が動きはじめる。『古都』は、これまでに三度映画化されてて、一九六三年の中村登《のぼる》監督版では岩下志麻《いわしたしま》、一九八〇年の市川崑《いちかわこん》監督版では山口百恵《やまぐちももえ》、二〇一六年のYuki Saito監督版では松雪泰子《まつゆきやすこ》が、それぞれ主人公の二人を二役で演じている。失われてゆく日本の美と伝統を小説のかたちでとどめておきたいというのが執筆動機のひとつだったそうで、川端康成はこの小説を書くために、下鴨《しもがも》神社近くの家（左京区下鴨泉川町25番地）を借りて、一年間京都で生活している。

春から冬までの京都を舞台に、さまざまな年中行事を織り込んで描くという『古都』のスタイルは、本書に引き継がれているし、菜穂の実家の事業が傾きかけているという設定も、『古都』の千重子と重なる。その意味では、現代版の『古都』として『異邦人』を読むこともできるだろう。こうして文庫になったことだし、本書をバッグに忍ばせて京都を観光してみるのもいいかもしれない。

しかし本書には、ひとつ、まだ触れていない重要な側面がある。それは、身重の菜穂が京都を訪れるきっかけが、二〇一一年三月十一日の東日本大震災と、それに続く原発事故だということ。あれからもう七年が過ぎ、すっかり忘却の彼方《かなた》だが、震災から数カ月間の東京は、たしかに異様な空気に包まれていた。

その元凶は、先が見えない放射能汚染の不安と、電力問題。商品が消えたコンビニの棚はわかりやすい非日常感を醸《かも》し出し、〝節電〟のために文字通り灯が消えた盛り場は、まるで終末SF映画のように人けが少なかった。外国人は姿を消し、勤め人は夕方になるとそそくさと家路につく。午後八時だというのに真っ暗な新宿駅東口の写真に〝すくむ東京〟と見出しをつけたのは朝日新聞だが、まさに言い得て妙だった。

SNSでは、〝みんなで協力してこの難局を乗り切ろう〟的な空気が異様なくらいに広がって、ほとんど「ぜいたくは敵だ」と言い出しかねない勢いで自主節電を競うかと思えば、家族連れで東京から〝疎開〟した批評家がネットで炎上したりと、（大げさに言えば）まるで戦時中のような空気だった。

放射能の恐怖以上に、こうした空気に耐えかねて東京を脱出する人は珍しくなかったし、まして妊娠中となれば、実家や親戚を頼って西に引っ越す人が多かった。本書は、そういうムードを鮮やかに描き出している。

主人公の菜穂は、震災の直後から、家族のすすめもあって京都を訪れ、ハイアットリージェンシー京都に長逗留するが、京都滞在が長くなればなるほど古都の魅力に取り憑《つ》かれ、東京の生活が遠くなってゆく。その意味で本書は、京都を舞台にした〝3・11小説〟だとも言える。

やがて菜穂は、母親の有吉克子《かつこ》の手配で、ホテルを出て、祖父の喜三郎が師事した書道家・鷹野《たかの》せんの屋敷に間借りすることになる。〝京都の中心部から東に位置する吉田《よしだ》という地域にあった。京都大学にほど近く、落ち着いた住宅街で、車が入れないような入り組んだ細い路地のいちばん奥まったところに、ひっそりとその家は佇んでいた〟とあるから、場所は左京区の吉田山のふもと、万城目学《まきめまなぶ》『鴨川ホルモー』にも登場する吉田神社の南側あたりか。菜穂の母親の克子から、身重の娘を住まわせることを乞われた鷹野せんは、「ほな、そういうことどしたらお引き受けさせてもらいましょ、あんさんもここにおいやしてお好きなことだけあんじょうしはったらよろしおすえ」と〝京都に長らく暮らしている人らしい、絵に描いたような言葉遣い〟で快諾《かいだく》し、こうして本格的に菜穂の京都生活がはじまる。

鷹野せんを京都での後見人に得たことで、ふつうなら〝異邦人〟にとって閉ざされているはずの扉が次々に開き、菜穂は京都の名だたる画家や文化人に近づけるようになる。しかし、美術小説として『異邦人』の核になるのは、日本画家・志村《しむら》照山《しょうざん》の弟子《でし》にあたる無名の新鋭画家・白根樹。古美術店やギャラリーがひしめく新門前通《しんもんぜんどおり》の美のやま画廊で偶然目にした一枚の小品をきっかけに、菜穂は彼女に深く深くのめり込んでゆく。

非常にゆったりした出だしから、たかむら画廊を襲う経営危機が浮上するとともに、有吉美術館と有吉コレクションの運命、一輝と菜穂の夫婦関係、菜穂と克子の母娘関係、そして菜穂と白根樹の関係がからみ、中盤以降、物語は一気にテンポを速めて、思いがけない結末へと雪崩《なだ》れ込んでゆく。それとともに、急速に存在感を増してくるのが、ヒロインの菜穂。最後まで読むと、京都の風物も、四季の移り変わりも、すばらしい美術も、複雑にからまる人間模様も、美術ビジネスの熾烈《しれつ》な駆け引きも、すべて菜穂というキャラクターを輝かせるためにあったという気がしてくる。菜穂は、それほどまでに鮮烈だ。著者自身が、女性誌〈SPUR〉のインタビュー（瀧井朝世《たきいあさよ》）に答えて語った言葉が、そのあたりを余すところなく言い尽くしているので、その一節を引いて、この解説を締めくくりたい。

「アートのためならすべてを捨てて突き詰めていくという、最近ではなかなかいない芸術至上主義の人を書きたくて登場させたのが菜穂です。彼女は私の理想像。彼女が美を獲得していく話でもあるので、夫の一輝はなかなか報われませんが（笑）。美のためなら夫をも蹴散らしていく、圧倒的に強い女性を描きたかったんです。おなかのなかの子どもの成長にともなって、菜穂の美と京都に対する執着も膨《ふく》らんでいく。つまり生まれてくる子は、彼女にとって美というもののメタモルフォーゼという意味も込めています」

（文芸評論家）

＜協力（敬称略）＞
阪倉篤秀
阪倉礼子
瀬戸川雅義
瀬戸川晶子
清水信行
森田りえ子
松尾大社
思文閣
冷泉家時雨亭文庫

著者紹介
原田マハ（はらだ　まは）
1962年、東京都生まれ。関西学院大学文学部日本文学科および早稲田大学第二文学部美術史科卒業。馬里邑美術館、伊藤忠商事を経て、森ビル森美術館設立準備室在籍時に、ニューヨーク近代美術館に派遣され勤務。2005年、『カフーを待ちわびて』で日本ラブストーリー大賞を受賞しデビュー。12年、『楽園のカンヴァス』で山本周五郎賞受賞。17年、『リーチ先生』で新田次郎文学賞受賞。著書に『総理の夫』（実業之日本社文庫）、『サロメ』（文藝春秋）、『あなたは、誰かの大切な人』（講談社文庫）、『アノニム』（KADOKAWA）、『たゆたえども沈まず』（幻冬舎）、『奇跡の人』（双葉文庫）、『独立記念日』（ＰＨＰ文芸文庫）など多数。

本書は、2015年３月にPHP研究所より刊行された作品に、加筆・修正をしたものです。

ＰＨＰ文芸文庫　異邦人《いりびと》

2018年３月22日　第１版第１刷

著　者　原　田　マ　ハ
発行者　後　藤　淳　一
発行所　株式会社ＰＨＰ研究所
東京本部　〒135-8137 江東区豊洲5-6-52
第三制作部文藝課　☎03-3520-9620（編集）
普及部　☎03-3520-9630（販売）
京都本部　〒601-8411 京都市南区西九条北ノ内町11
PHP INTERFACE　https://www.php.co.jp/
組　版　朝日メディアインターナショナル株式会社
印刷所　共同印刷株式会社
製本所　株式会社大進堂

ISBN978-4-569-76816-8

PHP文芸文庫

独立記念日

原田マハ 著

夢に破れ、時に恋や仕事に悩み揺れる……。様々な境遇に身をおいた女性たちの逡巡、苦悩、決断を切り口鮮やかに描いた連作短篇集。

定価 本体七六二円（税別）

PHP文芸文庫

深き心の底より

小川洋子 著

『博士の愛した数式』の著者、小川洋子の不思議な世界観を垣間見るような珠玉のエッセイ集。静謐な文章で描かれた日常に、真実が光る。

定価 本体五七一円（税別）

PHP文芸文庫

ひこばえに咲く

玉岡かおる 著

りんご畑の納屋に眠っていた150枚の絵——。実在した画家の数奇な生涯を通し、芸術とは何か、愛とは何かを問いかける感動の物語。

定価 本体八二〇円（税別）

PHP文芸文庫

桜ほうさら（上・下）

宮部みゆき 著

父の汚名を晴らすため江戸に住む笙之介の前に、桜の精のような少女が現れ……。人生のせつなさ、長屋の人々の温かさが心に沁みる物語。

定価 本体各七四〇円（税別）

PHP文芸文庫

銀色の絆（上・下）

雫井脩介 著

名コーチに娘の才能を見いだされた梨津子は、次第にフィギュアスケートにのめり込んでいったのだが……。母と娘の絆が胸を打つ長編小説。

定価 本体各六〇〇円（税別）